钮敏　郭梦盈——

著

直面养老

作家出版社

谨以此书献给已经和正在老去的人们

以及他们的子女

目录

· CONTENTS ·

第三章

社区养老心系翁妪桑榆晚情

第四章

机构养老温暖银龄喜忧参半

第五章

居家养老耄耋长者余热生辉

第六章
养老之路一波三折各得其所

后记

序言

▼

写这本以养老为主题的纪实文学作品的想法，早在 2019 年就产生了。当年 9 月下旬，笔者[①]赴唐山采访了本书第一位原型——当时八十六岁的杨永贤。之所以选择写她，是因为只有初中文化程度的杨永贤，从 1990 年开始写作，历经近三十年笔耕不辍，尤其是退休后继续奋笔疾书。于是，她成了该书"居家养老耄耋长者余热生辉"中老有所为的原型之一。

2019 年 11 月，我们走访了一家位于北京市东城区东直门街道的养老院，见到了方为芳院长。这家养老院以接收生活半自理和不自理老人为主，它主要的优势是离入住老人的家很近，被称为"家门口的养老院"。出乎我们预料的是，这家地处市中心、服务优质的养老院，收取费用的项目和标准非常亲

----

① 均指第一作者钮敏。

民，适合普通工薪家庭的老人入住。运营十年来多次荣获市区级"孝星""志愿者之星"等称号，被入住老人和家属称为"爱心之家"。

我们在构思本书框架时，分别设定了"特殊家庭养老悲欣远虑隐忧""家庭养老两代同述慈孝相依""社区养老心系翁姬桑榆晚情""机构养老温暖银龄喜忧参半""养老之路一波三折各得其所"，加上之前初定的"居家养老耄耋长者余热生辉"，合计六章。同时选定了拟采访的人物原型、参观走访的区民政局、社区和郊县养老照料中心以及养老院。

受三年疫情的影响，之后的原型采访不得已按下了暂停键。2023 年年初，以把过去耽误的时间抢回来的紧迫感，我们开始了第二轮的采访、参观、写作。在为期近一年的时间里，先后走访了北京市石景山区民政局、朝阳区的小关街道养老驿站、养老照料中心和养老服务郎各庄村日间照料中心、怀柔区渤海镇六渡河村等；参观了位于北京昌平、大兴、光熙门、东直门、长椿街和河北三河等地的养老院；采访了安志杰、秦姗、丛燕、代文芳、方婷姝、林松、向隽、曹淑良、江文兰、周娟、孙慧君、徐忠胜、王利民、王梅、赵英、王富坤、李志林、陶春芳、杨永贤、郑焕明、张京棣、陈连生、张可喜、万成才、顾正龙、詹得雄、张鸿全、桂云、安馨、方宏斌等五十余位原型人物和他们的亲属。

采访第一章"特殊家庭养老悲欣远虑隐忧"的七户家庭和代表，经历了比较复杂曲折的过程。对于"失独家庭"，我们不忍打扰近年刚刚痛失独子的父母，而是小心翼翼地选择了一位已经丧子多年的男性长者；"单身贵族"则瞄准了一位主动而不是被动选择这一生活方式的高素质单身女性；能够遇见四位四五十年代"丁克家庭"的原型，是笔者有些始料不及的；而"单亲妈妈"这一选题，因为涉及当事人及其子女的诸多痛点，在寻找原型时则颇费周章。

作为第二章"家庭养老两代同述慈孝相依"的原型，其中一位采访对象，是笔者在2023年10月下旬因病住院时的一位病友。从交谈中得知她的儿子和儿媳在母亲住院手术当天，匆匆从刚刚旅游两天的贵州赶回，守在母亲的病榻前通宵照料。笔者关注到，这是一家上行下效、孝心传承的子女养老家庭。在征得母子二人的同意后，分别对他们进行了采访，也因此确定了将第二章"家庭养老两代同述慈孝相依"，写成"两代人讲述同一个养老故事"的创作模式。分别采访了此章中的父母和子女、婆婆与儿媳两代人。

在创作第三章"社区养老心系翁妪桑榆晚情"的过程中我们发现，社区居家养老服务正在受到决策层的密切关注和实际支持。自2018年起，北京市石景山区民政局为辖区八十岁以上高龄老人，以及七十五岁以上失能、失智、失独、独居老人配置"一键呼叫"设备。截至目前，石景山区已完成一万四千户"居家养老服务信息机"发放，999、120急救中心已完成近九百人次的紧急救援服务。朝阳区小关街道于2023年年底成立的养老照料中心，虽然提供的服务因人而异，但是对应每位老人所收取的费用差别并不是很大。因为，中心为老人提供的是普惠型养老服务①。怀柔区渤海镇六渡河村为全村一百五十位老人开办了"阳光食堂"，每位老人每日仅需交纳两元钱的用餐费，便可享用荤素搭配、营养均衡的早、晚餐。

在走访中我们还注意到，参与社区居家养老服务的志愿者中，有为数不少的银发志愿者，虽然他们自身已经或即将步入老年人的行列。北京市龙振养老中心理事长张玉、朝阳区小关街道养老驿站站长丁立娟、怀柔区渤海镇六渡河村养老驿站站长王富坤、东城区新中西里社区志愿者标兵李志林就是其中的优秀代表。

为创作第四章"机构养老温暖银龄喜忧参半"，采访养老机构时，我们真正领略了什么是高品质的养老院。无论是采访在养老院中获得幸福感的老人，还是品尝餐厅精心搭配的饭菜、欣赏日常起居中充满细节化的"适老化"设计，都给我们留下了美好的印象。《明智之选》一文中的陶春芳和她的"老伙伴""小伙伴"，都对居住的养老院在设施、服务、餐饮等方面交口称誉。还有人开玩笑说：在这样的养老院里养老，我们都成"死不了"（太阳花）了。《离开养老院》一文，通过女儿讲述父母入住养老院后不同阶段的心态变化、与肺癌晚期父亲的临终陪伴，引出了老人如何在入住养老院前做足心理准备、子女如何面对告别和死亡的深度思考。

---

① 是在基本养老服务以外，面向广大老年人，靠市场供给、由政策引导的一种服务，着力点是对社区养老服务机构的扶持培育。

在选择写哪家养老机构时，我们没有去写只有院士、明星和企业高管才能入住得起的高端养老院，也略去了目前尚未成熟的问题养老院，写的多为"家门口的养老院"。出发点是让读者在看到此章后能够有所参照，大体了解目前我国养老机构的真实情况：既不都像某些报道写得那么危言耸听，诸如"进了养老院就是煎熬"，也不尽是被称为"当红炸子鸡"式的养老院那样高不可攀。

　　创作第五章"居家养老耄耋长者余热生辉"的出发点，是基于社会在关注养老问题时，往往更多地重视物质层面的"老有所养""老有所依"，容易忽视精神层面的"老有所为"。实践证明，让更多老年人加入力所能及的志愿服务，既能增加社会财富，还可以让老人更快乐、更健康。《银发人才》的主人公杨永贤在接受笔者访谈时说道："虽然今年我整九十岁了，身体情况大不如前，但是也不会天天啥都不干。我要活到老读书到老，写作到老。"《岁月峥嵘》的主人公郑焕明退休后，一直延续着与之前相关的社会公益活动。《飞天白鹤》的主人公张京棣已达八十岁高龄，依然在跳"敦煌壁画"等难度极高的舞蹈，为观众带来绝美的享受。《小吃泰斗》陈连生应北京市老教授协会聘请担任教授，为"中华大讲堂"讲课、为"中国饮食文化沙龙"做视频讲座。他说："没想到老了老了，我一个卖烧饼的还成了教授。"顾正龙、万成才、张可喜、詹得雄四位原新华社高级记者，在驻外期间分别经历了伊拉克战场的枪林弹雨、苏联解体和东欧剧变、日本的"新产业革命"、印度的"绿色革命"

（农业）和"白色革命"（牛奶）。他们退休后进入新华社世界问题研究中心，做一名不拿报酬的研究员。继续观风察雨、著书立说。上述各位均进入耄耋之年的长者，找到了一生的追求和热爱，所以才能为心之所向而坚持。

创作第六章"养老之路一波三折各得其所"的过程，我们也仿佛和原型们一起坐上了过山车，一路高低起伏甚至跌跌撞撞。故事的主人公们有的靠亲情选择抱团养老；经济和身体条件较好的老人选择"双城生活"的候鸟式养老；还有的选择了既孝敬父母又得到照顾的雇人居家养老。尤其是人们的观念中似乎被忽视的配偶照护养老，穿插了这对老夫妇的女儿从海外归来尽"虽然迟到但终究没有缺席的孝心"，最终却出现了代际沟通障碍。这个故事也许会在子女长期定居海外、父母空巢留守的家庭中产生一定的共鸣。

曾有人把我国老龄化问题称为"银发海啸"，到 2035 年，也许会比我们所想象的情景更加汹涌、剧烈和迅疾。桑榆暮景固然难免令人感慨，但正如专家所言：这种"海啸"绝非是一场灾难。晚年的生活，无论我们选择何种形式养老，都会或多或少地感受到孤独的存在。但是这个孤独，并不是一个敌人，也不是一个需要我们极力避免的情绪。相反，它是一种生活的常态，是我们应该坦然接受并与之和平共处的朋友。

本书确定为母女二人合著，是基于两代人可以从不同的角度去理解养老这一现实问题。即两代原型讲述同一个养老故事，50 后和 80 后母女共写一本有关养老的书。

第一章 ▲ 特殊家庭养老悲欣远虑隐忧

白发如今欲满头，从来百事尽应休。

只于触目须防病，不拟将心更养愁。①

——〔唐〕张籍《书怀寄王秘书》

---

① 译文：如今要满头白发的时候，所有的事都不重要了。只要一看见这白发，
就应当小心疾病，不要让自己心生过多愁绪。

1. 失独家庭的养老困局

丧子之痛难释

"对不起，我们已经尽力了。"

医生的一句话刚落，七十八岁的曲玉琴瞬间眼前一黑，身子一歪，倒在了八十岁的丈夫安志杰怀中。

逝者安东是安志杰和曲玉琴的独生子，终年五十五岁。上述悲剧，发生于 2018 年冬季。

1963 年，曲玉琴平安生下了安东。两年后，她发现自己又怀孕了。当时，身为二七车辆厂技术改革科科长的安志杰，常年去往全国各地做技术革新改造交流。曲玉琴既要抚养安东，又要上班，而且患有严重的糖尿病，经常感觉身体疲乏无力。在一次搬重物时，不慎导致胎盘与子宫壁之间剥离而流产。

安东长大后，对父母非常孝顺。大学毕业参加工作，他结婚生子，几乎每周都要带着妻儿过来看安志杰夫妇。为了能够改善家庭条件，三十岁时辞职下海做起了生意。因为他平时应酬特别多，再加上遗传因素，不久便查出患有糖尿病。但是他不甘心从三十几岁起就长期吃药，而且在待人接物上依然我行我素。结果，十几年过后，他的心脏突然出现了衰竭。被家人送至医院后，大夫告诉他必须做心脏支架手术。但是安东是一个特别固执的人，他说："身体发肤，受之父母，我的肉体之身是爸妈给的，不能在上面动刀。"因此拒绝做手术。

又是一年过后，安东的生意出现了严重下滑，公司赔得一塌糊涂。不得已，将曾经买的高档住宅卖掉用来还债，一家三口住进了仅三十多平米的出租房。为了维持生计，安东不得已开起了网约车。身体和事业的双重打击，导致他破罐子破摔起来。医生劝他说糖尿病人不能摄入过多的糖分，尽量少吃含糖量多的食物，如糖果、蛋糕、甜点、饮料等。他偏不听，各种点心、冰棍、汽水、高糖分的水果等，毫无节制地摄入。

2018 年 12 月的一天，正在上卫生间的安东突然大叫一声："不好！"他爱人赶紧进去，发现他在站起的一瞬间倒在了地上，已经昏迷过去了。安东的爱人赶紧呼叫 120，火速将丈夫送往某三甲医院。在医院，安东整整昏迷了三天三夜。医生告诉他爱人和安志杰夫妇，即使将安东抢救过来，也很有可能是个植物人，要不要抢救？

曲玉琴已经呼天抢地到说不出话来，安志杰是性格比较冷静的人，他对医生说，请一定全力以赴抢救我唯一的儿子。安东的妻子和儿子也表示，绝不能放弃最后一线希望。尽管医生竭尽全力，最终还是回天乏术。结果出现了本文开头的那一幕，安东被宣告死亡，死因为心脏衰竭和脑血栓。

儿子的去世，让身为母亲的曲玉琴悲恸欲绝。相形之下，之前坚持让医生抢救儿子的安志杰，当时表现得特别镇定。他喃喃地嗫嚅道："东儿这孩子这么多年不听任何人劝，如今死在了我前面，也算免了一桩心事。如果他走在我后头，我死都不能闭眼啊！"然而，说着说着，他还是情不自禁地号啕大哭起来。

为安东料理完后事，安志杰夫妇陷入了长久的沉默之中。住在没有电梯的四层楼上，患有糖尿病足的曲玉琴，如果不是去医院看病，基本不再下楼了。因为过去他们和儿媳妇关系不睦，孙子小时候又是在姥姥家长大，被惯得不成样子。结果，中学没毕业就辍了学，跑到一家酒店去当保安。因为收入低开销大，只要一来到爷爷奶奶家，唯一做的事情就是伸手要钱，不给就偷偷地拿。这样的孙子是指望不上了。为了安抚失独的二姨和姨父，外甥女小夏自此每周一次来看望二老。

这天，安志杰因患耳结石头晕得不得了，于是拨打了120。住院后，邻居刘大姐主动过来给曲玉琴做饭。安志杰才住了三天院，曲玉琴就给他打电话，边哭边说："志杰你在哪儿？我想你。东儿走了，你可不能再把我这么扔下。呜呜！"安志杰立马说了句："玉琴，别哭别哭，我这就回家！"

夫妻相伴梦断

曲玉琴本来身体就不好，患有糖尿病、心脏病还有高血压。加上儿子安东的突然离世对她打击过大，连续数周茶饭不思。多亏安志杰精心照料，包括老伴后来住院，都是他一个人忙前忙后。

为了伺候病妻，安志杰退休后一直自学中西医。曲玉琴由于糖尿病异常严重，直至发展成糖尿病足，医院都已经治不好了。安志杰便从网上找来偏方，每天为她涂抹三次，居然帮妻子治好了糖尿病足。连大夫都啧啧赞叹，说是一个奇迹。

2007 年，安志杰正打着门球，突然感觉心跳加速，胸闷得喘不过气来。老球友把他送到厂医院时，人已经昏迷了。一看病情严重，厂医立即叫了一辆救护车，将他紧急送往附近的三甲医院，做了心脏支架手术。

出院后，安志杰特别自律。虽然还是坚持日常锻炼，但减少了运动强度，平日里注重个人保养。从此，曲玉琴也更加依赖丈夫。每天如何吃饭服药，完全听安志杰的。为腾出更多时间陪老伴散步、锻炼身体，安志杰不再起火做饭。早晨买来豆腐脑、包子或者是豆浆、油条。中午点外卖，一般是点荤素两道菜，自己焖锅米饭。中午吃不完，晚上还可以热一下接着吃。

近五年内，曲玉琴因病先后住了三四次医院。一次是因为血压升高，突然间感觉天旋地转。安志杰一个电话叫来了小夏，二人打车把她送到医院办理了住院手续。

几次住院，病情的反复，导致曲玉琴性情大变。多年前刚用煤气罐时，她听说姐姐家的煤气罐架子没地方买，特意从自己家附近买了一个，扛着乘坐公交车从长辛店送到呼家楼的姐姐家。她对待晚辈也非常疼爱，街坊邻里送了特产之类的食品，第二天一定给小夏带来让她和家人品尝。后来也许是被病拿的，曲玉琴的脾气变得越来越不好。好不容易大老远赶到姐姐家，本想姐妹俩说点儿体己话，散散心。可有时因为一两句话不对付，立刻起身要返回长辛店，任谁也劝不住。一段时间，一直依赖丈夫的她，突然间不肯吃药了，导致血压急速升高。必须得由安志杰监督着，早中晚强迫她把药服下。

2023 年 7 月，曲玉琴的身体每况愈下，有时走着走着就摔一个跟头。小夏的妈妈得知后，急得不得了。周末，她给小夏打电话叮嘱道："夏，抽空去你二姨家看看她。"小夏赶到二姨家，忙着泡发海参、煲鸡汤，为曲玉琴滋补身体。

10 月初的一天早晨，曲玉琴对安志杰说："志杰，我头特别晕。"安志杰赶紧为她测血压，刚测到一半，曲玉琴忽然昏了过去。安志杰赶紧扶她躺在床上，随即拨打了 120 急救车。然而，当 120 赶来时，人已经不行了，死亡原因被诊断为心源性猝死。

得知噩耗，小夏母亲哭着对她说："你二姨这辈子太不容易了，省吃俭用抚育儿子长大成人，落了一身病；晚年丧子，又让她痛不欲生。如果不是你二姨父精心照料，她肯定活不到八十三岁。"

雇人照护维艰

送走曲玉琴后，小夏的母亲对妹夫安志杰说："你八十五岁了，一个人生活太难，请个保姆吧？"安志杰估算了一下：请保姆每月四千五百元，以前老伴活着的时候每天点外卖，加上其他费用大约三千。请保姆其实也就多花了一千五百元，还不用自己做饭做家务了。这么一算，感觉还是能够接受的。于是，也就同意了大姨子的劝说。

小夏帮姨父从一家家政公司找了一名保姆，年龄五十八岁。保姆进门后，跟安玉杰提出一个条件，说她年近六十需要养生，早饭后七点半至九点半，想出去早锻炼两小时；晚饭后六点半至八点半，还得出去跳广场舞。这些毕竟没影响做饭料理家务，安玉杰都答应了。但是作为"正业"的一日三餐，这个保姆做的饭，完全不合他这个无锡人的口味，不仅油大还偏咸。结果，仅仅两周，安玉杰多给了这名保姆几百元钱，把她辞退了。

接下来找的第二个保姆，五十五岁。她倒没提出其他要求，只是晚上要泡脚。一泡就是一小时，泡到一半水凉了，居然让安志杰帮她续热水。如此过分的举动，把安志杰气得七窍生烟，不到一周时间，就把她打发走了。

得知情况后，家政公司又热心地给安志杰介绍了第三个保姆，五十七岁，是石家庄人。这次终于找对人了，这位保姆不仅手脚勤快，做饭可口，而且很有眼力见儿。因为对安志杰照顾得特别周到，他不仅气色变好，体重还增加了。

这天，小夏的妈妈请安志杰来家里吃饭，保姆也跟着来了。她不仅照顾安志杰，吃饭时还给小夏的爸妈夹菜、倒茶。但是，一个细节让小夏的妈妈看了感觉心里很不舒服。因为安志杰耳背，二人说话时，保姆靠得他非常近。过后，小夏妈妈对她说："看这两人关系这么近，听说你二姨父还把大屋让给这个保姆住，别是两个人慢慢凑一块儿去了吧？"

听了妈妈的话，小夏立刻劝说道："妈，您别瞎想，他们两人将近三十岁的年龄差，可能吗？再说，我二姨父的东西全在小屋，包括书和电脑。他不是懒得搬吗？而且过去因为不放心他一个人住，我总得打电话关心他。现在，终于有了个中意的保姆在身边照顾他，咱们不是也可以放心些了吗？"小夏妈妈听了女儿的一番话，觉得很在理，也就不说什么了。

2024 年春节前，保姆在接到一个电话后，面带难色地对安志杰说："女儿来电话跟我说，她婆婆病了，住进了医院。不能接送我外孙上下学了。她让我回家陪外孙去。真是对不住了。"安志杰听了保姆的话，虽然心有不舍，却又很无奈。

当家政公司再次张罗着给安志杰介绍保姆时，他高低不想再请。短短四个月，连着请了三个保姆，不是不称心就是待不住。于是，他对家政公司说："不劳你们费心了，我看这事儿还是算了吧。"

工友互助取暖

在独居一段时间后，安志杰外出散步时，遇到了几位原来二七厂的老同事。他们当中，有几个老伴也走了。他就跟这几个老伙伴一起，从学打太极拳开始，发明了一种新的养老方式，那就是互助式养老。

一起打太极的十几人中，有六人跟安志杰一样，是老伴去世子女也都不在身边的孤寡老人。于是，他们就互相加了微信，建了一个"老工友互助群"。每天早上都会在群里打卡，互报平安，他们戏称这种方式为"生命的签到"。一旦发现谁没有按时打卡，就会到对方家里去看看。如果发现谁生病了，需要帮助做顿饭，或者是陪着去趟医院的，看谁有空，就去帮上一把。

有一次，安志杰生病了，一位老伙伴赶过来陪他去医院，还帮他煮了挂面卧鸡蛋。为感谢老伙伴对他的照料，病好之后，安志杰送给他一个大大的回礼。

后来，一位工友提议，索性照顾病人按天计价。比如，每天按八小时计算，每小时三十元，小计二百四十。工友们听后，都非常赞同这种方式。不但自己病了之后有人照顾，反过来照顾他人时还能得到相应的回报，公平公正顺手的事情。而且比请钟点工都划算，最重要的是大家互相熟悉信任。

得知有了这个"老工友互助群"，小夏母女也放心了不少。小夏的妈妈雇了钟点工，每周一、三在自己家，二、四去安志杰家，每次三到四小时，做一些家务整理、日常保洁的工作。小夏每周过来看望一次姨父，帮他购买一些日常生活用品和蔬菜水果等。

安志杰现在的生活越来越有规律了。清晨起来七点吃早饭，然后出去锻炼、会老伙伴；中午十一点去小区老年餐厅用餐，午休后练练字；下午五点饭后，看看书、上上网、看看电视，九点左右上床休息。除去打太极拳，平日里，安志杰常会约着几个老伙伴一起去公园遛弯、下棋、打牌。

尽管眼下的生活还算悠闲自在，但是安志杰明白，这也只是权宜之计。因为工友们都在日渐老去，再过几年又会是什么样的情形？难说。

2."单身贵族"的养老清醒

无悔的选择

退休后的第二天，秦姗睁开眼，蒙蒙眬眬似还在梦境中。她使劲揉了一下惺忪的双目，确认自己已经醒来：我真的活到六十岁了吗？怎么一点思想准备也没有？

做单身一族，是秦姗时至今日无悔的选择。

1974 年，秦姗高中毕业。因为上面的哥哥姐姐作为知青去外地农村插队，她被留在了北京，分配到一家涉外单位做外事用房的修缮工人，那时参加工作都是服从组织安排，党叫干啥就干啥。

这天，秦姗为一位来自瑞典的女士粉刷套房。一进门，看到她正在里间悠闲地边喝着咖啡，吃着曲奇饼干，边欣赏着音乐，身体随着乐曲轻轻摇摆。据悉，瑞典的单身率位居全球榜首。这一场景，在秦姗心中荡起一阵涟漪：原来一个人生活可以如此潇洒。尽管她并不能确定那位女士当时是否单身。秦姗微笑着与她点头示意，然后为她关上了房门，粉刷外面的房间。

秦姗经常早出晚归，有时还主动加班加点，全身心地投入到工作中，毫不顾忌一个女孩子长期接触油漆涂料对人体的伤害。她还利用业余时间在单位办了一个小报，每月一期，都是用仿宋体一笔一画地刻在蜡纸上，再用手推印刷机打印出来，非常花费时间。利用这个小报，及时报道各班组先进事迹，起到了鼓舞士气，催人奋进的作用。小报也得到了上级领导的充分肯定，有时遇到重大事情，领导也交给秦姗报道。她都是连夜赶制出来，从无怨言。

每天回到家，父母早就吃完晚饭了。秦姗把剩饭剩菜一锅烩，再热点泡饭呼噜噜吃下。妈妈对她说："你也不小了，每天这么早晚不着家，以后结婚了怎么办？"母亲问得直接，秦姗则反问："谁说我要结婚了？"

孩子在幼年时期，家庭的影响往往会伴随他们的一生。在秦姗幼小的记忆中，父母经常吵架而且吵得特别凶。结果，婚姻给她留下的印象就是夫妻一天到晚吵吵闹闹，搞得家里鸡飞狗跳。从这个角度上，她发誓此生不成家，因为结婚太没劲了。

由于秦姗工作表现突出，二十岁就入了党。党组织负责人跟她谈话，鼓励她处处发挥一名共产党员的先锋模范作用，不要把自己混同于一个普通老百姓。当晚，秦姗激动得彻夜未眠。告诫自己，从今天起，你就是党的人了，要把一生都献给党，甚至可以随时准备为党为革命献身。

在秦姗入党提干后，当听说单位要派人去贵州支援地方教育，她毫不犹豫地报了名。因为到了之后就要讲课，她经常要备课到第二天凌晨一两点钟，某日，秦姗正在宿舍专心致志地备课，周围一片静谧。突然间，她听到有人喊："着火啦！着火啦！"于是腾的一下起身，随手抓起一个准备灭火的脸盆。在冲到宿舍门口的瞬间，她深情地回头望了一眼熟悉的一切，然后毅然决然地循着喊声向火场冲去，心里做好了回不来的准备。

从贵州支教结束后回京，一天，秦姗的入党介绍人对她说："小秦，问你个事儿，你有男朋友了吗？""没有啊。""看你就像还没有呢，有了男朋友的人，就不会像你这么一心扑在工作上了。你还记得王辰吗？"

说起王辰，秦姗对他还真有印象。他是一名复员军人，曾经和秦姗一起工作过，后来也提干了。

入党介绍人接着说："我说了你别不好意思啊。他对你有好感，让我帮忙问问你有男朋友了没有。虽然小王文化程度不高，但是人挺好，在部队时就入了党，如今也提了干。他说如果你也对他有意，下班后留一下，他想跟你聊一聊。"

秦姗一听这话，当时就愣住了。心说谈什么男女朋友？这件事儿我压根就没想过，于是婉言谢绝了。当介绍人把秦姗的态度转告王辰后，他落寞地说了句："今后绝对不会在这个单位找女朋友了。"因为在他看来，没有比小秦更好的女孩子了。

按说，二十二三岁，正是情窦初开的年龄，可是一旦有人要给秦姗介绍男朋友，她就感觉如同一块巨石压在头上，一概婉言谢绝。

家庭的影响

全脱产之后，秦姗发现公司里与她年龄相当的同事，除她之外，都像王辰一样只有初中文化。于是，作为全公司唯一的高中毕业生，她主动承担起帮助同事们补习文化的担子，从某中学聘请了两位数学和语文教师，每周班后上四次课。课后，她还负责把其中一位身形娇小的女教师送回家，然后再回自己家。

1977年恢复高考，当时秦姗还是工人。领导专门找她谈话，语重心长地对她说："别人要参加高考我不会同意，但你是个例外。因为你在工作上表现得这么出色，我不能耽误了你。"感动之余，秦姗当场表示：谢谢领导的培养和信任。但是有那么多同龄人都想参加高考，我作为新入党的年轻人，如果带头走了，影响不太好。

那个年代的口号是鼓励年轻人"干一行爱一行"，认死理的秦姗感觉有好多需要自己做的事儿，从没想过要远走高飞。最终，她选择了成人高考。白天照常工作，傍晚赶到学校上"夜大"。五年半下来，她先后获得了两个大专学历。

1984年，二十八岁的秦姗调到局里工作后，仍有不少热心人为年轻有为、气质出众的她介绍对象。然而，她仍坚持"我才不想在这上面花心思呢"，铁定认为还是单身主义好。人们似乎不把单身当成个人的选择，认为没的选才会落单。有不理解的人以为秦姗在感情方面受到过挫折甚至遭受过打击，因为赌气才不想涉足婚姻了。其实完全不是他们想象的那样。

青少年时期，可能受父母影响过深，婚姻在秦姗心中留下了深深的阴影。她的父母一吵架，她上课就分神。身为化学课代表，每次考试都是九十七八分。可就是因为一段时间上课时常走神，结果，化学期中考试她仅得了七十多分。

秦姗工作后，父母有时也会在吵架后"冷战"一段时间，这时的她已经具有一定的说服能力了。一次，她兴致勃勃地买了不少父母爱吃的好菜，一进家门，就发现有点儿不对劲。只见父母板着脸，谁也不和对方说话。坐下吃饭时，秦姗充满感情地说："爸，妈，你们知道我从小到大什么时候最开心吗？是你们有说有笑最和睦的时候。那时，我要比吃了什么好吃的都开心。"说完这话，她自己先落下泪来。父母听了女儿一番话，眼眶都红了。虽然当时沉默不语，此后关系缓和了许多。

永别至亲

秦姗的父母尽管个性很强，但是在单位都是以工作为重的骨干，秦姗小时候基本没留过辫子，因为母亲每天早出晚归，她还没起床，母亲就已经去上班了。所以，他们兄妹三人从小就开始做饭了，吃生饭、煳饭是常有的事。

秦姗的父亲是一位高级服装技师，技术精湛，在服装界小有名气。他对工作总是精益求精，体现了工匠精神。在秦姗的记忆中，父亲经常下班后，不是讲技术课就是加班。即使下班能按时回家，也是马不停蹄地为朋友或邻居做衣服，而且都是义务的。父亲四十五岁时曾经说过："我等于活到九十岁了。"因为他一天当作两天用，好像从不知疲倦。

退休后，父亲坚持规律生活，每天早晨四点半就起床，做一遍自编的保健操后，出门打太极拳。之后去早市买菜，回家吃完早饭后，八点钟就要准时坐在桌前写字画画了，像上班一样守时。他尽管文化程度不够高，但是特别爱学习。年轻时为了提高服装设计水平，利用业余时间到美院学习人物画。他独特的裁剪法，曾经为厂里节约了大批布料，还获得了北京市"五一劳动奖"。退休后，他自学了五笔字型，并且边学边用，用电脑打出了几本厚书。最让秦姗难忘的情形是，早已不做衣服的父亲，经常会空踩缝纫机，因为几十年养成的工作习惯，即使是空踩，他内心也会感到格外的踏实。父亲坚毅顽强、不断进取、追求完美的精神，给了她深刻影响。

父亲九十岁那年，身体越来越虚弱，吃不下饭，一次夜里上卫生间不慎摔倒，无论怎样都爬不起来了，挣扎了近半小时，才被母亲发现，两位老人共同努力，最后才把他扶起。多亏母亲，当时父亲已经浑身被汗湿透，全身软得像面条，再晚一点真的不好说了。

住院后，经检查，父亲患有严重的肺部感染，医生为他使用了强力抗生素。在父亲住院期间，秦姗每天为他做饭送饭，做的都是平日里父亲舍不得吃的南方人喜爱的饭菜。

这天是秦姗陪床，父亲跟她说起过去和母亲拌嘴的事儿，同时预感到自己来日无多了，说着说着流下了眼泪。秦姗劝慰他说："爸，您不是总跟我们兄妹说男子汉要坚强吗？再说，您这么难过，对身体也不好啊！"听了秦姗的话，父亲哽咽着对秦姗说："告诉你妈明天过来一下，我跟她有话说。"夫妻见面，父亲表现得特别激动，说起两个人刚结婚时感情怎么好，如何恩爱，聊的都是美好的过往……

二十多天后，父亲永远地走了。

父亲的去世，对母亲打击非常大。过去还有一少半的黑发，几乎一夜之间全白了。两年后，就是九十二岁的她患了直肠癌，而且是晚期。平日里，母亲最疼爱的是秦姗的哥哥，只要他一来，母亲的两眼都会放光。然而，那段时间里，秦姗的哥哥是看望母亲最少的一个。每当秦姗或她姐姐走进病房，都会发现母亲的眼光向着她们身后瞄。秦姗知道，母亲是在看儿子有没有来。

待母亲真的离开后，秦姗的哥哥一下子病了，变得焦虑不安，常跟夫人念叨着"咱家离医院最远"。其实，距离再远也是有限度的，能有现在离得远吗？孝敬老人这件事，真的无后悔药可吃。

享受当下

因为从一开始就抱定了不婚主义，觉得一个人真的很好，可以享受恣意酣畅、自由自在的"贵族"生活。渐渐地，身边的同事朋友理解了秦姗的选择，不再为她张罗相亲之事。

退休后，秦姗终于有了自己的时间。四年前，秦姗在老年大学开始学绘画，这也是她多年的愿望。尽管基础薄弱，但是学起来兴味盎然，她体会到学画可以使人静下心来，全情投入，那种愉悦的感觉是任何事物也不可替代的。

2023年，是秦姗的哥哥七十岁生日。她想着要送给哥哥一份独特的礼物。猛然想到，就给他画一幅祝寿图吧！秦姗全情投入，画了半个多月。一稿又一稿，当她把最后一朵花画完，把画铺在桌子上拍完照，望着这张饱含心血和深情的画作，突然想起了父母，不由百感交集……

哥哥生日当天，当秦姗把一份特别的礼物——《松鹤延年图》送给哥哥时，给了他一个大大的惊喜，连声问道："这是你画的？上面的题字也是你写的？"秦姗带着几分得意地回答：

"是啊。是我自己画的，自己写的，你喜欢吗？""啊，我还真不知道我妹妹有这么大本事，还这么有心。我太喜欢啦！"

这幅《松鹤延年图》，被哥哥挂在大厅里最显眼的地方。他拍了照片给秦姗发过来，看上去还真像那么回事。哥哥告诉她："兵团战友和老家的人来家里做客，看到这幅画都说是买的。我得意地告诉他们：是我小妹为我亲手画的，众人听后都赞叹不已。"

工作四十余载，秦姗几乎没有自己的业余时间，更遑论游山玩水了。现在，她终于有了大把的时间，可以尽情去游览祖国的大好河山。退休第一年，她约了同样是单身一族的一位女性好友，第一站来到了马尔代夫。第二年又去了华东五省市。第三年去了土耳其。第四年疫情来了，她们暂停了旅游的脚步。正是从那时起，宅在家中的秦姗操起了画笔。

小时候，秦姗是一个特别不爱锻炼的人。尤其是父亲早晨起来对她说一起去跑步时，简直像要了她的命。平日，她最喜爱做的事，就是宅在家中静坐着写写画画。父亲对她说：一个人要办成大事，首先要培养锻炼自己的毅力。于是，从她二十二三岁开始，每天早上跑步，然后去上班。一坚持就是四十余年。

一个人独处时间长了也会有弊端，有时对事情过于敏感。一位关系很熟的街坊，忽然有一天见面后没跟秦姗打招呼，于是她就开始琢磨什么地方得罪对方了。到了儿也没理出个头绪，又无人倾诉，她的心里感觉特别不舒服。一个原来单位的忘年交，年年给她发来生日祝福。2023 年她生日这天，一直没有收到对方的微信。于是又开始前思后想，自己什么地方做得不周到，让这位忘年交对她有看法了。结果，夜里十一点五十，叮咚一声铃响，手机上传来对方的生日祝福，并且一再抱歉当天太忙了，幸亏在子时之前想起并火速发出祝福信息。这一下，让秦姗提溜一天的心终于放回了原处。

说起独身一人该如何养老，秦姗的观点是现在六十来岁，还只是初老，所以倾向于居家养老。她看过一本《来自老父老母的生存报告》的书，非常赞成作者的话："我不想过老年这段生命！最好是青春期延长，然后在进入老年时嘎嘣死。"这也应了秦姗年轻时的想法，根本没想过自己能活到六十岁。尤其是认为猝死不是什么坏事，减少了自己饱受痛苦的过程，也减轻了对家人的拖累。

3. 单亲妈妈的养老远虑

女儿休学

"这个地方我一分钟也不想待了，我要回家！"

就这样，丛燕的女儿佳绮，已是英国某名校的大四学生，却因罹患躁郁症，于 2008 年 12 月休学回国了。

在三四十岁时，丛燕曾是个典型的事业狂，为了追求梦想，两度前往日本研修、留学，并从政府机关辞职下海创业。2003 年，因忙于事业，疏于家庭，导致了婚姻破裂。离婚后，她一边追求事业，一边和前夫罗强共同出资，将佳绮送到英国某大学留学，希望女儿变得更加优秀。

可是，就在佳绮大学即将毕业的前夕，丛燕和罗强收到了她要求休学回国的短信。"马上就要毕业了，为什么要休学？"丛燕极力劝阻她回国，但佳绮出奇地坚决："如果再不答应让我回国，你们不久就会听到我客死他乡的噩耗！"

佳绮回家后的状况，让丛燕的心揪得生疼。一向文静的她变得无端焦虑、紧张、动作迟疑，还常常一个人喃喃自语，丛燕问她在说什么，她却总是回答"没什么"。而且，她那弹得一手好钢琴的无比灵巧的手，如今却总是拿不住东西，吃饭时饭菜常掉到桌上、地上……

丛燕深感不妙，赶紧带佳绮到北京某中医医院心身医学科检查。医生给佳绮开了一些中药，让她先服用一段时间。

从医院回来，佳绮就把自己反锁在卧室里。只在吃饭喝水时开个门缝，把丛燕为她做好的饭菜和熬好的中药接过去，旋即砰地把门关上。服药一个疗程后，她的病情丝毫不见好转，失眠更让她整宿无数次地躺下、开灯、坐起、再躺下，痛苦不堪。

丛燕整日惴惴不安，度日如年地过着日子。终于，二十七天后，佳绮把自己的房门打开了，但不让丛燕和她一起吃饭，她在客厅看电视时，丛燕必须到其他房间回避。母亲望着一脸病容才从"自囚"中走出来的女儿，能说什么？

佳绮生病后，罗强时常前来看望。一天傍晚，他刚要回去，佳绮突然冒出一句："你今天就住这儿！"为了佳绮，丛燕赶紧在客厅为罗强添置了一张单人床。但罗强的去留，一切得看他的宝贝女儿高兴不高兴。

根据佳绮的症状，丛燕来到某精神科医院向一位心理医生进行咨询。在听了她的陈述后，心理医生大致推测了佳绮发病的原因，与丛燕和罗强离异、她孤独一人在异国他乡求学、压力太大有关。尤其是留学中的一次失恋，更成为她发病的直接导火索。

2009年元旦过后，由于丛燕整日忙于工作，对佳绮疏于照料，无人督促她白天按时服药，她又一次病情复发，欲放不得、欲收不能的双重痛苦缠绕着她，在极度烦躁和抑郁的情绪中拉锯。

一位得过抑郁症并康复的朋友对丛燕说："陪你女儿去看看西医吧，她这么年轻，说不定几片西药下去就把病情压住了。"随后，向丛燕介绍了他的主治医生申大龙。

申医生告诉丛燕，躁郁症这种病症，又叫"双相情感障碍"，通常从青少年时期就开始"潜伏"了。直到爆发的那一刻之前，患者看上去都很正常。但是这种病就像"定时炸弹"，随时随地都可能因为某个突发事件而爆发。诊断结束，申医生为佳绮开了两种药物。

服药的第一天，佳绮坐在沙发上，面对窗户，紧咬下唇，虽极力克制自己，可泪珠仍顺着她的面颊滚落而下。丛燕无从体会药物对佳绮的影响，但心里却隐隐作痛。

走出家门

服药三天后，佳绮开始有了变化，能和丛燕一起吃饭、看电视了。但这药有催眠作用，常让以前失眠的她一觉从晚上睡到次日中午。

一段时间后，佳绮的情绪稳定了许多，但她依然自我封闭，害怕出门和陌生人打交道。除夕夜，佳绮和丛燕一起看央视春晚，丛燕竭力用兴致勃勃的语调评论一个个节目，仿佛母女俩是在享受最平常的天伦之乐。可每当她偷眼看佳绮，女儿总是面无表情。演到小品《不差钱》，赵本山一句"人生最最痛苦的是，人活着，钱没了"，把全国人民逗得前仰后合，佳绮却冷不丁冒出一句："其实人生最最痛苦的，是人还活着，却不能走出家门。"

天性中不乏幽默的佳绮，原本反应机敏的她，此刻说出这句饱含巨大精神痛苦的话。在她似乎并不会因此再痛上一分，在丛燕却如针刺入心……

如何医好佳绮的心病呢？丛燕去向一位青少年心理咨询专家求教。和专家谈了许久，获益匪浅。他的话让丛燕进一步领悟到：抑郁症不过是一种"心理感冒"。就像他说的那样，在西方国家，人们接受一次心理咨询，就像吃一顿麦当劳那样自然、简单，连堂堂美国总统也有自己的心理顾问，所以不要把它当作洪水猛兽，做家长的要努力为孩子营造宽松的气氛。最后，这位专家提出了一条具体建议——养宠物。

于是，丛燕一口气买回家好几种宠物，一只叫起来清脆婉转带着水声儿的金丝雀、两只缩头缩脑的乌龟、一对儿欢蹦乱跳的松鼠，还有一缸漂亮的热带鱼。她真希望这些"陆海空"

宠物能成为女儿最好的伙伴。

可没想到，从小十分喜欢小动物的佳绮，此时此刻竟不敢直面它们。吃饭时，鱼缸要用报纸挡住，因为"眼睛太多"；鸟、松鼠和乌龟，也需要丛燕用照相机拍下来给她看……慢慢地，佳绮开始可以用手半遮住眼睛到阳台上看金丝雀，到后来能勇敢地面对它们了。可仅半年，宠物们就相继离世。

不久，丛燕抱回一只流浪猫，但罗强说"流浪猫身上有病菌"，她只好把它送回原处。可佳绮不干，非要父母把那只猫找回来。一周后，罗强下班过来，兴奋地说："宝贝儿，我见着那只流浪猫啦！"佳绮立刻问清了地方，"嗖"地冲出家门，可又像想起什么，"哎哟"一声退了回来。但丛燕已大喜过望——"自囚"近一年的佳绮，终于有了想跑出家门的冲动！

"十一"长假，罗强驾车，和丛燕一起陪伴佳绮去南戴河度假。然而整整三天，佳绮都躺在宾馆床上，始终不敢出门，甚至一日三餐都是丛燕和罗强打饭回房间。丛燕独自跑到海边，对着一望无际的海浪大声疾呼："佳绮，我的女儿，你什么时候才能好起来啊？！"

漫步在海滩上，拾着五颜六色的贝壳，丛燕想起佳绮出生时的情形，渐渐平静下来，对自己说："佳绮自我封闭时，是不是觉得像当年在娘胎中一样有安全感？"在小动物们的陪伴下，她的病情快稳定了，现在刚刚走出家门，又如同胎儿一朝脱离娘胎，还要有一段适应的过程……这么想着，丛燕便释然了。

接触社会

春节时，罗强送给佳绮一个新手机，丛燕帮她从旧机向新机中转存重要信息，意外发现佳绮在留学期间，写下的《佳绮世界·独活杂记》——

我单枪匹马来到这人地两生的地方，面对生活、面对成长，我还要在这里待四年啊！一步步走过来，辛酸和挣扎只有我自己知道……我还要走多久？

最近心情不大好，想回家想得快发疯，虽然知道这对我的学习会大有影响，但让我把它像没发生一样地忘掉，我做不到。我想念我的家人，我的朋友。我怀念那些阳光灿烂、春暖花开的日子……

我希望我是一个拥有很多朋友的人，每天电话响不停，门铃不停按……这些只要你行动就会得到的事情，但我好像已经被注定不可能拥有这种行动的能力了。神，请赐给我力量吧……

丛燕的眼睛被泪雾蒙住，仿佛看到女儿无人倾诉，一步步被逼得患上躁郁症的悲惨过程。这么多年来，丛燕一直忙于事业，却很少关心佳绮的精神世界，如果早就对她多点关心，她也不会落到今天这般田地。

春节过后，丛燕做了一个重要决定：从与朋友合作创办的公司辞职，放弃副总的职位，一心照顾佳绮。

陪伴佳绮的日子里：每天凌晨至上午，当佳绮心境在低潮，在床上辗转反侧时，丛燕会陪她看电视、听音乐、聊天。中午开始，随着她的心情渐入佳境，丛燕就安排她适量学习、做一些心理测试。丛燕把照顾佳绮的一点一滴经验归纳总结出来，定义为"佳绮快乐曲线"。

佳绮非常担心服用药物后智商下降，一有空就给自己做智商测试，每次看到做完测试得一百四十多分，她就会长舒一口气说："庆幸，庆幸！"丛燕对她说："得躁郁症的人都是天才，只要能挺过来，就是强于天才的智者，宝贝儿，我相信你就是。"慢慢地，佳绮有了自信，可以和丛燕一起出去看电影、逛街了。

一天，佳绮看到心爱的虎斑猫在沙发上悠闲地用舌头梳理全身，羡慕地说："我要是只猫咪就好了，它整天悠闲自在。不像人，有那么多烦恼。"丛燕问佳绮："如果给你五百万，你是选择待着享清福，还是希望继续有事可做？"佳绮回答："我选择后者。"于是，丛燕告诉她："那你当不成猫咪，因为你不能忍受它的离群独居、无所事事，你羡慕的就是它没有烦恼。但猫咪有没有烦恼你怎么知道？《红楼梦》里有个《好了歌》，我自创了《了好歌》，你听听有没有道理——对象吹了没什么大不了，下一个更好；工作丢了没什么大不了，歇歇也好；买不起房子没什么大不了，租房也好；开不上好车没什么大不了，地铁也好；挣不上大钱没什么大不了，健康更好……"

佳绮听后，脸上露出了会心的笑容，回答了丛燕两个字："挺好。"丛燕见状，也开心地笑了。

在陪伴佳绮的日子里，丛燕明显感觉到，母女间的亲情在碰撞与融合的交集中悄悄拉近。有时，佳绮在书房，她在客厅，会突然听到佳绮叫一声："妈妈！"她立刻回答："哎，宝贝儿，有事吗？""没事儿。"她悄悄走到书房门口，见佳绮正在上网，果真没事。

回想起佳绮刚出国时，常常不回丛燕的短信，治病前期，她对丛燕仍很抗拒，母女之间那深沉的爱，就在女儿一声声发自心底的呼唤里日渐回归，而佳绮的病情，也在这血浓于水的亲情中渐渐好转。

然而，命运总是让丛燕猝不及防。2010年春节刚过，她在乘地铁下台阶时，双膝一软，突然从六七级高的台阶上摔了下去。医生诊断是滑膜炎加髌骨软化，需要住院手术。丛燕的心瞬间跌入谷底，害怕佳绮没有她的陪伴又旧病复发。不得已，对佳绮谎称有事离开几天，让罗强把女儿接过去，自己住院做了骨科手术。

一周后丛燕出院回到家，佳绮正坐在沙发上看电视。见她一瘸一拐地走进来，佳绮惊呼道："妈妈！你怎么了？"她急促的语气让丛燕的心温暖到近乎融化："没事儿，妈妈就是摔了一下，见到佳绮呀，妈妈就不疼了！""妈妈，你病了，年纪也大了，以后就让我来照顾你吧！"第二天早上丛燕起床，看到佳绮已经在餐桌上摆好亲手做的早餐，她感受到了从未有过的幸福。

2013 年春节过后，佳绮做了她人生第一次重大的自主抉择——到一家国际教育机构做一名志愿者，边工作边在一家青少年心理援助中心接受心理咨询。

佳绮把自己的打算告诉丛燕时，她开心极了。佳绮去当志愿者也是丛燕的初衷，因为佳绮的病情虽有好转，但一下子踏入职场想必压力大，先做志愿者，既能融入社会，又能奉献爱心。助人的同时，更有助于提升她的自信。被喜悦冲昏头脑的丛燕"二"话连篇地对佳绮说："只要是你能够开心做事、快乐生活，妈妈有三头六臂的话，就会举三双手赞成，如果是千手观音，就举五百双手赞成……"

谁照顾谁？

从 2003 至 2023 年，如今已经六十六岁的丛燕一直过着单身母亲的生活。其间，也有不少机会可以结交优秀的异性，但是她都没有考虑。原因是佳绮自从经历感情的挫折后，一直没有再碰触过婚恋的话题。丛燕打算先帮女儿找到真命天子，再考虑自己的再婚问题。

在一次老友聚会时，好友满江问丛燕："你女儿成家了吗？"在得到否定的答复后，满江又问了佳绮的年龄，立刻说："我有个老街坊是美院画家，他有个学生叫肖伟，和你女儿同岁。河北人，毕业后一直在北京创业。肖伟一直想找个北京女孩儿，如果可以，不妨让他们彼此交流一下？""好呀，还让老朋友费心啦！"

满江当晚便给老街坊打电话要了肖伟的手机号码和照片，转发给了丛燕。照片上的肖伟身着卡通图案的白色 T 恤和牛仔裤，一副眼镜为他阳光的外表增添了几分斯文。尤其是照片下添加的两行字，瞬间把丛燕逗乐了——有时候我真想问我妈我妹为啥比我白那么多，后来想想明白了两个道理：一、我不是"肤浅"的人；二、此生我可不想"白"活。

回家后，丛燕把肖伟的情况对佳绮讲了，问她愿不愿意先与肖伟交个朋友。佳绮立马回答"可以啊"，随后拿起手机就把肖伟的手机号码输入了。丛燕抑制不住心头的喜悦，赶紧给满江发了一条信息。满江回复："好的，我让肖伟主动联系你女儿。"

几天后，满江给丛燕打来电话，告诉她肖伟已经添加了佳绮的微信，二人还互发了照片。肖伟跟他老师说，非常喜欢从照片上看上去清丽文静、腮上有些小肉肉的佳绮。只是不知为什么她的态度一直不冷不热，约她见面也总是说"我很忙""再说吧"。肖伟感觉自己有点儿剃头挑子一头热，怀疑佳绮是否已经有男友了。丛燕肯定地告诉满江：据我所知，佳绮绝对没有男朋友。

然而，接下来，由于佳绮始终推托不肯见面，肖伟不再主动约她，一段无缘开始的交往最终不了了之。

丛燕也曾有再过若干年进养老院的打算，但是又一想，自己进了养老院，佳绮今后一个人怎么办？女儿虽然较之前有了很大的好转，但毕竟只是刚刚接触社会，还在接受心理治疗，尚未完全康复。难道也要年仅三十几岁的她跟着自己一起去养老院吗？答案显然是否定的。

随着一天天慢慢变老，各种基础病接踵而至。从起床到入睡，治疗高血压、糖尿病、滑膜炎、重度骨质疏松等药物，丛燕每天要吃上十几片。在夜深人静时，她想得最多的是：再过十几年，她和佳绮母女之间，谁又能照顾谁呢？

4. 丁克一族的养老喜忧

为家人而活

丁克家庭，放在当下来看可能不算什么事，但在上世纪五六十年代，是足以成为引爆家庭关系的重磅炸弹。

1975年4月，十八岁的代文芳高中毕业后，作为知识青年，被分配到北京郊区插队。两年后，一起插队的同学们陆续回城了。可是，代文芳考虑到自己已经适应了农村的生活，如果回城，小她两岁的大妹就要继续去农村做知青。于是，她做出一个决定：继续务农两年，让大妹留城。

1978年年底，结束了将近四年的知青生活，二十二岁的代文芳回城了，进到一家国营厂做一名大龄学徒工。因为在农村入了党，厂领导很快就让她脱产做了厂团委工作。不久，她又考入当时某大学专为团干部开办的"夜大"班，边工作边学习五年。其间，经人介绍，代文芳认识了与她同岁的班超，并于第二年步入了婚姻殿堂。

婚后，从小就做着文学梦的代文芳又报考了语言文学自修大学。这下，她同时上着成人大学、大专班，又要工作，学业和工作出现了严重"撞车"，每天疲于奔命。妈妈看到后心疼地对她说：你这样不成，年纪轻轻的像个老太太，身体都不像样了。

这天，代文芳和班超商量，我们能不能不要孩子？让她没想到的是，丈夫的思想比她还要前卫，二人在这方面的想法一拍即合。她当即松了一口气，因为如果班超持不同意见，公婆会跟代文芳死磕的。

几年后，代文芳的公公因心肌梗死被送入医院，每天，班超和兄弟三人轮流去医院陪床。这天，是班超的二哥值夜班。公公想上卫生间又不忍叫醒儿子，于是，自己硬撑着起床如厕。孰料在卫生间门口不慎摔倒。就是这"人生最后一摔"，最终夺去了公公的生命。

又过了几年，代文芳的父亲因为重度哮喘离世，妈妈和婆婆又先后患病。班超当时自主创业，经常出差不在家。代文芳每天除了工作，下班后则是往返于两个老人之间。为了减轻她的负担，班超把母亲送到了外地妹妹家。

代文芳的母亲在她和两个妹妹的精心照料陪伴下，尽管患病多年，居然奇迹般地进入了鲐背之年。过去一心扑在事业上的代文芳，退休之后拿起了笔，边照顾母亲边做一名自由撰稿人。当她以为终于可以松一口气的时候，意外发生了。

班超多年来忙于经商，忽视了每年的健康检查。结果身体亮起了"红灯"，出现尿频、尿急之后又是排尿困难、疼痛等症状。代文芳马上押着他去医院做了检查，结果被诊断为前列腺癌晚期。这个噩耗不啻晴天霹雳，把代文芳砸蒙了！她万分后悔多年来只顾照料老妈，疏于对丈夫的关心体贴，没有督促他按时去做体检。

当时正是新冠疫情最为严重的 2020 年，代文芳每个月要打 120 急救车，陪班超去医院住院检查一次。然而，又一个令她始料不及的情况出现了。在疫情得到缓解后，和她一起居住的母亲患了阿尔茨海默病，在代文芳陪班超去医院的时候走失了。

万般无奈之下，代文芳决定把母亲送入养老院。让她感到欣慰的是，老妈非常愿意去。尽管在她去养老院看望母亲时，母亲已经认不出她了，问："你是哪来的大妈呀？"代文芳说："哪个大妈能给你买这么多好吃的？我是您女儿呀！""哦……你是我女儿？不知道……"

2023 年春，代文芳的母亲走了，享年九十三岁。也许是孝心可鉴没有留下遗憾，面容苍老满头白发的她没有过度悲伤，擦干眼泪说道："老妈心疼我，给我留了半条命。从现在开始，能过二人世界了。"

半年后，代文芳陪班超住进了养老院。自此，她可以一心一意地照顾丈夫了。在代文芳的精心陪伴呵护下，经过半年的医治和疗养，班超的生存期奇迹般地得到了延迟。她默默祈祷着，期待自己挚爱的丈夫能够与她相伴到老……

事业为伴

1941 年出生的方婷姝，年轻时是一名成绩斐然的舞蹈演员。二十五岁之前就已经表演过中外六十多个民族舞蹈，其中有独舞、双人舞、三人舞，并担任过七个节目的领舞。被业内赞誉为"跳出了舞蹈的灵魂"。

1969 年，二十八岁的方婷姝怀上了第一胎。丈夫龚瑞杰关心地对她说："从现在起，你要好好保胎，这一年里不要再登台了。"由于小时候兄弟姐妹多，排行老五的方婷姝上面四个姐姐，下面一个弟弟。家庭经济的拮据，导致她自幼患上了营养不良性贫血。当时，方婷姝没有意识到这个病的危害性，加上事业心超强的她，并没有停下视为生命的工作。过度劳累，导致她在怀孕五个月时不慎小产，是一个已经成形的女胎。

当时的情形对方婷姝打击非常大，导致精神一度崩溃，身体异常虚弱。龚瑞杰看在眼里，疼在心上。他对妻子说："婷姝，你身体要紧，以后我们不再要孩子了。"就这样，夫妻俩被动地选择了丁克。身边的朋友们不理解，以为方婷姝是为了事业不要孩子。她没去一一做解释，因为说起来都是泪。

也许是为了弥补没有孩子的缺憾，方婷姝把全部精力投入到了舞蹈事业中。自 1991 年起策划了独舞晚会，其中五个中国不同民族风格舞蹈的全部独舞，都由她独立创作并表演。鲜花、荣誉接踵而至。

龚瑞杰精通音乐和美术，而且一直是妻子的最佳搭档。他对五个独舞的音乐有些不满意，要亲自作曲。这样，方婷姝就没有去找其他人，静候丈夫的音乐加工创作。但是，一等十几年过去，龚瑞杰其间迷上了办公司，根本就塌不下心来搞创作。再接下来，公司没有办下去，专业也荒废了。

2011 年，七十一岁的龚瑞杰因突发脑出血不幸去世。事后回忆起来，方婷姝不无惋惜地说：丈夫的路子没有走好。他本来是个多才多艺的人，搞音乐、作画都特别能抓住特点。但却没有按照自己的特长去深入钻研，而是被社会的浮躁之风裹挟最终沉沦。既没有家庭背景，又不是自己的强项，忙碌了很多年，结果是竹篮打水—— 一场空。丈夫执意为之，身为妻子苦口婆心也劝不回头，只得任由他去。有相当长的一段时间，龚瑞杰到处东奔西走，都是方婷姝自己在家料理家务，做舞蹈研究，著书立说。那时的她还没有退休，母亲和婆婆病了，她两头忙，而且照顾得非常好，直至和双方的兄弟姐妹一起为两位老人养老送终。

现在，孤身一人的方婷姝虽然已经进入耄耋之年，但是一切家务依然坚持自己做。虽然她走路很迟缓了，但是脑子和手依然特别快。看到她外出行走步履蹒跚，街坊四邻关切地问："怎么不找个保姆照顾你呀？"方婷姝的回答是："我家兄弟姐妹多，外甥外甥女、侄子侄女一大堆，我对他们从小个个疼爱。现在，他们轮流来看我，帮我买菜做饭。我家里东西太乱，书堆得哪儿哪儿都是，现在找保姆，东西收拾得太整洁，我担心找不到要用的资料抓瞎。等以后彻底做不动事的时候再说吧。"有一段时间，她总是咳嗽，发低烧三天吃不下饭。但那时正是疫情期间出行不便，她靠着当年照顾母亲和婆婆的经验，自行用药治疗。每天早晨，她还坚持在床上做经络疏通，从不间断。

本来方婷姝想不断地超越自我，通过办一个国际培训班，把自己几十年的舞蹈经验传播到海内外，还想把过去的很多舞蹈拍成教学片留给晚辈。但是，目前最大的困难就是身体在跟她较劲，尤其是进入 2024 年以来，只要手上划一个小口，就要流很多的血。这对于本来就贫血的方婷姝来说是非常危险的，她若想继续发挥余热，必须要先把自己的身体调理好。

让方婷姝倍感庆幸的是，直到现在，社会还需要她，原单位依然在民族舞演出时邀请她上台展示。她的观点是："即使身为老年人，也一定要有生活目标。看到现在的好多帖子里，有的老人说自己什么都不管了，每天就图个吃吃喝喝，高高兴兴。高兴是高兴了，这样下去不就成废人了吗？社会不需要你了，活着还有劲吗？但是，话又说回来，每个人的生活目标不同。比如我是个自始至终保持活力的人，即使让我累死甚至'作死'，我都心甘情愿。"

顺其自然

"林松，你和陈蓉到底是谁有毛病啊？我认识这方面的大夫，不行给你们介绍一下？"

其实，对于要孩子这件事，林松有着一个特别的心结。生于五十年代末的他，考虑当时的计划生育政策只能要一个孩儿，就跟陈蓉说："孩子最好能有个伴儿，如果只能要一个，真还不如不要了。"

说这话的起因是，林松自己就是独生子，母亲生下他之后，因为身体的原因没有再要孩子。他看着周围的街坊邻居每家都有三四个孩子，小的受到谁家孩子欺负了，大的还能出手相助，很是羡慕。自己被人欺负时，只能跑回家向大人哭诉。尤其是"文革"时期，由于爷爷是资本家，父亲被定性为"黑二代"，林松的家被抄了。从此，他时常被一群淘气的男孩子追着扔石块儿。好不容易有几个孩子答应跟他一起玩儿，但是在分组游戏猜丁壳时，有一个小女孩突然大声喊道："三把两把不带小资本家玩儿！"然后其他孩子嬉笑着一哄而散……

参加工作进入工厂的林松，两年后与另一车间的陈蓉自行相识相恋。记得结婚的时候，工段的同事们关系普通的大多只随了五角份子钱。关系稍微近些的送了脸盆、暖水壶、痰盂、枕巾……一位平日最关心他的女师傅，送给他们一条毛巾被，这在当时是非常高档奢侈的结婚贺礼了。

让身边关心林松的人感到蹊跷的是，结婚几年下来，他和陈蓉一直没有动静。于是，出现了本文开头的那一幕：女师傅关切地询问他们不要孩子的原因，还要热心地帮忙找专家。

当时，林松把事儿揽了过来，说没有孩子是他的原因。于是，那位师傅也就不再过问了。一晃几十年过去，如今二人已经退休。陈蓉会偶尔跟林松提起"你说咱们那会儿要有个孩子，现在会是什么样？"林松回答："没影的事儿也就不用再去想了，想也白搭不是？"

其实，林松说这话的真实想法是，当年没要孩子倒是对的。因为婚后俩人在一些观念上出现了分歧。如果真有了孩子，估计也是惯得没样儿。所以，一对夫妻是否应该要孩子，从来没有固定的模式。而他们那一代人的思维模式是，结婚没孩子，肯定不正常。

如今，身边又有很多人开始羡慕起林松和陈蓉的晚年生活来：还是你们有先见之明啊！不要孩子，享受二人世界。到处游山玩水，优哉游哉。其实，谁也不理解林松内心的苦闷。正可谓"不冤不乐"，这句北京老话儿他总爱挂在嘴上。因为在相当长的一段时间，林松发现自己年轻时选对象过于注重颜值。和陈蓉朝夕相处后，才发现二人有诸多地方不合拍。

但是，冷静下来之后，林松又扪心自问：有道是一个巴掌拍不响，不能只埋怨对方。如果改变不了别人，就先改变自己。人的品格、习性很多都是骨子里的东西，如何轻易改变？所以，还是一切顺其自然吧。

乐享晚年

向隽二十六岁时，经人介绍认识了大她两岁的侯彬亮。与其说是向隽选择了侯彬亮，不如说是她妈妈先接受了这个未来女婿的母亲。因为侯彬亮的妈妈长得特别富态，肤色白白净净。退休前是音乐教师的她，说话轻声细语。向隽的妈妈对她说："这样的婆婆，将来不会给我女儿气受。"向隽看上侯彬亮，主要是因为他脑子快又好学，知识面宽，接受新生事物快，文学的底子也比较好。正因如此，如今已经七十一岁的向隽望着她再熟悉不过的老公，以略带失望的口吻说："我认识的那个聪明的、反应快的、好学的人怎么变成这样了？"

向隽的公公一百零一岁了，十年前婆婆去世不久，他选择住进了养老院。身为老知识分子的他，直到现在还会用电脑写文章、做课件，给养老院的刊物投稿，为老伙伴们讲课，做一些自己喜欢的事情。所以，向隽和侯彬亮才得以有时间享受二人世界。到现在为止，退休后的他们已经到过三十多个国家和地区旅游。2024 年计划去加拿大，再到北美，有机会去南美，看看向隽在那里定居的妹妹。

说起年轻时二人为什么没要孩子，向隽告诉笔者：他们刚结婚不到半年，父亲就被检查出患有癌症并住进了上海的专科医院。向隽无论如何也没有想到，身体一直很好而且视事业如生命的父亲，刚过五十岁就会患上绝症。因为父亲一心扑在工作上，母亲承担了全部家务不说，在丈夫眼中还成了透明人。

从小在父母宠溺中长大的母亲，开始用生病导致身体欠佳来吸引丈夫的关注，结果因郁成疾。

面对父母的身体状况，向隽对丈夫说："我爸爸得了这个病，妈妈身体又不好。弟弟还在部队，妹妹又在国外生活。父亲正是干事业的年龄，我想帮他战胜疾病，实现愿望。如果有个孩子的话，又怎么有精力去照顾？所以，我们能不能不要小孩？"侯彬亮当时毫不犹豫地同意了，他说："我知道你是个特别喜欢小孩儿的人，做出这样的决定，肯定也是情非得已。"向隽听了丈夫的话非常感动，因为侯彬亮家就他这么一个男孩。

之后，向隽赶往上海照顾住院中的父亲。她父亲患的病是很严重的恶性肿瘤，当年夏季某日做完手术，医生对她说估计病人扛不到年底。向隽得知后决定，一定要在如此短暂的时间里陪伴父亲走过最后一段人生。可让她喜出望外的是，一年、两年、五年、十年过去了，直到第二十个年头，父亲最终因肺源性心脏病告别了人世，享年七十三岁。母亲都没能熬过他，年仅六十五岁时先于丈夫撒手人寰。

二十年间，已经决定做丁克的向隽，其实无数次幻想过能够成为一名母亲，这种强烈的愿望甚至让她产生了焦虑，而且困扰了她很多年。但是，陪伴父母直到生命尽头的同时，她已是年近半百的人了。曾经的焦虑也随着年龄的增长逐渐淡漠、消失。

侯彬亮的外甥女，是他们夫妇看着长大的，非常的通情达理。她对二人说："你们都退休了，还是要用一个什么事情来充实、丰富一下自己。"她给向隽夫妇送来了一只小狗，是泰迪和比熊的串串狗，特别招人喜爱。向隽给它取名"丁豆"，像带小孩子一样从四个月把它养大，而且走到哪儿都是抱在怀里。结果惯得想遛它的时候也懒得走，就是要她抱。而丁豆这种无休止的求抱抱，又是向隽心甘情愿的。这个汪星人成为她心底最柔软的光，带给她一种充盈的满足感。

说起向隽与侯彬亮的相处之道，她说："其实，我们俩的性格有着很大的差异。他出身于知识分子家庭，本人的性格很温和，但是比较退缩，需要安全感。而我的性格是比较外向、直爽，带着一股冲劲。"所以，丈夫的生活习惯特别随性，希望什么东西都要放在随时能拿到的地方，认为这是生活气息。而向隽是希望物件的摆设要干干净净、收纳得整整齐齐。时至今天，二人谁也没能说服谁，也就顺其自然，相互适应了。

过去，侯彬亮是家务事从来不做的，向隽跟他提出：我们都是七十多岁的人了，以后家务事要一起做，彼此相互照顾。因为过去时常是向隽回到家，连口开水都喝不上，她对丈夫说："你在家里干吗呢，烧一壶水有这么难吗？"一开始，侯彬亮还表现出一丝不高兴，因为过去都在单位吃食堂，二人彼此都有着各自的空间。如今退休了，夫妻天天面对面，生活的磨合上升到了第一位。好在侯彬亮性格温和、谦让，默默地从烧水开始，也能做一些家务了。

为了充实退休后的业余生活，向隽从六十岁开始学习跳舞。之后便进入了一家老年舞剧团，十年后，她有幸参加一场舞剧的演出并在其中担任重要角色。这场舞剧连续演出几十场，并作为首个业余舞团登上了国家大剧院的舞台。作为一名业余舞者，能够在专业的艺术殿堂一展风采，让向隽感到无比自豪，今生无憾了。

现在，随着年龄的增长，向隽由动到静，开始学做摄影和视频。她认为摄影是静态的，能够把生活的瞬间固定下来。而视频是动态的，又能记录生活的全过程。现在，人们的交流方式经历了革命性的改变，从面对面的互动转变为屏对屏的交流，极大地增强了人们沟通的便捷性。对向隽而言，还有一个动力是，学生时代重理轻文的她一直为自己文字功底的欠缺而抱憾。现在，用视频配合着文字来表达自己的心绪和情感，或者来记录有趣的事情，让她感觉兴趣盎然，乐此不疲。加上侯彬亮的文字功底好，向隽与他共同创作了很多图文并茂的小视频，与朋友们进行互动交流。

因为公公多年住在养老院，向隽与丈夫经常前往看望。现在，与公公住在同一家养老院的还有侯彬亮的小舅舅，虽然只比他大一岁，但是因患脑出血住在半自理区。还有一位是侯彬亮的妹妹，虽然只有六十九岁，但是妹夫因肾癌做了手术，不愿意在家里住，也来到了养老院。因为养老院的旁边就有一家医院，就诊取药都非常方便。家中有三人以住进养老院的现身说法，让向隽和侯彬亮很认同这种依靠社会的养老方式。他们的观点是：再过十年左右，两个八十多岁的老夫老妻一同住进养老院，既不会寂寞，又享受照顾，不失为一种上乘的选择。

采访手记

曾经有人发问："不结婚，老了是不是真的很惨？"更有人直言不讳地说这类人"年轻时有多潇洒，老了就有多悲惨"。《"单身贵族"的养老清醒》一文的主人公秦姗的人生经历证明，之所以能够保持一份清醒，源于她确保自己的人生是由自己决定，而不是勉强接受的。所以，既能在年富力强时追寻自己的人生目标，又能把自己的晚年生活安排得充实有趣，乐在其中。

《丁克一族的养老喜忧》一文，通过对四位选择丁克的主人公采访，笔者发现：实际上他们当中为数不少的人是不得已而为之，即被动选择，如书中所描写的代文芳、方婷姝、向隽三位原型。而且在养老方式上，夫妻健在或一方疾病缠身，他们当中选择进养老院者居多。主要是双方能够相互照应，不会感觉寂寞。

有资料显示：从独身、丁克夫妻到空巢老人，全国"一代户"占比已近五成。而且，一代户比重提升，并非在某些地区单独发生，而是在全国统一发生的现象。其中，又以空巢老人的应对风险能力最为薄弱。如《失独家庭的养老困局》一文的主人公安志杰，独生子和老伴先后去世，尝试了独居、雇人照料、工友抱团取暖等多种养老方式，目前仍然没有步出困局。据悉，考虑到"失独"老人多不愿与有子女的老人同住，北京市特将"第五福利院"改造成专门接收"失独"老人或独生子女伤残老人的福利院，目前已完成十位申请入住老人的公示工作。自去年起，拥有四百五十张床位的"五福"已不再接收普通老人，今后将慢慢过渡为只接收"计划生育特殊困难家庭老年人"的福利院。这项政策，对安志杰老人这样的"失独老人"来说无疑是个福音。

"单亲妈妈"独自养育子女本身已很艰难，带一个患病的孩子长大更是难上加难。《单亲妈妈的养老远虑》一文的女主人公丛燕，女儿患有躁郁症，自己又是一身的病。可喜的是在母亲不遗余力的坚持下，女儿正在一步步走出躁郁的泥沼。相形之下，笔者也走访过一位自闭症（即"星星的孩子"）的单亲妈妈。她说的最无奈的一句话让笔者无比震撼："我只想比孩子多活一天！""为母则刚"，说出这句话的母亲，心中只有自己的亲生骨肉，哪有"闲情逸致"去考虑自己的养老问题？

写完这章，笔者的心情可谓五味杂陈。如何帮助特殊困难老年人，使他们安度晚年，是面对"银龄浪潮"的社会必须回答好的考题。2022年9月，民政部等十部门联合印发了《关于开展特殊困难老年人探访关爱服务的指导意见》，对化解独居、空巢、留守、失能、重残等特殊困难老年人的居家养老安全风险，更好满足基本养老服务需求，进行了制度性安排。用心、用情、有力破解特殊家庭老年人生活中的难点，更好实现这部分人的老有所养、老有所享，是全社会需要投入大力气共同破解的难题。

钮敏

第二章 ▲ 家庭养老两代同述慈孝相依

父兮生我，母兮鞠我。拊我畜我，长我育我，顾我复我。出入腹我。欲报之德，昊天罔极！①

——《诗经·小雅》

---

① 译文：父母双亲啊！您生养了我，抚慰我、养育我、拉扯我、庇护我，不厌其烦地照顾我，无时无刻不怀抱着我。想要报答您的恩德，而您的恩德就像天一样的浩瀚无边！

1. 人气老妈

母亲住进燕郊

2023 年年初，陈钟为母亲专门制作了一本影集，精心遴选了自 1980 年至 2023 年四十三年间，陪伴母亲旅游及家庭生活照片三百六十余幅。他在前言中这样写道：

在旅游途中，经常会碰到一些同路的游人，赞叹母亲的高雅、健谈、学识，惊讶于她九十二岁高龄还能有如此的体魄，总猜测母亲是大学教授或高官退休。每当那时，母亲总开玩笑地说自己是"家政大学毕业"，学的是做家务、看孩子。母亲虽然文化程度不高，却知书尚文颇具修养。母亲所流露出来的高雅知性的气质、乐观豁达的性格和健康硬朗的体质，让那些旅行者为之震撼，经常请求与母亲合影留念，希望能够沾沾母亲的福气，也能像她一样健康长寿。

陈钟今年七十三岁，他的母亲叫曹淑良，1930年生人。距2021年又过去了三年，已经九十四岁高龄了。这位游人们眼中的人气长者，在实际生活中更是子女们的人气老妈。这话，还要从2014年曹淑良居住到燕郊时说起。

在母亲刚住进燕郊的几年里，陈钟和大妹陈玲、小妹陈玉定期地轮流陪住照护。母亲有时也回北京，到各家住一段。之所以选择住燕郊，一来喜欢这里空气好，人少清净。尤其是一到冬天，基本上外面没什么行人。二来这里房子宽敞采光好，作为老人在房间里行走相对自如，减少磕绊的风险。第三条最重要，因为有孩子们陪伴，可以尽享天伦之乐。

五年后的一天，曹淑良清晨醒来感觉胸部憋闷，偏头痛。当时正在身边陪伴的陈玉，立刻打电话叫丈夫火速赶到燕郊，二人开车陪母亲前往人民医院做检查。诊断结果发现，她的心脏有一根血管已经堵了百分之七十，当即住院进行治疗。出院后，便正式开启了兄妹三人每隔半个月轮流陪护模式。

曹淑良老人说，昔日我对子女的付出，换来了他们对我的回报。而且是发自内心地在回报我。因为我从没有在脑子里琢磨过要孩子怎么做，确实是所有的孩子都非常孝顺，包括儿媳妇和女婿。

笔者约谈曹淑良老人当天，见到了当班的陈玉和来换班的陈玲，还有专程过来看望母亲的陈钟、文清夫妇。因为就在一周前，母亲夜里想如厕又不忍心唤醒女儿，便自己下床去卫生间，结果不小心摔了一跤。幸而并无大碍，现在已经恢复得差不多了。其实，平日里只要母亲按"一键呼叫"，从来只按一下，马上当班子女就会来到她身边。

说着话，在厨房里忙碌好一阵的陈玲和陈玉招呼大家吃饭。刚坐定，曹淑良老人看着满桌菜肴顺嘴来了句："分锅做饭，同桌而食。"然后解释说平日里各家都是分锅做饭，众人凑在一起同桌而食包括款待客人实为不易，要好好珍惜。我们家四世同堂，连女婿带儿媳加起来已经十四口人了。一个大家庭，哪有锅勺不碰锅沿的，"言语不顺，亲不见怪"。有言语不顺的时候，就用顺过来的言语解决。话聊沟通，矛盾百消。

哇，老人家金句频出啊！笔者由衷赞叹道。

"还有哪，'话有三说，巧说为妙'。也就是在与人的接触中，言谈举止要尊重对方。在说话方式上，面对不同的人，要学会用不同的方法。"

看来，如果跟老人家聊上三天三夜，兴许能整出个《老妈语录》呢。

饭后，笔者问曹淑良老人是否午休片刻时，她马上说："不用，现在睡了晚上失眠。再说，我这话匣子才刚刚打开。"

独自养大儿女

1958 年，曹淑良随丈夫工作调动，从西安来到北京。半年后，身为建工部工程师的丈夫，赴广西主抓一个全国重点建设工程，一去就是两个月。谁知这期间丈夫不幸病故，撇下了三个年幼的孩子和一个尚在母腹中的胎儿。

当时仅有二十八岁的曹淑良因悲伤过度，一度竟失去了活下去的勇气。在极度绝望之际，国家给予了她温暖和援助，丈夫的原单位领导每月发给孩子十五元生活费，并为曹淑良找了一份幼儿园的工作。天性好干净的母亲在岗位上表现得相当勤奋尽责，但因为带着四个孩子，她实在无法把主要精力集中到班上来。为专心照看孩子，她谢绝幼儿园园长的挽留，主动辞去了幼儿园的工作。在社区里找了份手工织补、绣花的活计，每天拿回活儿来在家做。

丈夫去世那年，曹淑良的长子陈钟七岁，长女陈玲五岁，次女陈玉三岁，次子陈明数月后呱呱坠地。不忍看她生活如此艰辛，上海的公公和小叔子主动提出抚养刚刚出生的陈明。万般无奈之下，曹淑良把陈明送往上海叔叔家。当时小叔子家已经有了两个孩子，面对哭成泪人的曹淑良，他宽慰道："嫂子你放心吧，小明就交给我了，再苦也不会苦孩子。"

"三年自然灾害"期间，曹淑良曾带着孩子们出去挖野菜。即使这么困难，外地的亲戚朋友投靠到北京来，在家吃住，她从未拒绝过，拿出平日里省吃俭用攒下的粮票买来细粮招待他们。熬过那段最困难的时光后，为给孩子们增加营养，她买来大棒骨熬汤，剔下一点点上面的肉分给他们吃。又在阳台上养了两只母鸡，用每天鸡下的两个蛋蒸蛋羹分给三个孩子吃，自己却舍不得吃一口。

"文革"前，曹淑良担任了社区主任，整天忙来忙去，每月只有几元钱的生活补贴，一干就是十几年。同时，协助街道"红医站"上门为病人打针。多年以后孩子们才从街坊的口中得知，父亲刚去世那几年，母亲因为过度劳累，几次晕倒在路边被人搀扶回家。

曹淑良的事迹感动了周围的人，她连续多年被评为社区先进工作者并出席全国、市区级妇女代表大会，于1982年获得北京市"四好家长"称号。生活在上海的陈明和母亲非常亲近，小时候每个寒暑假都来北京看望妈妈和哥哥姐姐，成家后直到现在，几乎每隔三四天就要打个电话问候。让曹淑良倍感骄傲的是，自己的四个子女个个健康向上，积极要求进步，包括儿媳女婿，全都入了党。1983年获得全国"五好家庭"殊荣（北京市仅七户），1984年2月出席在人民大会堂召开的北京市先进居民代表表彰大会，并多次受邀到人民大会堂参加招待会及各种活动。从1984年起，曹淑良被十几家单位邀请介绍"五好家庭"的先进事迹，尤其是如何教育孩子的经验。她总教育孩子们："要记住，是国家把你们兄弟姐妹抚养长大的，要好好做人，报答国家的养育之恩。"

天性坚强乐观

六十六年过去，如今的曹淑良老人日常生活非常有规律。每天早晨六点起床，早餐后七点半外出散步，最少一个半小时。和一帮现在的老朋友老伙伴，大家边散步边聊天。无论走到哪里，她都有几个关系特别好的朋友。

一辈子干净利落惯了的她，每次出门都把自己从头到脚拾掇得整整齐齐，衣服也是每天都要配套更换不重复。她的观念是，即使人老了，也要讲究极致。

出门后，看到老人精神状态这么好，经常被问：您一日三餐都吃什么好的，把身体保养得这么棒？她回答我每天都是粗茶淡饭，七七八八的营养药一片没吃过。又有人问：您这么大岁数，这记性怎么还那么好？老人回答道："这是出去跟人话聊聊出来的。"她跟街坊四邻都聊得来，不仅聊家庭、聊体育，还能聊聊俄乌战争、巴以冲突……无论天南地北，对方问什么她都是有问必答。越聊头脑越清楚了。平时的话聊对象，既有医院的主任和护士长，也有普通医护人员；有学校的校长，也有教师。包括小区里的清洁工，也能跟人家嘘寒问暖聊上一番。子女们说，每天早上推着老太太出门，把她安置在小区内能够晒太阳的地方，不一会儿就见到有人围过来听她聊天，他们就跟着一拨人去健步走。估计老母亲跟众人聊得差不多了，再回来接她。

老人一辈子教育孩子要勤俭持家，而且把所有的事情一应俱全地一个人担当过来了，即使是现在九十四岁高龄，脑子依然非常清晰。孩子们有什么事都得问她，包括小到一颗螺丝钉，什么东西在哪儿放着，她全都一清二楚。

她拿起一件正在编织的毛线袜说道：自己住在这里后，已经织了近百双毛线袜。不仅给家人，还送朋友。她又伸出手掌，"你看我这手血液循环多好，就是因为经常动手，包括家务我也是力所能及。有时候扫地擦地，自己洗衣、洗澡，亲自下厨烧鱼、炖肉。孩子们也不拦我，因为他们也希望我多活动。"

如果老人不说，笔者无论如何也不会想到，其实她是一位癌症患者，七十八岁时患了乳腺癌。但是，天性坚强乐观的她没有被病魔困扰，反而更加珍惜晚年的幸福时光，把每一天都过得有滋有味。

老人喜爱唱歌，在没来燕郊居住之前，平日里经常去景山公园、玉渊潭公园、北海公园唱歌。渐渐地，不看字幕就能把一首歌唱下来。她七十多岁在跟团旅游观看鼓浪屿海景时，还情不自禁地唱起了《鼓浪屿之歌》："鼓浪屿四周海茫茫，海水鼓起波浪。鼓浪屿遥对着台湾岛，台湾是我家乡……"刚唱了几句，她就被旅游团的团员们围住了。一首歌下来，没有一句歌词唱错，而且声情并茂，令众人赞叹不已。

老人喜欢旅游，七十八岁至八十一岁三年间，由陈钟陪伴，完成了四万多公里的国内自驾游旅程。第一站从北京出发至福建，又从福建至黄山，行程八千多公里。老人坚持自己爬上了黄山，下山时陈钟为她租了滑竿。行至平地时，她说要自己走一段，让轿夫歇一会儿。内地游历十几个城市后，陈钟又陪母亲去到台湾地区和欧洲五国旅游。

老人爱看体育节目。如果你问她各个项目的规范，她全能给你讲得头头是道。她告诉笔者："12月2日我刚看了斯诺克英锦赛四分之一决赛，丁俊晖六比五战胜了马克·威廉姆斯挺进半决赛。接下来他将与另一个外国人，叫什么名字我忘了（奥沙利文），二人争夺决赛席位……"

儿女孝心陪伴

母慈子孝，反哺报恩。在与曹淑良老人的子女交谈时，他们谈得最多的是，老妈在他们心目中永远是排在第一位的。

今年5月的一天，曹淑良老人早晨醒来感觉头很疼，浑身的关节也疼。当时陈玉在身边，给母亲做完早点端上桌，见她手有点发抖。陈玉平时最了解母亲的身体情况，对她的病情及如何用药一清二楚。听完母亲说了自己的症状，马上给嫂子文清打电话，文清迅速开车赶了过来。姑嫂二人将老人及时送往附近的三甲医院进行住院治疗。

陈玉说："平日里，除了专人陪伴，只要老妈有了什么突发情况，一声呼唤甚至不用呼唤，子女们都会全员赶过来。能做到这样，除了要得到家里另一方的支持，还有三兄妹之间的相互理解。比如我妈最近这次住院就没告诉我姐，因为她九十岁的婆婆也正病着，我和哥就分别陪床了。"

陈玲接着说："有人问我，你老在娘家待着，婆家没意见吗？我说没意见，因为双方老人都需要照顾，只能相互兼顾。尽管我们也步入老年，我哥今年七十三，我也七十一岁了。但在老妈面前都还是孩子。感觉老妈作为家里的后盾，时刻在支持着你，也就不会去想太多，每次都是特别安心地过来，待时间长点短点都没事。最长的时候如疫情期间，因为出行不方便，有时要待上一个多月。

"去年我七十岁生日当天，十岁的小外孙早上起来，大声对我说了句：'姥姥，生日快乐！'这才提醒了我。只因为我现在满脑子想的都是如何把两边的母亲照顾好，全然忘记了自己的所谓七十大寿。"

说到这里，曹淑良老人接口道："闫康（大女婿）退休后，专门买了菜谱，经常对照着学做新菜给他母亲吃。我也爱吃他做的菜，因为也符合我的口味儿。偶尔回京，我就到陈玲家去吃饭，品尝他的厨艺。你刚才不是说我发型好，衬得人特精神吗，那是闫康每月特意过来为我修剪的。还有我这满口的牙原来只剩下了几颗，吃饭咀嚼都成问题。是肖宁（小女婿）联系了一位知名的牙科大夫，花五万多元为我镶了一口漂亮的烤瓷牙。"

夸完女婿赞儿媳，曹淑良老人指着屋内的各种家用电器、家具和生活用品说："这其中大部分都是文清购置的。如冰箱、热水壶、电饭锅等家用电器，更换暖气片，还在大厅里给我添加了床榻。这个比沙发好，方便我躺坐着看电视。在陈钟退休后返聘的那段时间，她还经常带着各种生活用品和副食赶过来照看我。"

陈钟接着母亲的话说道："结束返聘之后，我也有充裕的时间了。所以，就想着更多地尽点孝，把原来做得不够的地方加倍补上。现在，除了跟着排班，五年前，考虑到母亲年事已高，再坐高铁乘飞机旅行身体吃不消，我买了辆房车，先后陪母亲去上海、山东、江苏、浙江、福建、江西等地自驾游。让母亲尽情感受江西土楼的烟火人间，山东曲阜的文化风俗、台儿庄古城的迷人夜景、台州天台山的自然仙境，等等。行车途中，如果老妈累了，还可以躺在后面的床上休息。"

无论孩子长到任何年龄，都是老妈心中永远的牵挂。陈钟说，一天傍晚，他正在和好友聚会，母亲一个电话打了进来："没事吧？别忘了，七点半看《中国诗词大会》。""好好好，您放心，我一定看。"撂下电话，陈钟跟众人说："坏了，我和老母亲约好，不排班的时候每天晚上五点多钟都要和她通个电话。今天聚会一高兴，把这茬儿给忘了。其实，每次就是三两句，'有事吗？''没事儿，我挺好的。''行，挺好就挂了吧。'要不就是聊一下当天的体育赛事。如果我哪天忘打了，她就像今天这样打过来。"

你养我长大，我陪你终老。三兄妹一致认为，无论以何种形式养老，适合的就是最好的。而现在他们所选择的陪伴老母亲居家养老方式，就是最适合的。前提是老母亲身体健康性格开朗兴趣广泛，具备食住行等最基础的条件，再加上儿女都很孝顺，可以说是天时地利人和。

按照日常惯例，所有带有仪式感的场合，都要由曹淑良老人收尾，这次也不例外。她告诉笔者，孩子们两个礼拜交接班时，前边排班的人都要提前两天把家里所有的荤素菜、水果和主食都买好备好，再看看水电费、煤气费是否需要续购。这样，换班的人一个礼拜都不用外出购物了。最后，老人用一句话概括："家庭和睦，子女陪伴，是我能够在燕郊长期居家养老的前提。忠孝善勤，余生安稳，是我留给孩子们的毕生财富。"

2. 上行下效

母亲住院以后

这个故事的主人公，是笔者在 2023 年 10 月下旬住院时的一床病友，七十二岁。手术当天，她被安排在第二台。只见她从清晨起一直坐卧不安，一趟趟上卫生间。

终于，推她去手术室的床车来了。手术持续了三个小时，其间，她的儿子和儿媳一直在手术室外静候。当晚，因为年龄较大，她需要有人陪床，儿子留下了。主管护士特意征求二床和我的意见："因为是男士陪床，理应得到同屋病友的同意，你们有没有意见？"我和二床异口同声说没意见，我补充道："夜里病人需要翻身起身，还是男士力气大些。"一床的儿子带着感激的表情，对着我们拱手致谢。

半夜，母亲说头疼，儿子便轻柔地为她按摩；母亲想小便了，儿子为她抬起身子放入便盆；母亲说平躺着腰痛，儿子又轻轻将母亲扶起为她轻揉……即使母亲进入短暂的睡眠，传出轻轻的鼾声，儿子也不敢懈怠，时不时观察着母亲的动向。虽然跟护士站申领了坐卧两用的折叠床，但是整整一夜未曾打开。

清晨，儿媳来换班了，儿子边揉着困顿的双眼边向妻子交代了所有。大夫查房时吩咐儿媳，做完雾化和输液后，可以陪病人起身适度散散步。一床病友血管太细，看小护士扎着费劲，便来了句："麻烦你换一位小姐给我扎吧。"小护士出门去唤其他人，儿媳亲昵地轻拍了一下婆婆的手臂，笑着嗔怪道："您应该说再请一位护士或者姑娘来，不应该说小姐。"婆婆一迭声地"哦哦"，不好意思地笑了。

做了雾化后，婆婆一口接一口地咳出痰来，儿媳便用餐巾纸一次次送到她嘴边去接。在病区散步回屋后，婆婆让儿媳也坐下歇歇，然后对我们说："小两口儿本来在外面旅游呢，听说医院通知我住院了，立马赶了回来。"

一床病友名叫江文兰，此次患病，是一个月之前发现的。一开始总是咳嗽，儿子齐远就陪着她去附近医院开了治咳嗽的药。后来，她再咳嗽时感觉耳朵眼儿有点堵，就又去了那家医院。医生为她验了血，看是否有炎症，结果发现她血象有点高，又做了超声波，但是并没有确诊。医生建议她到大医院看看，做彩超之后发现甲状腺长了肿瘤，在10月8号做了穿刺。主治医生说在月底前为她做手术，让她做好住院准备。

儿子齐远和儿媳关琳俩人10月1号就订好了机票，准备10月23号用年假去贵州旅游一个星期，得知母亲要做手术，齐远对她说："妈，您甭担心，我们如果今天走，大夫当天打电话通知您住院，您也马上告诉我，我们立刻赶回来。"他深知母亲的性格，保险起见，把自己的手机号告诉了医院。夫妻俩原计划要在贵州玩儿八天的，结果第三天接到了医院的电话，当天晚上就赶回来了。

江文兰胆子小，一听说住院做手术就紧张，所以才在手术前一趟趟去卫生间以解压。去手术室前，关琳轻轻抚摸着她的手安慰道："妈，没事儿，别紧张，麻药一吸睡上一觉就过去了。"儿媳这么一说，江文兰眼泪立刻就涌了出来。觉得自己像个孩子一样，还需要晚辈来哄，但内心很快平静下来了。

当日，江文兰已经不需要继续陪床。傍晚，待她儿媳走后，笔者向其提出了一个不情之请——采访她和她儿子，她欣然应允。

三代同堂

江文兰二十六岁嫁给丈夫后，一直居住在丈夫家中祖传下来、有着大小各三间平房的独门独院。之所以住在这个院子里，主要是公公去世后，留下了九十岁的婆婆需要照料。

齐远看到父母照顾已经瘫痪的奶奶有困难，和关琳商量后，主动提出搬过来和他们一起住。2007年，小两口卖掉了四年前购买的两居室楼房，拿出部分房款，对父母居住的几间平房进行了装修，然后，带着年幼的女儿婷婷搬了过来。

江文兰本就是信守养儿防老观念，比较依附孩子的人。天性敦厚善良的她，和儿媳相处得非常融洽。因为在她的内心深处始终认为，在她所处的计划生育年代，每家都只有一个孩子。无论男孩女孩，一旦结婚，女婿相当于为家中添了一个儿子，儿媳妇就是家中有了一个闺女。

江文兰老家在农村，十八九岁就出来上班了。因为看到嫂子对她妈妈不太好，所以下决心等到自己结婚到别人家当儿媳妇的时候，绝不能那样。她的文化程度不高，从农村来到城里后，在北京的一家老字号店铺工作。她在单位一直要求上进，工作处处走在前面，年年都是先进，还在二十三岁入了党。

江文兰和丈夫经人介绍相识，结果一见钟情，而且巧的是二人都是回民。丈夫是工人，江文兰当时就向往着嫁给军人或者工人，头脑简单人实在，没那么多事儿。他们刚认识的时候，丈夫还不是党员。江文兰鼓励他积极要求进步，因为他是老员工，技术又好，结果没过两年也入了党。

江文兰的公公走得早，因为她和丈夫的精心伺候，加上儿子儿媳搬过来之后一同照料，瘫痪在床十年的婆婆最终活到了一百岁，寿终正寝。江文兰始终认为，和孩子们相处，你不用专门去教育他，仅用言谈话语和实际行动给他们做出表率，孩子们自然就跟着学、照着做了。

齐远和关琳俩人是大专时的同班同学，毕业后工作都不错。现在儿子在一家私营企业做二把手，儿媳一直在银行工作。

对儿媳关琳，江文兰真的就像对待亲闺女一样。关琳是汉族人，虽然民族不同，但平时的饮食上都能相互理解关照，做饭时，江文兰总特意为她多买些鱼虾吃。说到婆媳之间的关系，江文兰说，在相处中我从来不会去计较，因为人无完人。首先，儿媳在花钱方面没的说，天天往家买这买那的。单位发了东西，她不像很多人那样只往娘家送，而是基本都往婆家这边拿。关琳有时候出差，或者回家晚了还没吃饭。江文兰要给她现做点什么，她都会说："妈，您别忙活，剩的什么我简单吃点儿就行了。"

关琳唯一的小毛病就是家务活干得不够细，江文兰从不求全责备。而且在儿子儿媳上班后，去到他们房间帮助打扫、倒垃圾、洗洗涮涮。

江文兰特别能理解儿子、儿媳这代年轻人，认为他们不像自己年轻时出去上班，只要一天本本分分，不偷奸耍滑，完成当天的工作就行了。现在的年轻人既要工作，又得钻研业务，还要考虑进一步深造。回到家中又得照顾老人，抚育孩子，各方面的事太多太辛苦。尤其是关琳所在银行下班晚，应酬多。所以，刚刚六十出头的江文兰觉得自己作为婆婆，有精力就多带带孩子做做饭。早上，儿媳七点必须从家走，孩子又要去上学。江文兰做好早点，再切点水果，然后把水沏好，让儿子、儿媳吃好喝好去上班。等他们走后，再去送孙女上学。那些年，几乎天天如此。

合家相处之道

平日里，关琳单位的女同事们聊起来，大部分跟婆婆关系都处得不太好。因为办事说话的角度不同，常常相互不理解，导致积怨丛生。其中一人，因为婆媳关系不和，老公又是妈宝男，最后离婚了。她经常听关琳讲和老公怎么怎么恩爱，和婆婆处得怎么怎么好，非常羡慕。跟关琳说："如果我再结婚，找老公，得瞄着你老公那样的，找婆婆，就瞄着你婆婆那样的。"关琳说："那你慢慢找吧，祝你成功。"据说过去两三年了，到现在也没找到。江文兰得知此事，只把它当作一个笑话听。别人认为不可逾越的鸿沟，在她眼中不过是稀松平常的小沟小坎。她认为关键就是一个相互理解的问题，因为哪有人家说话我都爱听，我说话人家也爱听的呢？其实都没什么大事，就是求大同存小异。所谓两好合一好，你高兴对方也高兴。

关琳经常忙到晚上九、十点钟下班回家，总想着该洗的洗，该涮的涮。江文兰说你别动，累一天了，该睡觉睡吧。

对于儿子儿媳，江文兰始终是能帮到哪就帮到哪。有人不理解，跟她说："老话儿讲你这是鼻水倒流。因为你是婆婆，是长辈，可是你倒过来了，应该儿媳妇孝敬你才是呀。"江文兰知道，那人和媳妇关系处得很不好，婆媳不是不说话，就是一说话就戗戗。所以，她立刻对那人说："我不听你的，按过去的传统观念，儿媳妇得伺候婆婆。可现在都什么社会了，还能那样吗？婆媳关系无需强求，属于互相的。因为人心都是肉长的，你对她好，她自然会对你好。"

孙女婷婷跟爷爷、奶奶很亲，因为是江文兰老两口带大的。一般家庭都是奶奶、姥姥轮流带，可江文兰一直让孙女住在她这里，不愿意撒手。她说因为婷婷哪天去了姥姥家，她总是心神不宁，还不如待在自己眼前省心呢。

家中的一日三餐，以前都江文兰做，婷婷由她和老伴每天接送，现在终于解放了。因为婷婷上初中后不用接送了，上高中住校，一星期回来一次。关琳跟她说："妈，婷婷住校了，您早上就别起来弄早点了，我单位也有食堂。"这样，江文兰也不用起大早忙着为他们做饭了。

江文兰夫家有兄弟三人，大哥走了，丈夫是老二，他的弟弟一般周六日都过来这边。只要小叔子一回来，江文兰就忙着炖羊蝎子或者做牛肉馅饺子招待他。吃完饭还找几人一起玩会儿牌。关琳看江文兰总这么忙活，心疼婆婆。婆婆对儿媳说："你的心意我知道，老人和大伯都已去世，你爸就这么一个弟弟了，这里应该永远是他的家，是吧？"甭管老的少的，管江文兰叫"二奶奶"还是"二大妈"，她每次听到后心里都是暖融融甜丝丝的。从来不会去计较花钱还是受累了，一直乐此不疲。

对于关琳这个儿媳妇，江文兰经常在邻里间赞不绝口。尤其是婆婆瘫在床上后，小便还好说，每次大便都是丈夫把她抱起来坐到便盆上接。有时候赶上关琳休息，就在床边候着，等老人解完大便帮她擦干洗净，再把便盆端走冲洗。江文兰2022年某天在路上被车碰伤了腿，住了十天院。因为疫情期间，不让家属陪床，雇的护工看护。回家以后，那时她脚还不能沾地，都是儿子推着轮椅儿媳扶着她上厕所。江文兰说："就冲这两点，关琳就很不简单。"所以，她常对儿子讲："小关人不错，你们结婚十多年了，她跟咱们家处得好，也挺孝顺。你对老丈人和丈母娘也要一样。二老有了病该去陪护照顾时别有二话。两好合一好，是那么个理儿吧？"

儿子口中的父母

第三天傍晚，齐远来探视了。估计之前已经跟儿子打过招呼，母子没说几句话，江文兰就对齐远说："你跟三床阿姨聊聊吧。"就这样，笔者占据了齐远宝贵的十五分钟探视时间，在隔壁的输液室采访了他。

齐远告诉笔者，他的父母都是普通工人。在他的记忆中，父母从来没有以很高的觉悟，用那些容易招致孩子厌烦的大道理教育过他。他认为，给人留下深刻记忆的，往往是某个刺痛点。但是父母对他的培养，没有一个像针扎那样的刺痛点，比如像有些父母那样恨铁不成钢地要求甚至训斥孩子。平日里，父母对于他的培养始终是潜移默化的。就是他们在做着的那些事，都被他默默看在眼里。久而久之，便上行下效了。

我爷爷走后，奶奶活到了九十九岁，但是其间卧床了十几年。我们家的基本情况是，我爸爸排行老二，上面有大伯，下面有三叔。大伯去世早，所以我奶奶基本是在我爸妈的陪伴下，走过了那十多年。常言道久病床前无孝子，爸妈一直陪伴在我奶奶身边照料，尤其是我妈，从来没有过任何怨言。

我奶奶是生性要强的人，在她能够身体力行的时候，是不愿意麻烦子女的，不会支使子女去干这干那。所以父母照顾我奶奶基本都是看时间点，几点钟吃饭，什么时候解手，什么时候该扎针灸、吃药了，都是他们来安排各个时间，从不需要我奶奶去刻意提醒，一切都做得非常到位。所以，看到父母细致入微地对待奶奶，我肯定也会去效仿。看到他们累了，便主动去分担；奶奶病了，会帮助一起精心照料。

我结婚自己单住后，在协助父母照护奶奶方面明显力不从心了。一般的年轻夫妇，考虑到婚后可能会涉及婆媳关系等问题，往往都是尽量分开住。之前我们也买过一套两室一厅的楼房，但是距离父母家较远。随着父母也在慢慢变老，我看到他们照顾我奶奶显得日渐吃力起来。于是便想到在能调和婆媳关系的前提下，选择与父母同住，帮助他们减轻一些伺候老人的压力。我先和我爱人商量，所幸她听后表示了理解和支持。

作为工薪阶层，我们不可能去花好几百万买个大平层，有好几间房子，和两代老人舒舒服服一起住，只能是力所能及。2007年，我和爱人卖掉了四年前买的两居室，用卖房的钱对父母居住的祖宅进行了装修，带着孩子搬到父母家和他们与奶奶同住。

　　照顾老人这件事，不像干工作那样，做完一件事，后边就轻松了，而是二十四小时全天无休。除去一日三餐、吃喝拉撒，需要为奶奶按时喂药，还要为卧床的她疏通经络，包括扶她起来枕着靠垫看会儿电视。这些日常琐事十几年下来真挺磨炼人的意志，特别不容易。所以，我是发自内心地佩服父母的这种毅力，十多年他们就这么一直默默地做了下来。

　　老话讲人吃五谷杂粮没有不生病的，我爸妈也有头疼脑热的时候，奶奶又不能没人照顾，那个时候肯定是由我和我爱人担起来。

　　顺着这个话题，当笔者问起随着年龄增长，双方父母身体都会出现一些状况。有没有想过将来把他们送到条件比较好的养老院，或者采用其他的养老方式时，齐远略加思索后说道：

　　就现在中国的大环境，现在老龄化问题越来越严重了。养儿防老是中国的传统观念，目前在很多80后的观念里，其实还是稍微有点保守，认为在子女力所能及的前提下，把老人送到养老院是不孝的表现。

对这个问题我是这么理解的，老人在退休之后，他们最大的期盼就是子女的陪伴。这种陪伴并不是要你每天用两个小时陪他们聊天或怎么样，而是傍晚等你回来后，开心地看着你吃上一顿他们亲手做的热饭热菜，再喝上一口热汤。吃完饭，陪他们看上一两集电视连续剧，聊一聊今天的工作情况，有什么高兴和烦心的事，包括聊聊国内外大事，等等。简而言之，只要和他们每天有个沟通就行，没有什么过高的要求。

在我的观念中，不反对把老人送到养老机构。但我的具体想法是，如果我自己能做的话，那么肯定是自己先要做到位，而不是动辄就把老人送去养老院。因为据我的了解和观察，目前很多养老机构的服务水平，至少没有达到我自身的服务标准。如果把父母送进那样的养老院，是会受委屈的，我肯定不会考虑。但是，如果哪一天，我的健康状况达不到身体力行的标准了，比如说得了某个重大疾病，真的是有心无力了，会考虑把父母送到一个至少能满足他们自身需求的养老机构。

交谈结束前，笔者告诉齐远他看不到的一幕："在你来探视前，我和二床的阿姨跟你妈妈聊天，聊着聊着，她那边突然没声了。因为帘子拉着，也不知是什么情况。走近前去一看才发现，她背着手站在门口，对着大门的方向看。原来，她是在等你的到来。这就是父母。实际上就像你说的，她只要能看到你，就很开心了。"

3. 父女情深

伴父深度游

周娟八十岁的母亲秦茹于 2017 年去世，那年父亲周庭志八十八岁。悲痛之余，周娟想得更多的是父母相伴六十载，必须让父亲尽快从哀伤中走出来。于是，她决定陪父亲暂时离开伤心之地，从北京回到了老家武汉，因为她的三个叔叔和一个姑姑都在湖北。父女俩在周娟的二叔家住了近三个月，到了 6 月，武汉天气日渐炎热，年事已高的周庭志有些耐不住酷暑，想返回北京。和他感情甚笃的二叔，提出一起来京陪伴他。

曾经身为军人的周庭志，在朝鲜战场上经历过枪林弹雨。周娟请复旦大学毕业的二叔帮助父亲写回忆录，以排遣对母亲的思念之情。通过父亲口述、二叔整理的回忆录，周娟第一次知道了父亲所经历的那些腥风血雨的岁月。

周庭志大学毕业后于1950年入朝当了志愿军，在朝鲜战场上坚守了五年。他没有当过战士，直接做了文化教员，因为很多入朝的战士文化水平普遍比较低。虽然没有在前线打仗，但他也是跟随着大部队一起出生入死。因为昼夜行军过于疲惫困顿，曾经有一次，他走着走着居然睡着了。

某日夜行军时，美军的飞机来了，周庭志随部队在山边隐蔽起来，等敌机飞过去再接着走。第二架敌机呼啸而至，一个炸弹扔下来，还没待他们跑进掩体处，炸弹爆炸了，唰的一下，周庭志被一个冲击波掀了起来。本来系着扣子的军大衣被冲开向上翻起，截成了两扇，帽子也被掀飞。不远处的战友一看，以为他脑袋掉了，劈着嗓子大喊："周庭志！周庭志！"

……

周娟曾经问父亲，您当时不害怕吗？周庭志回答："可能是对生死见得太多了，还真一点没害怕。"到最后战争结束，除了他，战友们几乎都不在了。

秦茹健在的时候，一直和周庭志住在部队的干休所。母亲去世后，周娟就把父亲接到自己家一起居住了。一是因为干休所的房子没有电梯，二是老伴的去世让他倍感孤独，还有一个更主要的原因是，楼上楼下住的老干部，过去都是一个单位的。今天走一个明天走一个，对周庭志刺激很大。年轻时从没怕过死的他，年老之后开始变得有些脆弱了。

周娟是某口腔医院牙科专家，因为要带新人，退休后接受返聘，每周工作三天，已经退休的丈夫耿军白天在家陪岳父。

因为周庭志身体尚好，经常自己做早餐，耿军为他打下手，饭后翁婿二人出门散步。

周娟没有兄弟姐妹，母亲诞下她后患了绒毛膜上皮癌，无法再生育了，父母一直视她为掌上明珠，而且从不要求她事事争先，只希望她开心、快乐、平安地长大。直到现在，即使面对已经六十五岁的女儿，周庭志在周娟上班前总会叮嘱："开车慢一点。""你可不能出事。""你要出事了，我可怎么办？"

虽然有耿军陪伴父亲，但周娟还是请了一名小时工，负责做中晚餐、打扫房间、洗衣服等。周娟夫妇有一个女儿，留学去了加拿大，毕业后留在那里工作成家，并先后生下一对儿女。打那以后，耿军和亲家母轮流赴加拿大帮助女儿、女婿照顾孙辈。每逢丈夫去了加拿大，周娟便和小时工打时间差。对方不在时，她就在家陪父亲。煮面条、饺子、馄饨或者蒸包子，这些都是父亲爱吃的。

周娟深知父亲喜欢旅游，不用他提要求，往往自己主动安排。她陪父亲从老家回京，自驾陪他和二叔去到坝上草原游玩。坝上草原被称为"京北第一草原"，丰富、奇特的自然景观，草原范围内蜿蜒如蛇的河流，星罗棋布的湖泊和一望无际的林海，游人们可以观赏多种不同的地形地貌和丰富的自然风光。这一切，都让周庭志开心不已。紧接着，周娟先后陪父亲去"江南水乡"周庄、乌镇和山东泰山、安徽黄山等地旅游。

游黄山时，周庭志没有坐缆车，而是乘的滑竿。因为乘滑竿是旅游景区的一种时尚，别有一番情趣。特别是抬滑竿的人报路像在表演对口相声，如见前面有两位姑娘，必须小心让路，前面抬夫报："路边两朵花。"后面抬夫应："过路莫挨她。"

游黄山后，周娟租了一辆房车自驾游去了泰山。周庭志坐在副驾驶座位上，兴致勃勃地欣赏着窗外的景色。然后，父女二人去了张家界、神农架。离开后沿途又去了江西的景德镇和九江。因为是第一次自驾上庐山，周娟没想到庐山那么多弯，仿佛转不到头。一位作家朋友得知后赞叹道："你可真棒，庐山到顶足足有四百圈呢！毛主席的《七律·登庐山》那首诗里不是有一句'跃上葱茏四百旋'吗？"周娟说："难怪，我说怎么感觉转不到头呢。"

2019年"十一"过后，周娟再次陪父亲前往武汉老家。这趟自驾游，他们先去到河南洛阳，又游览了商丘、开封府等地。一周后前往武汉，又去了居住在咸宁的姑姑家。那里以温泉著称，沿途经过一条河，河两岸盛开着缤纷绚烂、九里飘香的桂花。到咸宁后，到处都是温泉汤池，因为年事已高，周庭志选择了温泉泡脚，感觉特别舒心惬意。

父女相互照料

从咸宁返京后，新冠疫情暴发。周庭志先阳了，发烧三十八度多，这可把周娟急坏了。好在只烧了两天，很快便恢复正常。不知是不是照顾父亲的缘故，紧跟着周娟也阳了，而且连续四天高烧三十九度多持续不退。这回轮到老父亲着急了，每天熬粥、煮面条、蒸鸡蛋羹，放在女儿房门外的台子上，然后敲敲门告诉女儿："娟儿，吃饭了。"

待周娟基本恢复后，立即陪父亲去打了第三针疫苗。每天早晨一睁眼就走进厨房，为父亲准备丰盛的早餐。一人两个红烧鸡翅根，一个煮鸡蛋，一杯牛奶或杂粮粥，再配上凉拌脆甜萝卜或拍黄瓜，饭后上一个水果拼盘，营养均衡又适口。

疫情缓解，周娟又开始了一周三天去医院上班。到了晚间，周庭志一般八点半就睡下了。早晨六点多钟，他趁女儿还没睡醒，自己悄没声进到厨房做起了二人早餐。白天，小时工过来做中餐、打扫房间。

钟点工收工后，只要父亲一打来电话，周娟便不由自主地紧张。马上问："爸，您有什么事吗？"周庭志的回答大多是没什么事，只是提醒她别忘了办什么什么事儿。为随时随地观察到父亲的一举一动，周娟在家里安了一个监视器。这样，父亲再打过电话来，她就对着监视器问话。如果看到父亲坐在沙发上看电视，她的心情立刻放松下来。可如果老爸的身影不在监控范围内，她便紧张起来，大声问："爸，您在哪儿？我怎么看不到您？"这时，周庭志或是从厨房或是从卫生间走出，她才放心。某日，周娟对父亲说："要不我跟医院领导说一声，不再上班了，专门陪您吧。"周庭志连连摆手说："不用不用，你在家老管着我，不自由。过两年等我动不了了再说。"

周庭志年轻的时候就会拉小提琴、吹口琴、拉手风琴，还会弹吉他，常常在演出时为歌唱演员拉手风琴伴奏。平时在家，几件乐器经常来回弹奏，自娱自乐。打开电视，他只看体育节目，如拳击、乒乓球、羽毛球、足球等。电视剧基本不看，因为他说看了也记不住情节，上集看完再看下集接不上了，看着费劲。除非周娟看电视剧时，他也跟着女儿一起看，记不住前面的情节了，周娟便给他讲，帮助父亲回忆。

为了父亲的微笑

周庭志中青年时期脾气不好，婚后家里大小事往往得他说了算，为此常跟妻子秦茹拌嘴。脾气上来了掀桌子、砸东西，那阵势恨不能把房顶掀了。而秦茹采取的战术是以柔克刚，待丈夫发过脾气，估计劲儿过去了以后再数落他。周庭志呢，只要让他把气发了，任你再怎么数落都没事了。现在，跟女儿同住一个屋檐下，有时一句话说不对付了，父亲会来上一句："你干脆把我送去养老院吧！"之所以把这句话当作气话宣泄，主要是由于周庭志的性格不合群，即便过去在干休所时也是如此。每当这时，周娟就学着母亲的样子不与父亲争辩。而且青出于蓝胜于蓝，也不后找补。这样一来，倒让父亲事后感觉自己有些过了。

从 2023 年 7 月起，周庭志时不时地开始犯糊涂，有时还敏感多疑。比如周娟和耿军说个话，他听见了常常会问："你们刚才说什么了？是不是说我什么了？"周娟说："没有，您听岔了，我们肯定不可能说您什么啊！"有的时候，周庭志又会莫名其妙地不高兴了，不知道因为什么小事便生起闷气来。

说到是否送父亲进养老院的话题，周娟的态度是："即使我不能自理了，也不能把父亲送到养老院去，因为他很可能和其他老年人处不好关系。除非父亲头脑完全糊涂了，我已经没有能力再去照料和陪伴他。现在，父亲虽然有些多疑和敏感，但他的头脑基本上不糊涂，还算得上正常。"而且他对于目前雇的小时工很满意，并不是对方有多好，而是能够顺着老爷子的脾气哄他开心。虽然文化程度不高，但是能和老爷子聊到一块，陪他一起看各类体育节目。因为合得来，有时候还会跟老爷子来上一句："就让我一直照顾您吧，您如果去了养老院，我不就失业了吗？"

2023年9月，九十四岁的周庭志跟女儿提出想最后一次回老家看看，周娟说："爸，您别说什么最后一次，什么时候您想回了，咱们随时回去。只要您开心高兴就好！"

顺就是孝

因为周庭志从2023年开始患有轻度阿尔茨海默病，不便接受采访。笔者想了一个办法，请老人做几道选择题，只需从A、B、C三个选项中画√即可。

1. 在女儿小的时候，您希望她长大之后能成为什么样的人？

A. 总想着让自己的女儿能够光宗耀祖

B. 生女儿是福气，只要她开心快乐就好

C. 其他

2. 您认为子女对父母最大的孝顺是什么？

A. 给父母好的物质享受是最大的孝顺

B. 多陪伴父母就是最大的孝顺

C. 其他

3. 父女间遇到意见不一致的情况时，您希望女儿如何处理？

A. 多听从父亲的意见，即使他的想法可能并不那么完美

B. 听女儿的，因为她从小就很有主见

C. 其他

4. 如果女儿做了一件让您不太如意的事情，您的态度是什么？

A. 人非圣贤孰能无过，兴许她也是一时疏忽

B. 先发上一顿脾气再说，直到向我赔礼道歉

C. 其他

5. 如果请您选择，您愿意居家养老还是进养老院养老？

A. 居家养老

B. 进养老院养老

C. 其他

三天后，周娟发来了父亲的答题——

1. 在女儿小的时候，您希望她长大之后能成为什么样的人？

√ B. 生女儿是福气，只要她开心快乐就好

2. 您认为子女对父母最大的孝顺是什么？

√ B. 多陪伴父母就是最大的孝顺

3. 父女间遇到意见不一致的情况时，您希望女儿如何处理？

√ A. 多听从父亲的意见，即使他的想法可能并不那么完美

4. 如果女儿做了一件让您不太如意的事情，您的态度是什么？

√ B. 先发上一顿脾气再说，直到向我赔礼道歉

5. 如果请您选择，您愿意居家养老还是进养老院养老？

√ A. 居家养老

从五条画√的选项看，每一条的确如周娟所讲述的那样。如果说前两条是父女双方感情的基石，那么第三、第四选项目前经常成为他们发生不和谐音的导火线。而第五条则是"备胎"，常常在周庭志怄气时拿来用于宣泄，即在"居家养老"和"进养老院养老"间随意切换。

因为周娟是独生女，面对2024年已经步入九十五岁的老父亲，她决定把父亲的老房子卖了。因为，如果父亲百年之后再去办房产继承，手续会非常烦琐。也许这件事不是周庭志发自内心情愿的，所以他嘴上不说可一直表现得不太高兴，还说肯定是女婿耿军出的"坏主意"。某天，他突然跟周娟发起了脾气，逼她立即给自己找养老院，马上、立刻。因为耿军去了加拿大，只有周娟一人面对大发雷霆的父亲，一下把她气哭了，捂着脸冲进了自己的房间。

过了一会儿，周庭志悄悄推开周娟的房门，哭着哄她。说自己一时糊涂说的都是气话，还说女儿一直都很孝顺，所有亲戚朋友都羡慕他有福气。听到周庭志这么说，周娟的眼泪流得更欢了。但其中已经不只是委屈，还有被父亲理解后的感动。就这样，父女俩相对而泣了一晚上。

终于偃旗息鼓达成了共识，可就在准备给新房主腾地方的时候，周庭志又一次冲着周娟大发其火。起因是他整理通过搬家公司运回来的三麻袋书时发现，好多书被搞丢了。包括程思远和李宗仁的回忆录，《红楼梦》《水浒》《三国》等小说。面对家里到处堆放的东西和暴跳如雷的父亲，周娟瞬间崩溃。

耿军去加拿大后，周娟休息时买菜做饭、照顾周庭志。上班时家里只有小时工和父亲时，为安全起见，周娟便把监控器开了。孰料老爸又一次大动肝火，质问周娟当初为什么要买这个监控器，是不是怀疑他和小时工之间有什么事。周娟解释说："我装监控器只是为小时工还没来的时候，家里就您一个人，我不放心。一旦发现什么情况，可以立刻采取措施啊！"

春节过后，周娟一个出国多年的发小回国，约她见上一面叙叙旧。周娟事先跟父亲说好当天回来晚一点，小时工陪他吃饭，并让他像每天一样晚八点半睡觉，别等她。结果，周庭志就是不睡，九点钟开始打电话催她回家。周娟说她正和发小聊到兴头上，现在走不合适，会争取尽快回家。结果，周庭志一根筋地每隔十几分钟就打一次电话，搞得周娟尴尬不已，只好和发小匆匆告别。回到家后，只见父亲坐在沙发上生闷气，用拐棍把地板杵得噔噔响，理由是因为天这么晚不回来担心她。周娟只好一个劲向父亲道歉，保证以后晚上再也不出去了。

一天天过着周庭志随时会发脾气又不得不向他赔不是的日子，周娟感到已经没有自己了。唯一能用来自我安慰的就是：因为他是父亲，作为女儿，必须也只能做的是——顺就是孝。

4. 婆媳相依

婆媳相处之道

婆媳关系，一直是家庭中最具挑战性的问题之一。通过采访薛淑芬和孙慧君这对婆媳，笔者真切地感受到了理解、尊重和善意，对于构建和谐婆媳关系的不可或缺性。

2024年春节前夕，笔者来到孙慧君家，见到她九十二岁的婆婆薛淑芬，推着助步车缓缓走进了客厅，便关心地问："您老身体哪里不舒服吗？""我就是腰不好，弯腰驼背的，多年落的毛病。""您对您的儿媳妇满意不？""满意。慧君打结婚起进到我家，一直到今天。四十年了，我们娘儿俩从没拌过一句嘴，她比我亲闺女都强。"

聊起孙慧君这个儿媳，在薛淑芬口中虽然都是家长里短，但句句透出对她由衷的满意和喜爱，堪称教科书式的婆媳相处之道——

　　慧君刚到这个家的时候，我老伴儿半身不遂已经二十多年了。她每天扶着我老伴儿上下楼外出散步，没有一天间断过。街坊们看了都夸赞说："自从慧君进了这个门，你老伴儿可利索多了。"因为之前我忙着带五个孩子又要照顾他吃喝，实在顾不过来。给街坊的印象他的衣服总是不太干净整洁。现在，慧君不仅是给公公洗衣服，每月还陪他去理发，所以才在街坊们眼中跟换了个人似的。一直伺候到他走。

　　自从有了孙子，慧君每天下班一回到家，戴上围裙就做饭，跟我说："妈，您带一天孩子了，赶紧歇会儿。"逢年过节、家里来人啥的做饭都不用我管，她照着菜谱，一做就是一大桌。平日还总带我去商场买衣服，或者直接给我钱，说这样自己想买啥更方便。

　　我有严重的糖尿病，慧君每天给我打胰岛素。一开始她还下不去手，我就鼓励她说针又没扎在你身上。她说正是因为没扎在自己身上，更感觉心里没谱了。她就是这么一个善良的人，处处为我和这个家着想。

　　婆婆和儿媳妇要是投脾气了这日子就好过。为什么？起码说话心里都没有防线，没有疙瘩，当然，这得用时间说话，相处一段时间以后才能融洽。后来，我们的关系好到有什么话就直接说出来，二人从来不隔心。生活上的事情也是基本娘儿俩一说，意见一致就搞定了，好些事儿都不用再跟儿子商量。比如亲戚谁要来，住几天，怎么招待。那些年，慧君除了工作，全部心思都放在了我们这个家。

再有啊，婆媳之间这种相亲相爱的关系是互"夸"出来的。一个爱做，一个会夸，把对方夸晕乎了，结果都做得更好。我会做点针线活儿，孙子的小棉裤、棉袄、棉背心什么的都是我做的。慧君说："妈，您手可真巧，搁我要放在您那个年代就毁了。针线活儿一样不会，怎么给人家当儿媳妇呀？"我一听这话就说："你会做饭啊，从十几岁就开始给你爸妈做饭，来到我家又给这么一大家子人做饭，大人孩子都爱吃。这点你可比我强。"

"大侠"婆婆

孙慧君被婆婆夸得有些不好意思了，面带几分羞涩接着薛淑芬的话说，1984年她二十九岁时，经人介绍，认识了丈夫徐海。尽管他兄弟姐妹五人，当时只是一个小工厂的技术工人，收入并不高。但是，二人彼此一见钟情。

第一次登门见婆婆，样貌朴实、模样周正的孙慧君立时赢得薛淑芬的喜爱，拉着她的手说："尽管徐海兄弟姐妹多，我也没把他们管得笔管条直的，但是一个个都很懂事。有一点我能做得到的是，遇事儿摆事实讲道理，绝不偏袒护短。"这话让孙慧君听了很受用，因为她的性格是简单、不拔尖、和为贵，最怕生活的纷纷扰扰、是是非非。

婚后，因为夫妻二人自己没有房，孙慧君一直跟婆婆住在一起。她说："其实，婆婆对这个家，比我付出的要多得多。每天早晨一睁眼，婆婆都买回菜来了。看到她这么辛苦，只要在家，收拾屋子、做饭这些事儿我都抢着干。"结婚第一年，不仅他们，小叔子两口子也住在薛淑芬这个三居室内。而且一到周末，徐海的哥哥、大弟、妹妹全过来了，孙慧君要忙一大家子人的饭。但是她忙得很开心，因为她愿意人多，喜欢热闹，就图个和大家在一块儿高高兴兴。一年后，孙慧君和徐海的儿子鹏鹏呱呱坠地，更给这个家庭带来了无尽的喜悦。

尽管如此，马勺碰锅沿的事情还是发生过。小叔子对孙慧君这个二嫂很尊重，但是他的爱人却有些难以相处。这天早上，她出了自己的屋要上卫生间，看见鹏鹏坐在厕所门口的便盆上，便一把将他提溜起来，把便盆踢到一边，说是挡了她的道了，当时把鹏鹏吓得号啕大哭。妯娌的这一举动瞬间激怒了孙慧君，质问她："你这是干吗？有什么事冲大人来，何苦跟一个孩子过不去？"

事发那几天，婆婆回东北老家了。回来后得知此事，严厉批评了小儿媳。小儿媳不服，说是因为孙慧君给婆婆生了孙子就偏向她。薛淑芬说："连眼珠子都指不上还指望眼眶？我是对事不对人。这件事就是你做错了，伤了慧君作为母亲的感情。你应该向你二嫂赔礼道歉。"最终摆平了此事。

一年后，小叔子夫妻搬出去住了，家里立时清净了许多。

可"萝卜花开了辣椒花谢了",在孙慧君四十六岁那年,因为所在的工厂不景气,为她办了"内退"①。说是每月能领一定数额的内退费,但是经常不按时发。在厂里一直是"生产能手"的孙慧君,一度感觉时间不走了。她多么希望赶紧到五十岁能够正式办理退休,享受养老保险。

在最难熬的那几年,孙慧君也试图出去找活儿干。可正好遇上更年期,身体和精神状况都出现了问题。往往干着干着情绪不对了,只能撂下手中的活计。即使是去公园遛弯,心情也跟旁人大不一样。丈夫徐海所在的那家小厂,不久也开始断崖式降薪。当时正是上中学的儿子鹏鹏最要劲的时候,夫妻俩一时急得没了主张。

关键时刻,薛淑芬安慰孙慧君:"没事儿,我这儿有钱。"一个月下来,生活费花光了,余下的费用都是薛淑芬兜了起来。身材矮小的婆婆,在孙慧君眼中瞬间成了顶天立地的"大侠"。

"五好家庭"

一晃二十三年过去。2023年,区里评选"五好家庭",社

---

① 全称"内部退养",严格来说并不是真正办理了退休手续,只是在单位内部实行的一种近似退休待遇的办法,办理内退的人员可不在单位工作,但每月可从单位领取一定数额的内退费,一般条件是距离法定退休年龄不足五年,本人申请,单位同意。

区把薛淑芬一家报上去了。孙慧君在填写申报资料时，把婆婆过去为这个家庭所做的一切几乎都写了进去。最后的综述这样写道："薛淑芬是我们全家的主心骨，为儿孙们树立了好榜样。能够被评为'五好家庭'（候选），她老人家功不可没。现在，我们的儿子也成家了，我常对儿子和儿媳说：'你们要向奶奶学习，今后也要好好呵护这个家。'"

薛淑芬一家能够被评为"五好家庭"，绝对和婆媳关系处得好有直接关系。先说薛淑芬，鹏鹏到了上幼儿园的年龄，可是他总适应不了新的环境。有段时间，孙慧君隔三岔五便会接到幼儿园老师打来的电话："您的孩子就是不肯吃饭。口口声声哭着说'我要回家，阿姨你给我妈妈打电话'。我问他：'你知道妈妈叫什么名字吗？'他说：'知道，叫孙慧君。我还知道，我爸爸叫徐海，奶奶叫薛淑芬。'"聪明孩子拧起来，八个大人的话也不好使。无奈之下，孙慧君只好请假，把鹏鹏从幼儿园接回了家。

薛淑芬见状对孙慧君说："你去上班吧，就把鹏鹏搁家，我接着带。"孙慧君说："那怎么行，您过去带大了五个儿女，好不容易又把鹏鹏带到能上幼儿园了，等明天我接着送他去幼儿园。"薛淑芬说："人是铁饭是钢，小孩儿正长身体哪能不吃饭呀。"结果，她又坚持带了半年孙子，直到鹏鹏逐渐适应了幼儿园的生活。

看到薛淑芬的脊椎渐渐变得弯曲，想到婆婆这一生的劳碌。孙慧君心疼不已，暗暗发誓：等我将来退休了，一定要把家里的所有活儿都担起来，绝对不能再让婆婆为这个家操半点心，不能再依赖她了。

再说孙慧君，她的父亲于1977年因病去世，母亲身体也不好。当时的她年仅二十一岁，弟弟才十六岁。十几岁就学会做饭的孙慧君，从此担起了照顾全家的重担。那时候，很多同龄人都抱着把失去的时间补回来的想法，上各种电大、夜大学校。但是她没有这个时间和精力。

孙慧君谈恋爱时，母亲拖着病体来到薛淑芬家看望未来的亲家。过后跟女儿说："你这准婆婆给我感觉通情达理，应该很好相处。结婚后，你要好好尊敬公婆，和婆家人也处好关系。"不久，孙慧君的母亲也撒手人寰。

牢记母亲的话，孙慧君过门后不仅孝敬公婆，对徐海的几个兄弟姐妹也都很好。有一段时间，徐海大哥和妹妹的孩子都住在薛淑芬家，孙慧君只要有时间，便送两个孩子上下学。她的贤惠善良勤劳，赢得婆家人全员上下的好感与认可。而她此时说的还是那句话："其实，我也没做什么。我这人喜欢热闹，就图个和全家人在一块儿高高兴兴。"

来世还做"娘儿俩"

走进婆家四十年，孙慧君的感觉是，尽管每天的生活特别平淡，但她感觉就这么平平淡淡的挺好。而且，即使是平淡的日子，与家人处好把日子过好了也得需要努力。

别人都说带孩子有乐趣，不像陪伴老人那么枯燥，但是孙慧君还真没有这种感觉。因为婆婆开通，一直把她当亲闺女对待。对外人说起她们的关系，总是把"我们娘儿俩"挂在嘴上。而且，不仅婆婆患病时孙慧君伺候她吃喝拉撒、吃药打针，孙慧君一旦病倒了婆婆也照顾她，把饭菜和药物送到她的床前。她们的关系，真正是人心换人心得来的。孙慧君说："假如摊上一个不讲理的婆婆，别说相处四十年，就是四星期，也许都会想一百个辙搬出去住。"

从二人成为"娘儿俩"的过程看，一开始是相安无事；再到后来渐渐成为一种相互需要和关爱的关系；最后成了彼此相依、不可分离的关系了。2024年元旦，孙慧君照例给全家人做了一大桌菜。几十年下来，她炒菜早已不用菜谱，而是凭经验掌勺了。木樨肉炒好装盘后，她怎么看都觉得不大对劲。薛淑芬瞧了一眼扑哧笑了，"鸡蛋没搁，那叫木樨肉吗？"接着又幽默地跟了句："木樨（炒好的鸡蛋）和肉就好比咱娘儿俩，少一样成吗？"一句话把孙慧君逗得笑弯了腰。

正月十五过后的这天，吃过早饭，孙慧君搀扶着薛淑芬在家门口的甬道上遛弯。有邻居看到后啧啧称赞道："瞧这娘儿俩，多好！"可当天晚上，薛淑芬就不行了，被孙慧君和徐海叫了120急救车送往医院。这一去，便再也没回到她居住了一辈子的家。就这样，一生辛劳、通达、乐观的薛淑芬，像一枚熟透了的果子一样，说掉落就掉落了。这让孙慧君至今恍如做梦：这怎么可能，早晨陪婆婆遛弯时不是还好好的吗？当把这一噩耗告诉了笔者，同样令笔者难以置信，由衷慨叹世事难料：距上次拜访薛淑芬仅仅过去几周，老人的形象历历在目，说过的话言犹在耳。

薛淑芬在世时是"楼长"，现在，社区负责人找到孙慧君说："你接着做楼长吧。也没什么太复杂的事，你婆婆健在的时候邻里关系处得特别好，跟谁都能聊得来，谁家有了事情主动上门关心一下。"于是，孙慧君便继承了婆婆的遗志，成为一名新的楼长。

清明节来临，孙慧君和徐海带着已经当了爸爸的鹏鹏，一起为薛淑芬扫墓。孙慧君对着花丛中薛淑芬的遗像默默地许愿："妈，您在那边好好的，来世我们还做娘儿俩。"

采访手记

赡养老人是中华民族的传统美德，是每个子女应尽的法定义务。我国汉代就有了"老年人保护法"，特别是对"家庭养老"，有着极严的规定和要求。对父母、祖父母等长辈不敬不养，在汉朝算重罪。

笔者曾在某新闻网看到发生在 2023 年 4 月的一件令人发指的虐待老人致死案：被害人身体瘫痪，生活不能自理，居住在儿子、儿媳家中。二人不愿供养老人，将其安置在同村废弃房屋内，多日不提供食物欲让其死亡。后又怕被村民发现，竟将瘫痪的老父亲遗弃在一处人迹罕至的废弃采石场内的砟子坑中，未给老人留下任何食物和水，致其活活饥渴而亡！当然，这只是一起极端的例子，等待这对恶魔夫妻的将是法律的严惩。

现实中，如本章四个故事中的孝顺子女（儿媳）还是占大多数。他们不仅尽心尽力地赡养老人，还让老人每天活得开心自在，即我国唐代倡导的"精神养老"。当时，在唐代流行一个名词叫"色养"。所谓"色养"，说得通俗简单一点，就是奉养父母时要和颜悦色，不能让老人不开心。

在对四个家庭进行采写时，以下角度也给我们带来深入的思考。

思考一：以上四个故事有一个共同点，家庭养老子女陪护的前提是老人身体基本健康。否则，天伦之乐便无从谈起。《父女情深》一文中，老父亲晚年患了阿尔茨海默病，从此生活变得一地鸡毛，让女儿苦不堪言，只能每天默念"顺就是孝"。

在采访中，我们认识了一位年近七十岁的女性。因为九十多岁的老母亲瘫痪在床，她整日侍奉身边。担心外出后老母亲出现不测，她特意在手机里设置了远程监控。这天，她正在社区参加舞蹈队活动，训练间歇看了一眼手机立刻来了句："坏了，老妈从床上摔下来了，我得赶紧回去！"

为了照顾母亲，她有好几年都没有出去郊游过了。一天，几个老姐妹非要拉她去爬山，本来计划是一天，结果她爬了一半就回来了。

原来，虽然在出门前她和弟弟也交代了，但还是不敢把手机放在包里，始终用手拿着，控制不住地去看监控。结果，山上信号不好，看不到监控了。因为受不了这种折磨和刺激，她再也没有心情继续往山上爬，爬了不到一半，就和老姐妹们打了个招呼，匆匆下山赶回家了。这种担惊受怕的日子，一直到她母亲最终离世才告结束。

思考二：40后之前的老一辈人，没有受到"计划生育"政策的限制，每个家庭几乎都有多个子女。但是，不远的将来，50后、60后这一代人老了，他们还能享受家庭养老吗？

《上行下效》一文中，身为80后的齐远，说出了一句耐人寻味的话："如果哪一天，我的健康状况达不到身体力行的标准了，比如说得了某个重大疾病，真的是有心无力了，会考虑把父母送到一个至少能满足他们自身需求的养老机构。"齐远没有说在父母身体不好的情况下把他们送到养老机构，而是强调自己力所不能及的情况下才这么做，这应该源于父母的"一代人在做，下一代人在看"产生的示范效应。

《人气老妈》一文中的儿媳在接受笔者采访时说："因为我们所养育的50后这代孩子生的都是独生子女，工作繁忙、生存压力大，还要抚育下一代。我帮不了女儿，最起码做到不让她和家人为我们操心。"这席话其实道出了一个严酷的现实。即50后、60后这两代人，转眼即是暮年。当他们年老体弱，需要人照顾时，子女是否能够承担起这份责任？

思考三：老年人要时刻保持一颗进取的心，主动去拥抱新的事物，才能够打开更大的视野。《人气老妈》中的曹淑良老人，尽管享受着子女轮流陪伴照护，但是，九十四岁高龄的她平日里依然做一些力所能及的家务，如擦地板、织毛线袜甚至下厨烹饪。她还喜爱唱歌、旅游、社交、看电视中的体育节目。这种活到老学到老的精神和开朗达观的性格实属难能可贵。还有《婆媳相依》中的婆婆薛淑芬，天性乐观包容，不仅和儿媳妇孙慧君处得如同母女，还乐于助人，年届九旬担任"楼长"，为街坊邻里排忧解难。为晚辈树立了好的榜样。

思考四：人口老龄化问题已不再是老年人及其家属需要面对的问题，而是整个社会需要共同参与面对的问题和挑战。今后，或许过去那种"小老人"常年伺候"老老人"的现象几乎不会有了。因为到那个时候，多元化的养老方式会越来越普遍。对于将来的子女们而言，只要能把父母的养老问题安排好了，也就是尽到了孝心。相信这会成为未来普遍的养老认知。

钮敏　郭梦盈

第三章

社区养老心系翁妪桑榆晚情

故人不独亲其亲，不独子其子。使老有所终，壮有所用，幼有所长，鳏寡孤独废疾者，皆有所养。[①]

——《礼记·礼运篇》

---

① 译文：因此人们不只是把自己的父母当作父母，把自己的孩子当作孩子，让老人能够终其天年，成年人能够为社会效力，年幼的人能够顺利地成长。使老而无妻的人、老而无夫的人、幼而无父的人、老而无子的人、残疾人都能得到供养。

1. 社区嵌入式养老服务

满足个性化需求

"社区居家养老"究竟能提供哪些服务？哪类服务适合老人选择"社区居家养老"？社区养老照料中心需要的花销高不高？社区养老照料中心与养老院的主要区别在哪里？

带着上述疑问，笔者走进北京市朝阳区小关街道养老照料中心大厅，准备采访中心主任张地。因为到得早了些，看到大厅里坐着两位女性长者，笔者便主动上前与她们打起了招呼："您好！请问您今年多大年龄了？"

"我七十多了。"

一旁的工作人员纠正她说："您不是属蛇的吗？1941年出生，今年八十二啦。"

"哦，你说我属蛇的，都八十二了？我自己都不知道。"

笔者又问另一位老人："您住在这儿感觉怎么样？高兴吗？"

"高兴。那人是我姑爷。"老人指着不远处正在打电话的一位男性长者说道。

工作人员小声对笔者说："那位不是她姑爷，是她老伴。这两位老人都是阿尔茨海默病患者。"

"那她们平时吃饭什么的都能自理吗？"

当笔者本以为无法与两位老人继续正常交流了，想跟工作人员聊几句时，第一位老人听到后突然冒出一句："自个儿做饭买菜挺麻烦的，什么我都会干。不信，你让我上哪儿买什么去，我都能给你买回来。"

工作人员说："她们就是这样一会儿糊涂一会儿明白的。第二位老人的老伴陪她一起住在这里，因为要出去办事，让我们帮助照看她一会儿。"

"咱们养老中心大部分老人都是这种情况吗？"

"真正能自理的少。我们这里入住的老人现在一共有十六位，不能自理和半自理的十二人，能够自理的只有四人，年龄都是八十五岁以上高龄了。"

因为养老服务工作的特殊性，中心对护理人员招聘的要求一是要爱老，二是需要有照护过老人的工作经验，比如做过护工，或者是在其他养老院干过，上岗前都要经过培训。正在陪伴老人的这位男性工作人员是来自云南的大三学生，学的护士专业，是寒假期间来中心实习的。

"402 房间 20 床呼叫！"

呼叫对讲系统分机响起,墙上的显示屏上红灯闪烁,原来是一位卧床老人要上卫生间。

"张主任回来了!"随着工作人员一声提示,养老照料中心主任张地从外面忙碌赶回。让笔者稍感意外的是,之前在电话中说已经在小关养老驿站工作了五年的张地,戴一副眼镜,斯文俊朗,看上去非常年轻。然而接下来,又从他接受采访时从容不迫的言谈话语中,感受到了他超越年龄的沉稳持重。

张地首先向笔者介绍了照料中心的基本情况:朝阳小关养老照料中心位于朝阳区小关东街 5 号楼,建筑面积九百八十七平米,现有床位四十九张,是龙振养老承接进行适老化改造后,以收住失能失智老人为主,辐射居家老人提供个性化养老服务的养老机构,2023 年 10 月正式运营,目前是小关街道唯一一家养老照料中心。

主要服务有机构托养,包括日常起居照护、健康指导、药品管理、文化娱乐、心理慰藉、功能训练、早期干预等;对居家老人的服务包括日间照料、呼叫服务、助餐、助浴、助洁、助急、助医、代购、上门理发、居家照护指导、法律咨询、志愿者培训等。总之一句话,凡是老人有需求的,中心都会尽力提供支持和帮助。即"您有所需,我有所应"。据张地介绍,为六十岁以上出行困难的老人,一律免费上门理发。其余部分收费的项目,如上门保洁、上门助浴等,也都低于市场价。

张地说:"街道之所以在我们原来运营的养老驿站基础上增设养老照料中心,主要还是基于社区老年人的服务需求不断增加，以前驿站的房间数量已不能满足老人的入住需求。运营不久的养老照料中心，是北京龙振养老连锁品牌（民办非营利社会组织）在小关地区承接的新的养老项目，属于公建民营性质。"

经过前期调研了解到，居家老人服务需求呈个性化，比如对待卧床老人，如果由家属来照顾，可能家中的硬件和软件条件达不到，为老人洗澡比较费力，很多的老人甚至一年都不洗一次澡。对于有这种需求的老人，中心会上门或者请老人在亲属陪伴下，来机构为他们提供助浴服务。还有上门助洁，为居家老人打扫卫生；上门助医助行，陪同老人去医院看病取药等。中心刚运营不久，有一位老人需要去医院做肾透析。孩子当时不在身边，老人年龄大身体又不好，没有办法自己去医院。于是便给养老中心打来求助电话，中心立即安排工作人员前往，提供陪同就医服务。

为了让居家的老人吃上营养的老年餐，中心还开设了老年餐桌，同时为有需要的老年朋友提供上门送餐服务。老人们反映：老年餐桌的饭菜非常适合他们的口味，比较清淡，做的味道也很可口。

这天，一名中年男性给张地打来电话："请问你能来给我妈理个发吗？她八十八岁了，患脑出血刚出院不久。之前我给她理过一回，不大满意。"张地一听二话不说，骑上电动车按照用户提供的地址，来到了这位长者家中。老人说："小伙子，不好意思，太麻烦你了。"张地边理发边对老人说："奶奶，不客气，您要是喜欢，我以后一个月来给您理一回。"一句话让老人开心不已。老人家说："你跟我的孙子年龄差不多大，就会理发，还给我理得这么有型。"张地笑着说："这是我们的基本功，每个护理员和工作人员包括院长都要学会理发。"

经问询了解到，中心护理人员的组成，一部分是由中心内部培养，也有一些是老服专业学校直接招聘过来的。专业要求是学老年服务与管理、中医康复或者老年保健等。张地在大学学的是养老服务与管理专业，实习期就在养老驿站，实习结束后就直接入了职。驿站作为机构和居家老人连接的枢纽与平台，共同为老人提供入住和居家服务，原来的驿站只有十几张床位，主要还是为老人提供上门服务。

是什么让张地这样的年轻人一毕业就干上了收入不高、风险不小还挺琐碎又拴人的养老，而且一干就是五年？张地的一段话，让笔者不由得从内心油然而生一股敬意。他说："起初我是抱着学了这个专业那就试一试的想法，真正让我坚持下来的最大的动力，是服务的老人和家属的一声'谢谢'和送给我们的锦旗和感谢信，让我觉得被需要的感觉真好！"

普惠型养老

随后，张地陪同笔者参观了驿站和养老照护中心的各个层区，大厅里宽敞明亮，时尚的桌椅、桌面上的玩具、墙上的饰品、摆放的绿植、播放的老歌，都让笔者感觉像是家里的客厅一样。特别是大厅内龙振养老的logo、墙上大大的"家"和绽放的金黄色太阳花，都在诠释两个字：温暖。

在二层的一个单人间，里面有两位服务员正在小心地托住一位失能老人的背部和腰部，将他轻轻扶起。张地告诉笔者，这位老人要去卫生间，两个人一起配合，既能让老人舒服些，也避免护理员单人操作过于吃力不慎受伤。

笔者看到每层不管是公共空间、楼道，还是房间和卫生间，凡是老人触手可及或是动线①都安装了扶手，使用的材质、高度全部为定制且适老。房型有小单间、双人间、三人间，房间设备齐全，采用智能化管理系统，二十四小时全方位地呵护入住老人的健康。在满足老人起居、照护的基础上，中心更关注入住老人的精神和心理的需求，更注意差异化。大到房间的温度、家具摆设，小到每个人的不同作息、用餐习惯，都尽可能周到地照顾老人的意愿和需求。

因为中心定位是"普惠型"，平均价位在每月五千八百元至六千元，护理等级高、需要特殊性或个性化服务的费用会高一些，普惠是考虑到小庄街道多数老人都是从工厂退休，退休金都不是很高。如果价格过于昂贵，一般老人住不起。因此，与财政兜底的基本养老、完全市场化的高端养老机构相比，普惠型养老通过对养老服务价格的合理引导，最大限度地满足了普

---

① 是人们完成某一系列动作而走的路线，所以，家居动线关系到每个人是如何使用空间的，一定要按照家庭的生活习惯来设计。

通老年群体的养老需求。核心就是面向大众，服务于更多社区居家养老的老年人。

除了长期入住，短期托管也是中心的一大特色。比如，有的老人子女临时出差或外出旅游，或者平时雇人照护的家庭保姆放假，就会找到中心委托照料一段时间，短则三五天，长则数周。还有一项服务是日间照料，即早晨送晚上接，这样，中心又具有了"托老所"的功能。一位把老伴送到中心来日托的女性长者对笔者说："我老伴有轻度的老年痴呆，今天我想上孩子家看看，可是不能把老头儿一个人留在家里啊，就把他送到这儿来了。这里的服务人员非常精心，所以我特别放心。"

以老助老

小关街道于 2018 年成立了养老服务驿站，开始推出居家养老服务，是龙振养老连锁运营的星级养老驿站。"龙振养老"，在北京可以称得上是养老行业的领军机构。现任龙振养老服务驿站党支部书记的丁立娟，给所有被服务老人和家属留下的印象是"笑起来真好看"。学幼教专业的她，做了整整三十五年幼教工作。歌德曾说："我们体贴老人，要像对待孩子一样。"五年前，丁立娟转变赛道，从带小孩到带"老小孩"，同时也把笑脸从黄口小儿转向了银发翁妪，用她自己的话说，"过去的职业生涯是托起明天的太阳，现在的我是陪长者漫步最美的夕阳"。

说起来，丁立娟转变赛道，起因是被好友——龙振养老服务中心理事长、现在的朝阳区人大代表张玉"三顾茅庐"力邀加入。听丁立娟讲，"龙振养老"理事长张玉，父母都是在退休没几年就因病先后去世了，2010 年，她怀着"子欲养而亲不待"的遗憾，萌发了办养老机构的意念并付诸实施。从开办第一家太阳宫老年公寓到现在二十余家包括机构、照料中心和养老驿站，千张床位、覆盖二十万老年人，其中的各种艰辛可想而知。

丁立娟的父亲因在几年前患阿尔茨海默病，于 2022 年不幸离世。相似的经历，让张玉、丁立娟二人坚持把为老服务当成事业来做，边实践边探索，努力掌握更多照护老人的方式方法，让更多的老人、家属获得好的生活品质和"喘息服务"[①]，她们一直在坚持着。

2024 年，张玉六十一岁，丁立娟五十九岁，在以往的认知上都是已经或即将步入老年行列的人了。用丁立娟的话说："张玉理事长是全国的敬老模范，北京市的孝星榜样，又是区级巾帼建功代表。跟着她，为了养老这份事业，以往的'诗和远方'，个人的兴趣爱好、家务、美食、旅游统统都抛在了脑后，只要大脑还转，睁眼闭眼都是老人。养老，尤其是三年新冠疫情在养老界就是'生死劫'。封闭时间最长达八个月，楼门紧闭，连在大厅里活动都受到限制。放开初期，有些人年事已高，加上

---

① 是一项由政府买单，专业照料失能、失智老年人的公共服务，由此给老人的看护者得以"喘息"的机会。

季节变化，医疗资源匮乏，患病老人不能及时就医，还有的因为年迈去世，遗体不能当天运出……"

面对当时每天都可能出现的始料不及的情况，驿站的工作人员每天变着花样做美食、开通亲情视频语音连线家属、组织趣味游戏互动、把好玩儿的游戏送到卧床老人的床边。舍小家顾大家，共同为老人撑起了隔离病毒不隔离爱的"安全伞"。

"温暖胜亲人"

2024年1月，小关街道养老照料中心收到了家住小关北里某号院社区居家老人王奶奶送来的一面锦旗。"用心服务，温暖胜亲人——赠小关养老照料中心张地主任并全体员工"。

"太感谢你们啦，在我们家最无助的时候，养老服务中心的工作人员就是我的亲人！"王奶奶握着张地的手再三致谢。她的老伴儿是中心的基本养老服务对象，2023年12月，老人因突发疾病肺部感染严重急需助医服务，当时子女又不在身边，家中无人照料。中心了解情况后，主动承担起这项服务，连续数日陪同老人家属去了四家医院辗转就医。虽然最后老人还是不幸离世了，但家属对中心的工作人员十分感激，特地送来一面锦旗表达心意。

2023年年底，养老驿站收到一封感谢信。信中写了这样一个感人的故事——

尊敬的小关驿站丁立娟院长并全体员工：

我妈妈李颖今年六十出头，之前因为家庭突发变故出现应激反应延误了治疗，导致身体逐渐僵硬、萎缩，丧失运动、语言、自理能力，从其他机构转入时已经瘦得皮包骨。但是初见我妈妈时，丁院长亲热地抚摸她的手说："李姐，看您这被子、衣服的颜色，就猜您有一颗粉红少女心，您的头发真黑，皮肤这么细，一看就是个大美女，年轻的时候一定不少人追吧？"听到这话，妈妈瘦削的脸上露出了一丝笑容。由于她的胳膊腿都是蜷缩着的，必须要特别护理，增加营养促进脂肪和体重，按时变换姿势、使用辅具、保持清洁和床单无褶皱，以避免褥疮的发生。

照护像我妈妈这样的老人，难度很大，但护理员张师傅从没有怨言，每次我来看望母亲，都能从妈妈的身上、眼神里看到变化。

有一天，张师傅说："咱们给阿姨称一下体重吧。"我想：这怎么称啊？他说："我抱着称。"于是，他先称了自己的体重，然后把妈妈小心翼翼地抱起来，站到秤上，减去自己体重后，他高兴地对在场的人说："阿姨长肉啦！"看到这一切，当时我的眼泪就下来了，内心涌起一股暖流，连连说谢谢。

时间长了，我了解到入住的老人多为失能失智，工作人员不但像亲人般地照护他们的日常起居，还绞尽脑汁地带着他们玩儿。比如，用报纸揉成球，贴上好看的彩纸，再用胶带做个

"整体包装"，穿根绳子把它挂在门框上，老人坐在轮椅上也可以用手拍打软球做运动，锻炼肢体的力量。

对待像我妈妈这样的卧床老人，护理员就到床边与她进行互动，锻炼她的呼吸和身体的力量、练习脚功能等等。为了防止褥疮，他们不但按时为卧床老人翻身，最常用的就是"抚触疗法"，定时一对一用手轻轻地抚摸她的身体，胳膊、手，这种方法让妈妈感到非常舒服和开心。

看到妈妈在这里得到无微不至的照护和如此专业的服务，我们做儿女的发自内心向你们道一声谢谢，并真诚地说一声：不是亲人，胜似亲人！

李颖子女敬上

这位家属的感谢信，除了感谢管理者和护理人员对待老人胜似家人的关爱，还突出赞扬了驿站养老服务的专业性。丁立娟说："由于目前学校设置的养老专业不多，再加上毕业后能够从事养老服务的人更少，很多从业者都是边干边学。比如看似推个轮椅一定很简单，但实际一上手就知难不难，上坡的时候是正着推，下坡就得倒着来。过门槛儿要提前把老人的双手放在胸前，这样，避免过门的时候把手卡住导致老人受伤。还有风险防范和个性的防护重点、要点是什么，每个工作人员都要谨记在心。"

除了起居上的照护，身体上的辅助训练，在个性化护理的过程当中，对于老人的精神心理和文化需求也要尽力满足。因为，每位入住老人都是独一无二的个体，养老护理服务又是非常私人化且实时进行的活动。所以，文化养老，是提供养老优质服务的重要前提和条件。平日里，护理员会经常给卧床的老人放一放年轻时候喜欢听的歌曲、京戏、评剧或者相声，有些基本能够听懂的老人可以给他读半小时书。护理人员发现，只要你跟老人有一个互动，即使他说不出话来，只要意识存在，依然是能够感受得到你所传递给他的信息，老人给护理员的微笑，常常让护理员自己感动，双方的情感交流达到了至深至爱的境界。

现在，小关养老照料中心和驿站共有工作人员十四人，无论是以张地为代表的"青春养老人"，还是像张玉、丁立娟这样"低龄助高龄"的养老人，他们每天把"爱与温暖"和"最有温度的养老服务"送到了社区、居家老人的周边、身边、床边。

笔者离开养老照料中心的时候，看到护理员和几位老人一起在活动大厅里玩儿网红乒乓球和桌面冰壶，天猫精灵播放的是冬奥主题曲《一起向未来》。气氛和谐融洽，洋溢着大家庭的温馨。

在养老驿站和养老照料中心，需要照护的老人可以得到专业护理、生活照料、心理慰藉、入户服务，儿女们可以随时来探望入住的父母，一碗汤的距离，陪伴自己老去的还有熟悉的老邻居、老伙伴、老朋友……小关街道"中心＋驿站"的社区嵌入式养老服务模式，用暖心、周到的服务证明："养老不离家""离家不离社区"，让更多的老年人在家门口，就能享受到专业养老机构的照护服务，它已经日渐成为社区老人和家属青睐的养老方式。

最后，丁立娟呼吁：希望政府能够设立一个"养老人节"。因为，在所有的服务性行业中，养老机构运营难度大、风险高、回报低；养老从业人员劳动强度大、收入低。作为国家战略、关乎民生、聚焦养老的从业人员看似平凡的工作，却为无数的家庭、老人提供了优质服务、安全保障和援助支撑，养老人是在用生命呵护生命。她同时呼吁社会上有更多的人能够投身到这一充满大爱的事业中来，共同做好中国最有温度的养老服务，因为老人的今天就是自己的明天。

2. 智慧居家养老

智慧养老"救"在身边

"这'一键呼叫'可是救了我的命！一个月前的一天，我突然腹痛难忍，渐渐发展成辐射性疼痛。由于孩子不能及时赶回，我按下了'一键呼叫'按钮。十分钟后，120 急救车就开来了，送我到医院接受抢救。"家住金顶街三区的独居老人徐忠胜[①]，男，七十九岁。当他向笔者介绍自己通过"一键呼叫"被救助的经历时，室内监控器自带的双向语音通话器红灯亮了，"阿姨，您好！我爸爸刚做完手术，还是我跟您说吧。因为哥哥在外地工作，我还没退休，不放心父亲一人独居，就在他的卧室和厨房里安了监控器。上个月开始，我爸爸一共按过三次

---

① 本文受访老人均为化名。

'一键呼叫'。第一趟被急救车送去医院，检查出是胃穿孔，做了第一次手术。因为出现了术后机械性吻合口梗阻导致呕吐、腹胀，于是第二次按了'一键呼叫'。因为 120 已经知道了我父亲的姓名和家庭住址，二话没说便直接开过来了。第三次按'一键呼叫'是按照预约被急救车送往医院，直接住院接受了第二次手术。'一键呼叫'真太方便及时了！"

徐忠胜父女口中的"一键呼叫"，是北京市石景山区民政局自 2018 年起，为辖区八十岁以上高龄老人，以及七十五岁以上失能、失智、失独、独居老人免费配置的"居家养老服务信息机"，"一键呼叫"是其中的一个按键，也是备受老人依赖的"救命键"。据石景山区养老服务中心主任马丽丽介绍，2018 年为三千八百户老人安装了"居家养老服务信息机"；2019 年逐步在全区推广至一万户；到 2021 年达到一万三千八百户；目前已实现一万四千户。从 2018 年到现在，石景山区因"一键呼叫"被救护的老人已达近九百人，为患病老人在第一时间获救起到了至关重要的作用。

为做好"居家养老服务信息机"发放工作，各社区干部们坚持"不漏一户，不漏一人"的发放原则，确保每位独居老人家中均有安装，有效实现了辖区独居老人"呼有人问，难有人帮，事有人管"。为了达到这一目标，所有从事养老工作的同事，平日里的工作都是"5＋2""白加黑"这么干过来的。周六、日要随叫随到，手机要二十四小时开机，身体要时常保持"待机状态"，"想休，但不能休""能休，但休不好"，已经成为社区"养老人"工作的常态。因为他们有着一个共同的信念：与生命赛跑，让老年人健康无忧地安度晚年。

精准化服务

2024 年 4 月初，笔者采访了居家养老精准化服务项目第三方运营单位负责人杨军。据杨军介绍，当时，在选择应急服务硬件时考虑到，因为石景山那边是老小区，大部分老人覆盖的是高龄人群，用手机或其他软件等都不太精通。杨军团队在调查走访时发现，大多数老人家中仍在使用固定电话，便开始考虑做这种学习成本低的一键呼叫式设备。在电话机上设"急救"即"一键呼叫"快捷按键，同时设置居委会、卫生站、养老驿站、照料中心、物业服务、居家护理、家政服务、家电维修、亲情号码、咨询投诉等，做成了一个集成面板。老年人可以精准、便捷、可靠地获取到各类优质社会养老服务资源所提供的服务。

笔者看到杨军桌上摆放的这个特殊座机，红红的"急救"二字赫然在目。石景山区依托系统平台，推广"一键呼叫"，将老年服务需求对接到卫生医疗机构、居委会等终端。2019 年，北京市将 120、999 两个急救系统整合，实现统一指挥调度。从 2020 年开始，急救呼叫号码统一为 120 了。

除"一键呼叫"救援功能，该系统还可为老人提供物业、家政、护理等方面的服务，并跟踪监督服务过程，回访服务结果，确定将其称为"居家养老服务信息机"，是家庭普通固定话机的升级版。经过统计，使用"居委会"按键的老人居多。因为是属地管理，老人一般遇有不清楚的事宜，首先想到找居委会。就近的卫生站是按照老人居住的社区来匹配，还有就近的养老驿站和照料中心、物业服务、居家护理、家政服务等作为公共资源，老人们可以随时根据需求使用各个按键。亲情号是给老人配一个直接的联系人，即经常打电话的子女，有了这一按键，不用再查电话本，一键便可以打过去。

"居家养老服务信息机"的安装，得到石景山区高龄、独居老人的交口称赞，纷纷送上锦旗，寄来感谢信，表达对政府的感激之情。家住玉泉西街社区的老人石成安所赠锦旗上写道："感谢政府，心系老人"；八角南路居民李艳满怀深情在锦旗上写下了"情系老人解民忧 政策到户办实事"。

石景山军休二所八十六岁的胡培建在给石景山区民政局、老龄办和八角街道办事处的感谢信中这样写道：

军休二所离休老干部，对党、政府、企业为我们这些老兵免费安装精美设计、多功能的"居家养老服务信息机"，感到特别激动，高兴至极！这是对老年群体亲切的关怀、爱护、救命的设备。

老兵们深深地感谢十九大以来，以习主席为核心的党中央的英明决策。今天区政府所做的公益善举，把党和政府的关怀落实到户，让我们每个老人倍感温馨。我谨代表二所的八十岁以上老兵，对有关单位领导、设计、施工人员表示最衷心的感谢！

生命急救一键达

在采访居家养老精准化服务项目售后服务负责人武利会时，他向笔者讲述了一个真实的案例。最初去为一家老人安装座机的时候，他听那位老人说，2002 年，邻居一位八十多岁的男性老者因病倒地，因为身边无人照料，没有得到及时救治。直到死后两三天才被人发现，家属赶去的时候，老人身体早凉了。这件事虽然不是亲眼所见，但却像刀刻般印在了武利会的记忆中。他从 2020 年开始担任石景山区"居家养老服务信息机"售后服务负责人至今，率领团队人员为各个有需求的家庭及时送上安装培训、维修、保养等服务。

为得到因"一键呼叫"被救治老人的理解支持，4 月中旬，武利会全程陪同笔者，走访了包括本文开头的徐忠胜老人在内、共计四户五位老人。

家住杨庄北区的王利民、李薇夫妇，年龄分别为八十八和八十五岁。他们说：急救电话夫妇二人都使用过。第一次按"一键呼叫"是因为王利民脑梗、心梗出现流口水、吞咽困难甚至浑身哆嗦的情况。一开始他还忍着，老伴担心他出危险，孩子又不在身边，立即按了"一键呼叫"。120来了，王利民还不愿意被人用担架抬，坚持说自己能走。一是不愿意麻烦人家，二是想省下"抬担架费"。穿上衣服坚持自己上了急救车。

王利民还因严重的糖尿病导致眼睛黄斑变性几近失明，为此申请办理了残疾证。平日里，包括热水壶、微波炉、热水器上的各种按键一概看不见。为避免因电、煤气等导致危险，平日里各种家电李薇都不让他碰。连热水也不敢给他倒，一定要放温后再递给他，避免一不小心碰翻了杯子被烫伤。外出更加困难，上下楼、过马路都要李薇搀扶，生怕一个闪失导致老伴摔倒或被车撞到。

听到这里，笔者关切地问李薇："您的身体状况还好吧？"经本人介绍得知，看上去显得健康些的李薇患有严重的高血压，最高时达200毫米汞柱以上，因此使用过两三回"一键呼叫"，而且都是被急救人员用担架抬到救护车上。她感叹："话机上的'急救'键特别灵，每次120都来得特别快，我换好衣服准备走的这么一会儿时间就赶来了。"

笔者看到，放置床边的电话机上两个亲情键分别用胶布写上了"老大""老二"字样，李薇解释说："这是我们两个女儿的电话，是她们给设的。老大在血液中心、老二在医院工作，平时遇事都离不开岗位。如果我们只是身体不舒服时，就给两个女儿打亲情电话，让她们轮流回来照顾。"

家住永乐西区的王梅，女，八十二岁。2023年5月，八十六岁的老伴因高血压晕倒了，王梅赶紧按了"一键呼叫"，老伴被

120 紧急送往医院。但是从那以后，老伴动不动就晕倒，再加上患有阿尔茨海默病，每当摔倒后，王梅根本无法凭一己之力把他扶起来。在又去了几次医院后，她经过和儿女们商量，把老伴送进了附近的养老院。

老伴的问题暂时解决了，可王梅自身的身体状况也存在问题。因为心脏衰竭，曾因心脏供血不足导致昏迷，于 2016 年安装了心脏起搏器。从去年下半年开始，她的听力出现了问题，有人打电话来总听不清，而且感觉对方说话的声音都变了。

"您现在的这种状态，能照顾好自己吗？"笔者不无担心地问。"不行啊，可是没办法。"王梅叹了口气接着说道：

因为结婚晚，我和老伴的一双儿女刚过五十岁。儿子在天津工作，是公安部门的一级警督。因规定不能随便出天津市，如遇紧急情况需要得到上级机关批准，仅能来京看望父母两三天。除去春节，其他节日都不能放假。因为越到节假日任务越繁重。所以，一般的病症我从不告诉他。女儿有空就过来看望我，但是因为在电台工作还没有退休，工作地点又远在房山，当我遇到突发情况时无法第一时间抵达。因此，把我的亲情电话设成了外孙的手机号码。有一天，我因心脏起搏器电池过期没有及时更换，导致心脏不适差点儿昏过去。幸亏外孙提前赶到，按下了"一键呼叫"，协助急救中心把我第一时间送到医院进行紧急救治。

在走访上述几位老人的整个过程中，笔者不由得为他们捏着一把汗：幸亏有了"一键呼叫"这个救命键，才保证了受访老人的生命安全。否则，后果真的不堪设想。

老人们满意"大话机"

家住永乐东区的赵英老人，女，八十三岁。她见到武利会，像见到家人一样亲切，告诉笔者："这人一老啊，眼神和耳朵都不好使，记忆力也越来越差了。以前，给孩子打个电话，手机上的十一位数字太难记，有时候号拨到一半就忘了。想给居委会打电话，还得先找电话簿，戴老花镜查。自从用了小武他们给我安的这个'大话机'就省事多了，只要按其中一个键，就能获得上门服务。两个孩子的'亲情'电话号码，只要一按，他们就接到了。真太方便啦！"

赵英口中的"大话机"，就是石景山区民政局给每户老人安装的"居家养老服务信息机"，因为叫起来简单顺口，老人们习惯地称呼它为"大话机"。之前采访杨军时，他说到的一个细节让笔者颇有感慨：民政部门在给老人换"大话机"的时候，会尊重个人意愿，如果原来的主机舍不得丢弃，可以作为分机帮老人安装到其他房间里，让原来的老机子继续派上用场。可见，他们为老人服务不仅精准、精细，而且周到、暖心，充满了人性化。

"大话机"除了能打电话，老人在家"一键呼叫"即可享受急救、老年餐桌送餐，以及找居委会、卫生站、养老驿站等十一项居家养老服务。"大话机"还可以定期向空巢、独居老人发送语音广播信息。

赵英在三十年前摔坏了腿，导致留下了隐患。随着年龄的增长，现在连上下楼梯都很困难了。八年前，老伴因病去世。平日里，都是一双儿女把水果、蔬菜等食物买好送来，每天下班后轮流过来照顾她。

"大话机"安装后，赵英办的第一件事是按下"居委会"键，告诉居委会负责人自己的实际情况。居委会主任上门看望她并说："阿姨，下次再来我给您带张表，填完之后让儿女们陪着您到指定医院办个残疾证。"结果，赵英在女儿陪同下去了石景山医院，受到一位副主任医师接待，经诊断完全具备办理条件，接下来顺利办理了残疾证。

第一个接受采访的徐忠胜老人的女儿，除了向笔者介绍父亲因"一键呼叫"被救治的经历，还告诉笔者："如果遇到居家护理或家电维修等需求时，也使用过以上按键。但是不巧当时正赶上疫情严峻，所以暂时无法提供上门服务。疫情缓解后再遇到困难时，我父亲得到过'物业服务'提供的上门服务和帮助。我父亲手特巧，身体好的时候基本都是自己做饭。不想做饭时，就到楼下的社区老年食堂吃上一顿热乎乎的饭菜。在食堂里，老人们只要使用养老助残卡，每人每餐就能获得五元的就餐补贴。"

一天的走访下来，被老人们夸赞最多、最认可的是"居家养老服务信息机"上的"一键呼叫"键。它如同将急救站搬到了老人家门口，一旦遇到突发状况，可以第一时间获得120的精准定位和紧急绿色出车施救，保证最佳的治疗时间。同时，借助"智慧"，真正为老人提供个性化、专业化、精准化养老服务，让老人享受到智慧养老带来的便捷和舒适。看到老人们脸上洋溢着的笑容，笔者心头涌起一份希冀：多么盼望这样的智慧居家养老服务能够在全社会进一步普及，让老人们安心，子女们放心。

3. 乡村养老大食堂

大孝之星

3月下旬的一天，与北京市怀柔区渤海镇六渡河村养老驿站站长王富坤邀约，笔者一行二人早七点半赶到了六渡河村。在养老食堂，看到了正在和工作人员一起，为全村的老人忙碌地做早餐的王富坤。在紧挨食堂的小会议室里，他接受了笔者的采访。当被问到当选2018年度北京市"孝星榜样"的他父母身体现状时，王富坤回答道："其实，我当年对父母没有尽着孝，因为那阵总想着趁年轻多干点事儿。直到父母先后离开人世，我才终于明白了什么是'子欲养而亲不待'。于是，从那年起，我在全村大会上表态：要为全村的老人尽孝。"原来，王富坤是全村一百五十位老人共同的儿子，是一位大孝之星！

在"孝星榜样"颁奖典礼上，北京市老龄工作委员会等主办方对王富坤的上榜评语是：

二十五年好支书，六渡河的孝顺儿子。

他，开办婆媳澡堂，用孝心促进家庭的和睦。

他，建立了托老所，为老人搭建幸福的暖房。

他，引入居家养老，医养结合，给老人提供便捷的医疗服务。

他，舍小家为大家，给群众干实事，让老人们老有所养，老有所依，老有所孝。

在他看来，

孝，是敬老爱老的村规，要让尽孝成为一种习惯；

孝，是无微不至的照顾，要让老人感受家的温暖；

孝，是事必躬亲的认真，要让后人铭记孝德的意义。

他就是为一百五十多位老人操劳的好支书——王富坤。

1960 年出生的王富坤，从小在六渡河村的土地上长大。1979 年高中毕业后，回到村里开始任职。1993 年，王富坤当选村里的党支部书记。如本文开头所述，在他的带领下，村子一天天发生着改变，村民们的生活越来越好。但是，村里的老龄化却越来越严重。六渡河村有二百二十多户五百三十多口人，其中六十岁以上的老人一百五十人，占比接近百分之三十。由于大部分老人的子女都在外务工，如何让老人们老有所依，就成为党支部书记王富坤的工作重点。

2010 年，王富坤把村里一个闲置了大半年的老旧小学校舍，改造成了公办民营性质的托老所。办托老所当时在农村还是"新鲜事物"，区民政局为支持六渡河村的养老事业，拨了四十万作为改造项目资金。改建后的托老所，当年就有二十多位村里的老人入住了。入住托老所的老人每月只需交纳五百元，大队再给每位老人一个月补贴三百元。这样，住宿和管理费合计八百元。之后，区民政局又把原来的托老所升级成现在的养老照料中心。

党支部每个月在托老所给当月的"寿星"过生日，王富坤等大队干部到场祝寿，送上一个大蛋糕，再摆一两桌菜。老人们非常感动，纷纷发表感慨。他们说，要感谢党的好政策，让我们老有所养，老有所乐。有的老人说，自己的儿女都没给他过过生日，特别感谢村党支部能给他做寿。

王富坤曾对托老所的服务人员说，咱们也是在尽一种孝，是为全村老人尽一种大孝。有些老人子女不在身边，还有的老人无儿无女，我们要让这些老人切实享受到老有所养。

在发现个别家庭存在婆媳矛盾后，受赵本山主演的小品《澡堂的故事》启发，王富坤建了一个"婆媳澡堂"，目的是让全村的儿媳跟婆婆搞好关系。一到周末，婆媳澡堂成了全村一道最美的风景线，各家各户的儿媳妇挽着婆婆来这里洗澡。只要是儿媳妇陪着婆婆一起去洗澡的，门票全免。原来有点摩擦的婆媳，经过如此"坦诚相见"，矛盾渐渐得到了化解。为了鼓励大家互助养老，王富坤又把规定升级成儿女邻里，无论谁，只要换着七十岁至八十岁的老人去洗澡，也都免费。通过开办"婆媳澡堂"，不仅改善了婆媳关系，也促进了邻里之间、村民之间关系的和谐。

2017 年，村老年协会成立。党支部把一个闲置的旅游接待站利用起来做了一个洗衣房，免费给老人洗衣服。村服务队员每月三次上门收取八十一岁以上老人的衣物，送至洗衣房清洗，再由服务队员送回老人家中。

2019 年，六渡河村建立了养老驿站。当了二十五年党支部书记的王富坤，这一年主动退下来，只做支部委员，将绝大部分精力用于做养老。其中，选择的主要项目是巡视探访和办养老食堂。巡视探访是每个月四次到老人家，看看老人的现实情况，问问他们有什么需求，能帮助解决的事情立马予以解决。

阳光食堂

王富坤要办养老食堂的想法，源于全村的老人数量迅速增长，已经达到一百九十八接近二百人了，决定办一个满足老年人吃饭的阳光食堂。他把村里一个闲置的大会议室改造成了大食堂。每天（周六、日无休）为全村六十岁以上的老人提供用餐服务。其初衷，就是让全村的老人能有一个幸福的晚年。

成立于 2018 年 11 月的阳光食堂，在国家政策补贴下，最初每天为村里六十岁以上的老人提供早、中、晚三餐服务。早餐的标配是主食、鸡蛋、牛奶、粥，还有小菜，不限量供应。因为是免费而且敞开吃，早晨来的老人最多，平均一百五十人。

开办一段时间后，经过民意调研，村里老人普遍反映早上吃得多了，中午那顿饭太丰盛吃不动。结果，工作人员辛辛苦苦做好午餐后，常常只来十几个人。于是，食堂保留早、晚餐，停止了午餐供应。每天早晨，六十岁以上的老人只需刷一下老年卡，就可以享用免费早餐了。晚餐每人仅需交两元钱，便可以吃上各种荤素搭配、营养均衡的美食。

每天凌晨五点多钟，仅五六个工作人员就来到了食堂做早餐。保证八点准时开饭。老人们就餐后，吃不完的部分可以打包带回家，留待中午吃。晚上再来享受一顿两元大餐。对行动不便的老人，还主动送餐上门。新冠疫情来袭，阳光食堂仅暂停两个月便恢复了供餐。安全起见，王富坤和工作人员把做好的饭菜端到食堂外的空场上，老人们直接打包带回家去吃。

一位工作人员正在整理老人们的刷卡凭条，王富坤向笔者介绍道："老人们用早餐免费，晚餐交两元钱。但是每餐需刷老年卡，用刷卡凭条可以向区民政局申领补贴。早餐刷六元，晚上刷十二元。民政局按照餐费的百分之九十予以补贴，余下的百分之十由大队支出。依靠政府的高占比补贴，我们只需要尽心尽力为全村的老人服务好，还有发给五六个工作人员每月的工资，包括平日里必要的设备更新和维修等费用支出。"

几位一直默默无闻忙碌的工作人员，都是从食堂一开业就来了。三人负责做饭，两人负责刷卡。人手紧张而且每天起早贪黑，如果谁家里有个事儿，轻易都不请假自己克服，担心影响了老人们正常用餐。面对每位老人，他们自始至终都是笑脸相迎。王富坤把一周晚餐的食谱展示给笔者看——

周一：红烧鸡翅根、清炒芹菜；主食：馒头、发糕

周二：红烧肉、烧茄子；主食：米饭、花卷

周三：红烧排骨、清炒圆白菜；主食：馒头、米饭

周四：红烧鸡块、清炒油菜；主食：菜窝头、馒头

周五：猪肉炖粉条、醋熘土豆丝；主食：米饭、花卷

周六：肉炒三丁、葱烧豆腐；主食：枣糕、馒头

周日：酱爆鸡丁、炒青椒；主食：馒头、米饭

在王富坤的朋友圈，有一段某日晚餐的视频——红烧排骨、清炒芹菜、馒头、枣糕，外加一个苹果，看上去十分诱人。

"父母"的夸赞

"要让老人身体好，首先要让他们吃得好。"这是王富坤平日里常挂在嘴上的一句话。八点整，开饭的时间到了。跟随王富坤走进由他创办的阳光食堂，感受到了他这句话是如此

真切。

一百多位老人正在排队等候打饭，来得早的几位已经开始在圆桌前就餐了。桌上摆有烧饼、鸡蛋、小米粥、菠菜炒粉条等。王富坤亲切地看着每一位老人，那眼神就像在看着自己的父母。他向众人介绍了笔者来意后，便去忙食堂气、电改造的事了。

为了不影响正在就餐的老人用餐，笔者先和几位用书包、饭盒排队、自己坐在桌前等候的长者唠起嗑来。首先，看到一位目测相对年长的老者，便走过去问道："请问您老今年高寿？什么时候开始在这里用餐的啊？"对方神情有些木讷，一会儿才蹦出一句："我一直……嗯，一直……来。我这脑子不好使，说话葫芦倒提（含混、糊涂），你问……问别人吧。"

笔者见状立时明白了几分，因为曾经看到有关写王富坤的文章提到，六渡河村有几位患阿尔茨海默病长者受到他特殊照顾的事迹。为了让他们的病情得到控制延缓，尽量让这些老人自己出行，而不是每每伺候到床边。

接下来，笔者又问一位满面红光的老人："您今年六十几了呀？"老人名叫刘才，他笑着说："我是四〇年生人，今年八十四啦。我儿子都六十多了，你看就是正排队打饭的那个。"老人手指队伍中一位身穿灰色外套、头发也已经花白的男性长者说："他就是我儿子。"旁边一位女性长者补充说："他不仅看着不显老，身体也好着呢，现在还能天天骑自行车满世界转呢。"

采访的所有老人，几乎都是老年食堂一开业就来了。"村里食堂的伙食太好了，符合老年人的口味，而且比家里丰盛多了，不仅干的稀的都有，大师傅还经常为我们调剂伙食，进行营养搭配。解决了我们的吃饭问题。这样，在外面打工的孩子们也都很放心。"六十六岁的村民王志军满意地说。接着，他又说道："这一切真得感谢富坤，虽然他也是六十四岁的人了，一直把全村的老人当自己老家儿（父母）对待。"

"不用整天价围着锅台转，到了每年秋季，我也有精力把更多的时间用在收板栗上了。"七十一岁的程继军说这话时笑得合不拢嘴。现在，六渡河村每到9月开始采收板栗，一个月就能收获一百多万斤。主力军几乎都是这些在座的老年人。程继军补充说："年轻人都忙，顾不上干这个。"

在老人们陆续离开食堂的时候，笔者发现有一位男性长者在吃着第三个烧饼，没有打扰还在用餐的他，便问旁边的一位工作人员："这位老人胃口一直这么好吗？""是啊，刚才你没看见，之前他还吃了两个馒头呢。"看到这位七十多岁的王永富老人吃得那么开心，笔者打心底里为他高兴。真应了一句曾经的广告语，这里的老人们个个"身体倍儿棒，吃嘛嘛香"。

累并快乐着

王富坤说："三十多年来，我每天做着自己喜欢的事儿，已经形成了一种惯性，根本停不下来。"任党支部书记时，他领导六渡河村一跃成为怀柔区的"民宿重点村""京郊板栗第一村"和"北京市最美乡村"。现在，为了全村的老人，他更是每天忙得像个陀螺一样不停地旋转。

唯一一次让王富坤几乎停下来的是，2014 年，他被查出肺癌。在被他人视为"五雷轰顶"的突发事件面前，他选择了沉默。没有告诉村里任何人，去医院之前，谎称自己要外出培训几天。接受手术后，他的肺被切掉了一大块，不能干重活，走路都极不方便。即便如此，王富坤也只休息了一个星期就又上班了。十分钟的路程，每走几步，他都要喘上一阵再继续走。妻子劝他多休息几天，他说："歇不了啊，驿站的人手少，离不了人。"

老人们得知王富坤身患绝症还在坚持工作后，既感动又心疼。淳朴的他们虽然不善言辞，但是把王富坤对他们的大爱、大孝默默记在心里。2018 年 10 月北京市"孝星榜样"宣讲会召开当天，恰逢王富坤五十八岁生日。曾经在六年间给八十多位老人过生日、被老人称为"孝顺儿子"的王富坤，在宣讲会现场收到了"家人"们给他捧上的生日蛋糕。随即，全场观众自发地为他唱起了《祝你生日快乐》。这一意外惊喜，让王富坤感动得当场落泪。

驿站成立以来，王富坤把村内六十岁以上的失能、半失能、失智、独居、空巢、失独等老人列为重点服务对象，以定期、订单、共性及个性化跟踪服务等形式，开展精准服务。

对失能、部分失能的老年人，驿站通过个人需求提交服务订单，再交由服务团队按订单提供上门服务。让老人们足不出户，就能享受到多项服务。对高龄、独居老人提供关怀探访、情感交流、健康指导、暖心陪聊等服务。还定期到空巢、独居、有自闭症倾向的老人家里对症实施健康疏导，做老人的"知心人"。终于，为这些老人打开了心扉，他们向来访的服务人员说出了埋藏已久的心里话。

父母过世早，王富坤至今仍为没有将他们及时送医深感歉疚。他的母亲患有哮喘需要住院治疗，但家里却没有钱负担巨额的住院费。因为得不到救治，母亲的病越发严重，不到半年便不幸离世。不久后，患有高血压的父亲，也因为没有合理吃药用药而加重了病情，在改革开放初期，随母亲去了同一个世界。父母的相继病逝，让当时年仅十八岁的王富坤陷入长久的悲痛之中。没能为父母尽孝，成了他一生的遗憾。于是，他把这份遗憾加倍补偿在对全村老人的健康关爱上。

从2017年起，王富坤引入了"居家养老""医养结合"模式，依托渤海镇政府与某医院支部签订了"居家养老与医养结合"合作书，为六渡河村六十岁及以上老年人建立一户一册一档。医生每半个月一次上门巡诊。为老人提供专业医疗健康养老、康复、就医、用药等指导，同时开展理疗保健和健康讲座等。

一位年近九旬的女性长者，因家中无子女陪伴，在患脑血栓后，导致就诊不及时留下了肢体麻木、行动不便等后遗症，处于半瘫痪状态。专家助医团队在巡诊时，发现她可以进行康复治疗。为此，医疗专家每次来村都会入户为她进行针灸治疗、康复指导。在医务人员的积极诊治下，这位老人的病情有了很大好转。

从 2010 年王富坤在全村大会上宣布"我老家儿都没了，从现在起，我要为咱们全村老人尽孝"，到今年已经过去了十四年。他用实实在在的行动，一步一个脚印地践行着自己的诺言。虽然六渡河村子不大，但村民们的幸福指数特别高，尤其是居住在那里的老年人。失能、半失能和失智的老人，可以入住养老照料中心；居家养老需要上门服务时，有养老驿站提供免费理发、助洁、送医取药等；享受荤素搭配、营养均衡的美食，每天就到阳光食堂就餐。六渡河村的老人们之所以能够享受如此完美、舒适、开心的晚年生活，是因为他们有一个共同的"孝顺儿子"——王富坤。

4. 情暖"幸福巢"

责任与担当

"志林大姐，我给我妈打电话她一直不接，她在您身边吗？"

打电话的是一位五十岁的男士，他在焦急地给社区"幸福巢爱心助老服务队"队长李志林打电话，因为他与七十多岁的母亲冯淑琴联系不上了。

"放心吧，我正陪你妈妈去你小姨家，我们还在路上。"

李志林，1958年出生，2013年退休后，转而参加到了社区的各项活动中来。二十世纪六十年代，她随父母搬家至北京市东城区新中西里社区后，一直居住在这里，当时的她也就七八岁。这里的老一辈叔叔阿姨是看着她长大的，如今又成了她助老服务的对象。按说，2024年六十五岁的李志林也已经迈入了老年人的行列。但是从 2016 年担任社区成立的"幸福巢爱心助老服务队"队长以来，八年间，始终把这件事当作自己的一份责任与担当。

李志林居住的老旧社区老年人居多，渐渐地，孤寡老人所占比例也随之增大。"幸福巢"，实际上就是指老年夫妇一方有一位已经去世的空巢老人。"幸福巢爱心助老服务队"成立初期，作为队长的李志林起草了服务队工作制度、章程、制定了志愿者工作记录表等。作为队长，她率先参加了街道各社区志愿者负责人培训，然后对本小区的志愿者进行一对一培训，手把手教大家如何登录获得机构 App、如何建档及上门 / 电话巡视探访的过程操作。

一切准备就绪后，共有二十名左右的社区志愿者，开始了为空巢老人实行一对一服务。定期或不定期去这些老人家里，跟他们聊天，根据他们的需求做力所能及的事情。比如做饭、帮忙去医院开药、特殊节假日慰问等。有的孤寡老人因为身体原因，不方便做像样的饭菜，一日三餐经常凑合着吃。志愿者们的一手好厨艺在这时有了用武之地，其经常做些适合老人口味的饭菜给他们送过去——包馄饨、蒸包子、烙糊饼、蒸发糕、烙饼、熬八宝粥、煮红果羹、炖鸡鸭，等等。其中一位志愿者不仅为服务对象买菜，还把自己发好的豆芽给对方送去。

李志林负责每周看望一次的冯淑琴老人，儿子经常出差，准备雇的保姆又没有到位。在这种情况下，她连续三天为老人做饭，想尽办法变换花样，让老人家按时按点吃到可口的饭菜。事后，老人经常与儿子聊起那三天李志林为她做的饭菜如何美味。

一天，当李志林得知冯淑琴便秘，当即购买了香蕉及蔬菜送过去。第二天，再去到老人家里，不等询问，老人主动告诉她已经通便了，她心里的一块石头终于落了地。渐渐地，她开始融入了冯淑琴老人的家庭。当保姆有事告假，她就去老人家里陪住几个夜晚，还和老人聊家常，冯淑琴说："没地方说的心里话，今天可说痛快了。"没有女儿的冯淑琴老人，把李志林当作了自己的女儿。

某日，冯淑琴突发急症，被儿子紧急送往医院，结果什么东西都没顾上拿。在李志林赶到医院看望冯淑琴时，老人把家门钥匙交给了她。当天，李志林便拿了老人的手机、内衣裤及住院必备洗漱用品等，又买了一些水果送到医院。

时隔一周，李志林再次专程赶到医院为冯淑琴理发。老人出院后，心细如发的李志林知道她血糖不高，于是买了"味多美"糕点送上门。这一贴心举动让老人感动不已。拉着李志林的手久久不愿松开。数月后，冯淑琴老人最终因病去世。

不久，李志林又主动与社区的一位特扶①人员陈惠兰建立了助老服务关系。这是一位近七十岁的重度残疾老人，儿子也是肢体残疾，一家人长期吃低保。

陈惠兰家住五层，走路都很困难，更甭提上下楼了。李

---

① 是计划生育家庭特别扶助制度的简称，指对城镇和农村独生子女死亡或伤、病残后未再生育子女家庭的夫妻，由政府发放一定数量扶助金的制度。

志林每周都去陈惠兰家看望，帮忙购买花卷、馒头、豆包等主食，还有鸡蛋、饺子、汤圆等食品。每逢雨雪天气，她都要打电话千叮咛万嘱咐对方不要下楼，以免路滑摔跤，随后赶去家里看望，送去手套、自己编织的帽子及洗涤用品。新冠疫情袭来，李志林为陈惠兰送去了防护口罩和社区出入证，并嘱咐老人尽量少出去走动，还为她理了发。

这天，陈惠兰家里的卫生间主水管漏水，把两间屋子都淹了。李志林得知消息及时赶到，联系居委会协调房管所，使用探测器进行检查，又调来高压水车进行维修，彻底解决了水管漏水的问题。

临终关怀

在帮扶老人这件事上，李志林做到了事无巨细。有些看似不起眼的小事，实则非常牵扯精力。一位七十多岁的女性帮扶对象腿脚不便，李志林除了根据需求上门为她理发，还帮她去原单位代交一年一次的自采暖证明，每次路上来回要用三四个小时。数年过去，即使疫情期间也没有耽搁过。

有着近四十年党龄的李志林，在 2018 年社区成立"党员义务理发队"之后，每月一次的理发日，她都要为社区居民义务理发。临近入冬，由于场地受限、天气寒冷等因素，根据社区居民的需求，主动上门为老人理发，解决了老人们理发的难题。一次，她同另一名队员为一位长期卧床的重症阿姨上门理发，先配合家人将老人抱到椅子上，然后为她打理已经打了结的头发，同时向她家人讲述照顾长期卧床病人的经验。一个月后，那位重症阿姨的丈夫专门来到义务理发点，告诉李志林说他老伴去世了，由衷感激李志林和队友在老伴生前为她理了最后一次发。

一位患有晚期绝症的七十九岁老党员，曾经是李志林的老书记。她先后四次去看望他，送去营养品并为他理发。当她再次要去看望老书记时，对方告诉她："志林哪，我真的特别想见你，但是我现在这样子就怕把你吓到，你先有一个心理准备。"李志林二话不说立刻回答："没问题，我这就过来。"说罢，她约了理发队队长，二人一起赶到那位老党员的家。看到曾经身强体壮、有着洪钟般嗓音的老书记，如今已经瘦得脱了相，说话气若游丝，李志林强忍泪水，和理发队队长一起为他理了发。

2017年，社区为七十五岁以上老人开始了以《让时光的脚步不再匆匆》为主题的"老来乐"活动。李志林与社区工作者一起，每周一次和三十余位老人一起开心相聚。朗诵唐诗宋词，读《莫生气》《宽心谣》《养生三字经》；说绕口令、做保健手指操、唱《拍手歌》……

在欢乐的课堂里，坐着李志林八十七岁的老母亲。她看着富有爱心又多才多艺的女儿，受到老街坊们由衷的喜爱，心里喜滋滋的，还热心地配合女儿为老街坊们端茶倒水。可是，这天活动，李志林罕见没有出现在活动室里，同样没有到场的还有她的母亲。社区工作人员沉痛地向众人宣告：李志林的老母亲因患心源性猝死离开了人世，她正在料理母亲的后事。

一次次为社区的空巢、重病老人送去临终关怀，让李志林在慨叹世事无常的同时，心中没有留下遗憾。但是，慈母的猝然离世，让毫无思想准备的她悲痛不已。因为，还有三天，李志林就要把在外居住的母亲接到小区自己家来照顾了。没有为母亲尽上最后的孝心，给身为长女的她留下了无尽的遗憾。

然而，就在母亲的丧事刚刚料理完不久，她接到一位空巢老人的电话后，便立即赶到了对方家中。

给李志林打来电话的是一位八十多岁的女性长者，患有膀胱癌。她只有一个儿子，在母亲家附近租了一套房，方便平日里随时过来照顾。再加上李志林每周一次的上门服务，老人的基本生活没有问题。但就在近日，老人的儿子出差，没有人为她及时买菜做饭了。李志林在了解了老人的饮食爱好后，为她做好一日三餐送到家中。包括老人爱吃的鸡蛋西红柿、红烧茄子和冬瓜丸子汤等，每天变化着花样。一直忙到半个月后老人的儿子出差归来。

不惧风险

除了社区的互助养老服务，街道驿站按照区民政系统要求，每个月要看望四次社区的抑郁症和阿尔茨海默病患者和失独家庭。最初，有的抑郁症患者不愿开门。一是抱有一种逆反心理，对受人帮助不仅没有感动，相反还很反感甚至抵触。二是有的患者只认居委会的人，一提驿站感觉很陌生。针对这种情况，一开始，李志林到访这样的人家，便在敲门时告诉屋内主人："我们是居委会的，来看望你了，请开门。"这样一来二去，和被访者渐渐熟络起来，最终建立了良好的关系。

李志林走访的对象，一位阿尔茨海默病患者已经九十二岁了，目前下地都很困难。她的脑子时而清楚时而糊涂，清楚时对李志林说："你总来看我，我很感谢你！"糊涂的时候又望着她问："你是谁呀？我怎么没见过你呢。"还有一位六十岁出头的抑郁症患者。据说过去曾经打过人，但是现在已经卧床了。

面对这样的一些人，李志林给予了非同寻常的关爱。不仅为这些人送去慰问品，疫情期间给他们送去口罩，帮助打扫房间，还按照他们的特殊需求，陪同上精神疾病专科医院就诊或帮忙开药。

三年前，李志林的儿媳产下一名男婴，她升级做了奶奶。一段时间，她忙着照顾儿媳、带孙子。这天，由她帮扶的林华老人晚上给她打来电话跟她说："志林，我发烧了，你明天能陪我去趟医院吗？"那时正值疫情高峰期，一听谁说"发烧"二字，一般人都会猜想这人十有八九"阳"了。但是，李志林没有惧怕。第二天一早，她带着体温计和口罩，赶到了林华老人家中。

在帮助儿子、儿媳带孙子的那段时间，李志林依然坚持助老服务走访、义务理发等公益活动。就这样，家里家外两头忙，回到自己家后，丈夫心疼地对她说："你可得悠着点啊！"话虽这么说，但是对于妻子做的每一件事，丈夫都给予了最大的理解和支持，把所有的家务活儿都承担起来了。李志林每天晚上回到家，准有一杯热气腾腾的牛奶递到她的手中。

榜样的力量

一段时间，李志林总听到某老人在家中或去超市购物不慎摔伤的消息。随着年龄增长，老年人中枢控制能力、反应能力、平衡能力以及协同运动能力下降，从而导致了跌倒危险性的增加。李志林在为跌伤老人送去慰问品、上门理发的同时，得知街道正在推广一项旨在防跌倒的"毛巾操"健身运动，便主动承担起了在社区开展这项活动的组织工作。

这是一项针对增强肌肉力量、柔韧性、协调性、平衡能力、步态稳定性的运动。只需要一条毛巾作为辅助器械，训练动作依次为预备练习、弓步前推、屈膝下蹲、侧向转体、侧身弯腰、前屈躬身、伸臂后展、单腿独立、放松练习。全套操做下来，只需要十分钟。

从那以后，每天早上八点半，由李志林组织的三十几位老人开始学做毛巾操。这项活动特别适合老年人，连八十多岁的长者都能跟着比画。老人们热情高涨，学得很快，最后还到区里参加了比赛。后来，由于新冠疫情的原因，这项活动按下了暂停键。一位叫李继珍的女性长者见到李志林时对她说："志林，等你不忙的时候，还带着我们做毛巾操啊！我特别希望有事儿做。"

一句话提醒了李志林：快乐养老，绝对不只是带他们做做毛巾操、唱唱歌那么简单，而是要让能够自理的老人有事做。她把李继珍的话转告给了社区负责人。从那以后，只要是力所能及的公益活动，社区就会通知李继珍等长者参加，包括李桂荣、魏文彩、张桂英……半年后，在社区"'爱暖心中'志愿服务总结表彰大会"上，李继珍和以上各位长者接受了"优秀社区志愿者"获奖证书。

除了坚持上述助老服务等公益活动外，李志林身兼数职，她是社区党委委员、第二支部书记、义务理发队队员，还是曾经的治安志愿者、垃圾分类管理员。就这样，一名已经进入养老行列的优秀社区志愿者标兵，用一颗爱心情暖"幸福巢"，以"助老为乐"实现了老有所为。

采访手记

我国老年人口的高龄、失能和空巢化，进一步加剧了应对人口老龄化的严峻性和复杂性。无子女和失独老年人越来越多，如今中国的空巢老人占比已超过一半，并有继续增长的趋势。

当老年人对生活的掌控权一点一点丧失，只能默默接受。会因为摔了一跤而卧床不起，甚至连吃饭、睡觉、洗澡这样的小事儿都变得没有办法解决。北京朝阳区小庄街道养老照料中心考虑到，卧床老人如果由家属来照顾，可能家中的硬件和软件条件达不到，为老人洗澡比较费力，很多的老人甚至一年都不洗一次澡。对于有这种需求的老人，中心会上门或者请老人由亲属陪伴来机构为他们提供助浴服务。

千万别小看了助浴服务，《南方周末》曾采访过一名为上千位老人洗过澡的助浴师，他说曾经洗出过最离谱的脏物，是一只被老人的臀部压得干瘪的壁虎的尸体。那是一位八十二岁的老教授，年轻的时候意气风发，老了以后被困在一幢没有电梯的六层小楼，意识清醒，但行动不便。身边只有八十多岁的老伴，儿女远在海外，为此雇了住家保姆。大概是保姆碍于味道，每次擦拭都潦草结束，赶紧离开，根本不会细心挪动老人的身体去清洗隐蔽处。那位老教授就这样默默煎熬了几个月，壁虎腐烂的味道被顺理成章地当成他身上的"老人味"。请助浴师上门洗澡后，清理了壁虎，洗完澡老人味没了，这位风烛残年的老教授，终于被缝补好了破碎的尊严。

北京市石景山区民政局自 2018 年起，为辖区八十岁以上高龄老人、七十五岁以上"失能、失智、失独、独居"老人，通过配置"一键呼叫"设备的方式，为患病老人第一时间实现获救起到了至关重要的作用。

现实中，独居老人因为得不到及时救治而死亡的事件令人触目惊心。2024年3月，据红星新闻记者现场走访多名邻居证实，四川三台县一名独居男子死亡至少半年后被发现。十多天前，社区工作人员找该男子填写相关资料，但手机打不通，敲门也没有回应，于是报了警。当时被请去开锁的师傅称，进门前民警让他戴上口罩，进门后看到了他人生中最恐怖的场景：在铺着凉席的床上，躺着一具被蛆虫和苍蝇啃食得只剩白骨的尸体！同时，据当地知情人士透露，男子死亡至少半年，排除他杀。同一单元的多名邻居称，该男子约六十岁，是抱养的，父母已去世，一生没有结婚，也没什么恶习，十多年前搬到此处独自一人居住。

大多数选择居家养老的老人生活是能够自理的，对于他们来说，街道乡镇养老服务中心，是一种最适合他们的养老模式。只需主要解决以下两个问题，第一个是吃饭问题，因为老年人买菜洗菜做饭会耗费大量的精力和时间，所以要建一个社区食堂；第二是解决他们的医疗和就医问题，保证二十四小时的医疗就诊、陪诊服务。

怀柔区渤海镇六渡河村养老驿站，在上述两方面进行了可喜的探索和实践。开办老年食堂，一是把大队或周边的闲置空间充分利用起来，节约了租金成本；二是采取"个人出一点、政府补一点、集体添一点"的多元筹资机制，保证了老年食堂开业六年来的正常运营，而且越办越红火。引入"居家养老""医养结合"模式，通过医生定期上门巡诊。为老人提供了专业的医疗健康养老服务。

养老首先要关注老年人的饮食，这个养老方式从先秦时期就开始了。据《礼记·王制》详细记载：从五十岁起，就应该给细粮吃；到了六十岁，还要准备隔宿的肉食；到了七十岁，则要增加副食；到了八十岁，要经常供奉珍馐美食。至于九十岁的老人，因行动不便，饮食消费已没规律，可能随时要吃要喝，要在老人的床前伺候，如果老人出游，最好是带着食物跟着他……

作为社区居家养老，既不像机构养老那样完全脱离家庭，又不像居家养老那样主要靠自己，因此成为市场的重要尝试。北京市民政局有关负责人指出：在社区养老服务中心，"我们的老年人可以享受到集中养老，同时，我们综合体也是一个区域的养老服务的调度中心，可以整合我们现有的一些养老服务资源"。"北京加强养老服务体系统筹布局，力争 2025 年实现每个街道乡镇建成一个区域养老服务中心。""只生一个好，国家来养老"，这是我国在二十世纪八十年代提出的计划生育口号。如果 2025 年实现每个社区都有一家养老照料中心，是否可视为政府对当年庄严承诺的践行呢？

唐朝养老体系中还有独具特色的"补给侍丁"（护工）制度。给予年满八十岁及以上的高龄老人，以及虽不满八十岁但罹患重病的老人配备"侍丁"。令人遗憾的是，唐后期因战乱造成"人户减耗，徭役繁多"，导致青壮年劳动力（侍丁）极度短缺，给侍制度逐渐消亡。如今，我国延续了这一传统。如公办养老机构优先接收八十岁及以上经济困难的失能失智、孤寡、残疾、高龄老年人以及"失独"等特殊家庭的老年人、为社会做出重要贡献的老年人，并提供符合质量和安全标准的"一对一"专人护理。《情暖"幸福巢"》中的李志林等社区志愿者，对八十岁及以上"空巢老人"实行"一对一"精准暖心的上门服务。

曾经在网上看到这样两句话，"生命就是一个轮回，必须要留下两样东西。一个是钱能够买到的善待，一个是钱所买不到的血脉"。这话看起来似乎很有道理，也是本书作为原型的很多老人选择最适合自己的养老方式的前提。但是，社区养老的那些爱心工作人员和志愿者们用行动告诉我们，善待并不是只有通过金钱才能获得，没有血脉的"空巢老人"同样也能获得亲如子女般的关爱。

国家给出的养老模式比例是"9073"，其中百分之七是社区养老，但社区的百分之七往往又与百分之九十的居家养老联系在一起。随着区域养老服务中心的普及，预计社区养老未来或将成为老年人的主流选择。

钮敏　郭梦盈

第四章 ▲ 机构养老温暖银龄喜忧参半

夏后氏养国老于东序，养庶老于西序；殷人养国老于右学，养庶老于左学。①

——《礼记·王制》

---

① 　译文：夏后氏在东序宴请国老，在西序宴请庶老。殷人在右学宴请国老，在左学宴请庶老。这里的"序"和"学"就是夏商时代的养老机构，也是中国最早养老场所的雏形。

1. 明智之选

"老伙伴"

笔者来到一家位于河北省三河市的健康养护中心采访陶春芳时，一进门，见房间里坐着一位胖胖的女性长者。从外貌特征上给笔者的第一直觉不像陶春芳。果然，她告诉来访者："老陶在美发厅烫头呢，我是她的老伙伴，她让我跟你陪聊一会儿，反正话题都是一样的。"

我有一个儿子，一个女儿。女儿和女婿、孙子移民加拿大，在温哥华定居了。儿子已经退休。

老伴 2012 年去世，2014 年我就住进养老院了。当时觉得女儿在国外，儿子还在上班，我一个人在家孤孤单单的，而且一个人也得每天柴米油盐挺麻烦。儿子一开始要给我雇个保姆，但我觉得雇保姆有好多啰唆的事。另外，我住的那个老房子没有电梯，上下楼也不方便。所以，就想到选择来养老院过集体生活，寻乐和找清闲来了。

我一个月退休金六千元，再把自己那套老房子出租了，用养老金和租金交养老院的房租和管理费，这么算下来每个月还有结余呢。

在这里，和大家伙一块儿聊聊天，参加各种集体活动，一天下来过得挺充实的。虽然我能自理，用护工的时候比较少。但是亲眼看见护工是如何帮助我周围老人的。前一阵新来的一个老人，老伴去世两年了，但是她一直走不出来，总觉得非常痛苦，都有点抑郁了，还起了满身的湿疹。护工给她找偏方，用中草药给她涂抹全身，现在已经基本好了。病痛解除，再加上参加各种娱乐活动，她的脸上慢慢地也有了笑容。我们对护工和保洁人员都特别满意，她们对待我们像对待自家的老人一样，我们也把她们当成了自己的孩子。我感觉在这里再活个十年八年绝对没问题，因为心情越来越好了。

大约十五分钟过后，本文的主人公陶春芳闪亮登场了。

"得，陪聊结束，你们接着聊。"性格开朗的老伙伴乐呵呵地起身告辞，把时间留给了房间的主人和来客。

"谢啦，一会儿请你吃糖餐（控糖午餐）。"陶春芳笑道。

眼前的陶春芳，戴一副金属边框眼镜，虽然已经是八十七岁高龄，脸上写满岁月的痕迹，仍然保持着知性优雅的气质。

满头银发刚刚经过烫发造型，简约而不失时尚。

陶春芳告诉笔者，她比刚才那位老伙伴大一岁，也是十年前来的养护中心。同龄人之间交流，彼此都能互相理解，而且相处越久关系越亲近了。

果断选择

说起为什么在十年前果断地选择住进养老院，陶春芳直截了当地回答，就是想自己老了之后找个地方单住，把孩子解放了。因为老伴去世早，为了照顾她，两个儿子和一个女儿，平时轮流着把她接到各家去住。上班后也都是塌不下心来，惦记着老妈吃了没有，出去干什么了没有，时不时打电话问："妈，您干吗呢？""妈，您吃了吗？""您外出了没有？出门别忘带钥匙，路上小心，过马路看车。"……

看到孩子们为了自己无法专心致志地工作，陶春芳内心越来越不平静。她暗自思忖：身为母亲，自己尽管给予了孩子生命和早年抚育，但并不应该心安理得地收取孩子们的资源。而是要尽快解放他们，让儿女们安心过好各自的生活。

退休前，陶春芳在全国妇联担任妇女研究所所长。2013年春的一天，当接到原单位将组织去一家大型养护中心参观的通知后，陶春芳的第一感觉是"瞌睡送得枕头来"，于是她跟随原单位，来到这座坐落在潮白河畔的健康养护中心参观。

这家养老机构隐去了"老"字，代之以"护"，从名字上看去就很暖心。这是一家医养康相结合的家居化养老机构。整个大环境很不错，而且离北京也不远。现在扩建了，当年周边还都是小树林，早晨起来还可以到树林里遛遛。

步入居家式养护公寓，就像走进了一个普通家庭，每个房间可供一位至两位老人居住。里屋是单双人床，外屋是会客厅，沙发、电视、冰箱等家具电器一应俱全，像一个温馨的家。

更适合老人生活的是，马桶、淋浴房等各处都装备了安全扶手，老人的床边有简易小桌，可以在床上用餐，屋顶还配备医疗带，用来插氧气瓶等各种医疗设备。此外，养护中心院内有三甲医院、综合门诊，每栋公寓都有家庭养护医生。

这里有一座老年大学，设置了书法、绘画、歌咏、时装表演、台球、剪纸艺术、模特走秀、电影欣赏等场所和多功能厅。

设置在公共活动区域内的中西餐、特色餐、素食餐等十几个餐厅，供老人们每天根据自己的口味儿选择着吃……

眼前的一切，一下子就让陶春芳动了心。考虑到自己的退休金完全能够承受这里每月的房租和日常开销，一贯行事果断的她，当场就跟养老顾问说："请给我留个单人房。"又在征得孩子们的同意后，正式入住了养护中心。

来到养护中心一段时间后，陶春芳最大的感受是，过去一人独居时孩子们为她操心的事儿，现在都解决了。包括吃饭、看病、外出、娱乐、交友……在同一栋楼居住的几乎都是同龄人，每天大家一起说说聊聊，渐渐都成了朋友。住在这里，身体健康了，心情也好了。

到 2024 年，陶春芳住进这家养护中心已经十一年了。来时这里只有四栋楼，也就一百人左右，现在宾馆式公寓已达二十多栋，入住五千人了。当初一起来到这里的人，也已经从朋友处成了老伙伴。

住在养护中心的老人，有的是靠子女接济，有的是靠自己，陶春芳属于后者。经济上没问题，医疗上没问题，一日三餐更没问题。楼下就有护士站，每天有服务员打扫房间卫生，用餐可以去餐厅，也可以请人送进房间里。老人们要做的，只剩好好享受了。所以，这里的每个人都是幸福感满满，还有人开玩笑说：我们都成"死不了"了。

陶春芳说，据她所知，住在这里的人，一般都是在六十岁左右退休后居家几年甚至十几年，然后再考虑选择来入住的。咱们国家的老年人口越来越多，生活越来越好了。老年人的养老问题如何解决？她以自己的亲身经历告诉老年朋友，如果条件允许，子女又理解支持，进养老机构养老不失为一种明智的选择。

子女理解

说起子女对自己的理解支持，陶春芳的话匣子一下打开了。

我有三个孩子，有两个今年已过六十岁了。在他们很小的时候，我做过的一件事，给他们留下了至今难以磨灭的印象。

我大学毕业后在首都经贸大学任教，连续多年被评为北京市优秀教师。1988年被调入全国妇联担任妇女管理干部学院副院长，后来又担任了新组建的妇女研究所所长。其间，为调查我国最贫困的地区在哪里，1991年，我曾到"驿站之险远最苦者，莫甚于黔省"（《黔南识略》）的贵州某县去考察。真正感受了一把什么是"天无三日晴，地无三里平，人无三分银"。

这里，大姑娘连裤子都穿不上，就像野人那样用草的茎叶、树叶和植物纤维等穿挂或编织而成的草裙把身体围起来。入乡随俗，我们也把裤子脱下，换成了草裙。

看望当地一家人时，因为我是从北京来的，临别时，那家主人双手捧着一个白面馒头送给我。他们平日里吃的都是野菜和草根，今天却送给我一个馒头，我怎么忍心下口呢。结果，我收下馒头，薅了一把野菜默默吃了。

就这样，我把这个馒头一直带到北京。孩子们见我从提包里拿出一个馒头来，奇怪地问："妈，您怎么带个馒头回来了？"

我对孩子们讲了自己在贵州某县的所见所闻，对他们说："你们只听说过国家三年困难时期是什么样，但你们不知道的是，直到现在还有像贵州一些地区的人，贫困到每天在吃糠咽菜。我之所以把这个当地人送我的馒头带回来，是想告诉你们，我们现在的生活即使再不富裕，也不会挨饿。所以，你们要懂得知足感恩，未来要靠自己的双手为国家创造财富，用自己的勤劳和智慧去创造更加美好的新生活。"

如今，受曾经的教师母亲潜移默化的影响，陶春芳的三个子女对进到养护中心的母亲依然关心备至。除去逢年过节必来接母亲回到各家一同欢聚，每周都要轮流前来看望。

尽管自己的退休金完全可以满足这里的租金和管理费，但是陶春芳的儿子坚持要为母亲交这笔费用。她拗不过儿子，于是想到了一个折中的办法。她对儿子说："这样吧，我北京的老房子一直空着，如果长期无人居住打理，久而久之，比有人住毁得更快。你替我租出去，租金你用来贴补家用。"

儿子听从了母亲的建议，通过中介把她的房子租出去了。这样一举两得，养护中心的租金和管理费儿子替她交，让她享受了孩子的拳拳孝子之心；自己老屋的房租为儿子贴补家用，又让孩子感受到了母亲的殷殷爱子之情。

陶春芳说，她现在居住的六十平米单间加上管理费，每月八千元。依靠每月的养老金即可满足，所以真的不需要孩子经济上的支持。但是沉浸在母子之间这种相互的关爱中，让她在这里越待越踏实，越住越舒心。

作为研究方面的专家，陶春芳对住到养护中心的五千位老人大致进行了分析，主要有以下几种情况。第一类是像她这样自愿入住的。身体状况良好，收入稳定并且较高，只是为了解放孩子，住到这里度过晚年时光；第二类是不得不住的。这类老人居多，一部分属于孤寡老人，一部分属于儿女无法照护的老人。这类老人的共同点是长期失能或失能失智，他们对养老院的医护和适老设施要求较高；第三类是由于各种家庭矛盾，无法跟儿女一起生活的。如有些老人对儿女的某些毛病看不上接受不了，也有的子女嫌老人事儿多太麻烦。所以，家庭成员之间的关系，老人在家庭中的处境，尤其年轻人对老人的看法等，是老人选择是否入住养老院的关键。

"甩手掌柜"

现在老年人越来越多了，他们应该如何看待自己在家庭中的地位，又该做些什么？陶春芳的观点是，做老年人该做的事情。有些年轻人看不上老年人，主要是觉得家里有个老人在，有时候又很不自量，大事小情什么都想管。你毕竟是老一代人，该下一代人管理家庭时，你就应当识趣地全身而退，而不是什么都想插手，什么都想管，孙子甚至重孙子的事也不放过。这就太不自量力了。在这个年龄你应该采取的最聪明的做法，就是当一个旁观者甚至"甩手掌柜"，不能总是参与到家庭生活当中去。如果你总把自己掺和进去，就很容易乱套。因为你所经过的那个时代，和现在的时代是不一样的。

更有甚者，有些老年人总是拿过去的理念和做法，来要求现在的年轻人，这是非常不明智的。一代人有一代人的思维方式、处事方式和生活方式，对同一种事情的看法很大程度上是会有差异的。你可以保留自己的想法，甚至可以把它记录下来，但不要倚老卖老地去干涉年轻人。年轻人一旦成年，你就大胆放手，让他们爱怎么生活就怎么生活去吧。

当笔者问起陶春芳在养护中心是否经常被邀请讲课，她说道："一开始，我也受邀做过一些讲座。但是后来就不想再讲什么了。一来是教了大半辈子书，一般情况下不愿意再讲。二来是随着年龄的增长，现在也没那个能力了。眼睛不行，手写东西都费劲了。平日里，除了和老伙伴们一起聊聊天，我现在多是以观察为主，感觉现在手机里的很多信息不真实。包括影视剧，真正反映和揭示现实问题的题材少。还有随着我国在世界上的地位越来越高，文艺作品应该充分反映如乡村振兴、产业结构调整、科技进步等各方面的变化。"

访谈结束，陶春芳给笔者介绍了一位年龄最小的伙伴，她叫尚婕，刚过六十六岁。上午参加了养护中心的模特班培训，顾不上休息，便十分热情地向笔者介绍了她和丈夫来到这里的缘由。

九年前，尚婕的丈夫和兄弟二人共同出资，为身体已不能自理的九十三岁高龄老母亲，在养护中心购买了一套两居室的房子。其间，老人享受了养护中心无微不至的照料。五年过去，尚婕的婆婆寿终正寝。不久，她的丈夫又被查出罹患癌症住院手术。出院后，赶上新冠疫情汹汹袭来，出行极为不便，尚婕为丈夫得不到去医院及时复查就诊而焦虑。除去每日要忙一日三餐，还要整天琢磨如何给丈夫调养身体，整个人几乎累垮了。

丈夫心疼妻子却有心无力，经与两个兄弟协商，给予二人一定的经济补偿，夫妻继续入住养护中心的原购房。在这里，尚婕的丈夫得到了养护中心的特别关照。一日三餐都有专人送到房间里，身体如有不适，家庭医生和护士会立即赶来提供诊疗。四年过去，而今，尚婕看到丈夫的身体得到了恢复，气色也越来越好，悬着的一颗心终于放下了。还能在闲暇时间参加这里的模特、朗诵等培训。

离开养护中心，笔者今天拜访的几位人物依然在眼前闪现：气质不凡的陶春芳，健康开朗的"老伙伴"、依然充满活力的尚婕。情不自禁地为她们各自所做的明智之选心生欢喜，由衷祝福。

2. 爱心之家

送锦旗的人

2019 年 11 月，笔者第一次走进位于北京市东城区东直门街道的这家养老院，见到了方为芳院长。得知来意，她边带笔者参观养老院各个区域边介绍说，他们现在从事运营的这家养老院，是街道办事处于 1986 年投资兴办，2014 年年底改制成公办民营、以接收生活半自理和不自理老人为主的养老服务机构。它主要的优势是离入住老人的家很近，被称为"家门口的养老院"。

笔者看到，这家养老院房间设施能够满足老人的基本需求，公共区域有餐厅、活动室。进大门后楼外有一个独立的院子，院子里，老人们正在护理人员的带领下做手指操。房型以三人间为主，房间床头安有紧急呼叫装置。从墙上密密麻麻的照片可以看出，这家养老院活动丰富多彩，有保健操、手指操、毛巾操、手工、记忆训练、绘画涂鸦、拼图分类、乐龄游戏、益智游戏等。

告别方院长，当笔者准备择日再对这家养老院进行深度采访时，年底，新冠疫情突袭而至，追访按下了暂停键。2023 年 12 月，当笔者再次造访这家养老院时，为她打开大门的是方为芳的丈夫、行政院长吴汉宏。走进院长办公室，不到十平米的办公区域，墙面几乎被挂满的锦旗所装饰。每一面锦旗的背后，都有一个暖心的故事。

"敬老爱幼，功德无量，关爱老人，胜似亲人——赵淑敏家属敬赠。"赵淑敏老人是 2018 年作为失能老人入住的养老院，因为身体疾病多一直卧床。由于护理人员的精心照料，入住将近五年，老人身上没有长过一个褥疮。尤其是 2022 年老人感染了新冠病毒，当时一口饭也吃不下去。养老院专门买了蛋白粉，熬小米汤拌上，一点一点地喂她喝下。2023 年 7 月，赵淑敏的血压低至 40 毫米汞柱以下，还因为肺部感染发低烧。护理员继续给她喂流食和打碎的果汁，或者是用蛋白粉和麦片一勺勺送到老人口边。再后来，老人连流食也吃不了了，只能给她喂葡萄糖水。

经过两个多月的精心照料，赵淑敏的病情有了明显好转，不再咳嗽，体温也正常了，开始吃一些鸡蛋羹、肉末粥、果泥之类的半固体食物。清醒的时候，每次见到护理人员，都亲切地称呼她们"小乖乖""小宝贝"。护理员也亲切地称呼她"老乖乖""老宝贝",随即为她喂饭、翻身、擦拭身体。然而,到了 11 月,老人的病情出现反复,只能继续喂服葡萄糖。最终,赵淑敏老人没有带着任何痛苦,于 12 月初平静如睡着一般地走了,享年九十四岁。

赵淑敏的家属每次过来看望老人,目睹老人身上干干净净,一点味道也没有。而且,恢复期比他们预想中要好得多,非常感动,给养老院送来锦旗以示谢意。

"热情服务暖人心,精心照顾似亲人——李娟家属敬赠"。

早在 2010 年至 2016 年,方为芳一直上门为李娟老人义务理发。其间,老人的老伴和大儿子先后去世,唯一的二儿子长期生活工作在国外。2019 年,李娟的二儿子从国外回来,把母亲送到了养老院。李娟脾气古怪而且经常出言不逊。高兴的时候口口声声说"宝贝,喜欢你",不高兴了马上就翻脸,骂一些很难听的话。但是,院里的所有工作人员,包括院长、护理主任、护理员和服务员对此并不介意,相反千方百计哄着她开心。

因为李娟有中重度失智,所以特别健忘。明明吃过饭了,她说还没吃;她要的物品已经交到她手中了,转脸就说没有给她。2020 年年底,李娟生病了,高烧不退。吴院长和另外一位同事开着车半夜把她拉到协和医院急诊去看病、输液,快凌晨了才返回。之后又连续输液三天,老人终于退了烧。

从 2019 年入住到现在,李娟的儿子因为疫情一直没回来过,老人就是把养老院当成了自己的家,中心的全体人员也把她当成了一位老妈妈。她爱唱歌，便带着她唱歌；她爱吃糖，院里特意备上一些，每天给她两块，哄她开心；她身体不舒服的时候，工作人员便给她额外做些可口的饭菜。

今年，李娟八十九岁了。她的身体跟前五年住进来时相比，基本上没有什么太大的变化。得知母亲在养老院享受到亲人般的关爱，老人的儿子从国外给养老院发来感谢信。回国第一件事情就是给养老院送来了锦旗，特别感谢院里这么多年来对母亲的细心呵护照顾。

"医养结合解难题，老人家属齐赞誉——杨丽荣家属敬赠。"杨丽荣老人于 2018 年入住养老院，她之前住的那家养老院因为要关闭，院长便找到了方为芳，说在院期间这位老人和家属都特别配合，只是老人摔伤骨折正在恢复中，所以需要特别照护。方为芳二话不说，便把杨丽荣接过来了。经过护理人员的精心照顾，老人恢复得很快，不久便能下地行走了。

杨丽荣患有中度老年痴呆，无论大大小小的领导或是志愿者来到院里，她都会拿着本子让人家签名。因为健忘，对方明明给她签过名了，她还要人家签。平日里，她不肯洗澡，因为老人的女儿是游泳教练，服务员只得骗她说："您女儿游泳得冠军了，邀请您去参加颁奖典礼。您是冠军的妈妈，要洗得干干净净地去才行啊！"一听这话，老人便高高兴兴地去洗了澡。服务员在帮她换上干净衣服后，又为她修剪了头发。

在神志清楚的状态下，杨丽荣平日里很喜欢参加活动，包括唱歌跳舞。但是因为骨折刚刚恢复，护理员随时守在她的身边加以看护，让她跳比较轻松的十六步和交谊舞。从 2022 年开始。老人逐渐地爱嗜睡，有时候到了吃饭时间都叫不起来，服务员只能想尽一切办法哄她吃饭。同时用一些热闹的活动吸引她参与，防止她白天睡得太多夜间失眠。

从 2018 年入院至今，通过医养结合，已经八十九岁的杨丽荣身体状况得到很大改善，老人的女儿非常感动，经常会给养老院送来米面油以示谢意。方为芳劝说老人的女儿别再破费了，但是对方发自内心地说："我买再多的物品，也抵不上你们对我母亲的这种关怀大爱，让我能够安心地工作。"

建院初期

面对老人和家属的高度赞誉，身为养老院院长，方为芳用异常平静的口吻，向笔者讲述了她从一名家乡的政协常委、三八红旗手投身转向养老行业的非凡经历。2010 年之前，方为芳在河北保定从事美容美发行业，历经十九年做得风生水起，在当地很有名气。她开始用积累的财富回报社会，参与公益活动，帮助农村辍学女童上学、帮助贫困家庭的失业女子对接一些培训的机会，实现再就业。因此，受到社会的广泛赞誉，获得很多殊荣。

2009 年，方为芳的大女儿马上要升小学五年级了，她的丈夫吴汉宏在北京昌平一所农家女实用技能培训学校任副校长。为了孩子，也为了夫妻团聚，方为芳把美容美发店转让出去来到了北京。最初，在一家公益机构做针对外来人口的职业技能培训。不久，一位有志于拓展养老领域的创始人，找到了思想解放又喜欢闯荡的方为芳，二人可谓一拍即合。

从2010年年初开始，当年三十六岁的方为芳正处于干事业的最佳年龄。人生地不熟的她在东城一带一边找场所，一边了解市场行情。到了7月选址完成，在朝内小街租了一间房，然后便开始注册。架子虽然搭起来了，但是暂时没有业务。方为芳带着招来的几名服务人员去入户给老人理发、打扫卫生，一旦发现困难群体，便前往进行免费服务。

在从事了四个月的公益服务项目之后，11月，区民政局接听到很多老人打来的电话，同时还收到不少感谢信，纷纷称赞方为芳创办的为老服务组织和社会公益活动做得好。区民政局很快进行对接，把民政局自己运营的一家养老院交给方为芳进行服务管理。当时接手的那家养老院，仅有十三位入住老人，有二十四个房间四十八个床位。她仅用了一个多月的时间，就将老人入住率翻了一倍，达到了二十六位。再后来，入住率实现了百分之百，甚至进入了排队等候的状态，口碑也越来越好。到2014年年底，东直门街道办事处通过调研，将东直门街道养老院也委托方为芳进行运营管理了。

特殊护理

之后的数年间，如同赵淑敏、李娟、杨丽荣等老人的家属所讲述的那样，方为芳和养老院的全体人员与老人和家属之间，双方都能相互换位思考，相处得像一家人一样。直至到了2020年至2023年的三年疫情期间，尤其是2022年全员封闭管理的特殊时期，有些老人和员工不同程度地表现出焦虑情绪。如何能够平稳度过这种非常时期？养老院的主要负责人和管理人员面临心灵的极大挑战。当时，他们不仅对老人，对员工也尽其所能补充营养。否则，员工一旦倒下，便无法为老人尽心尽力服务了。

关键时期，街道和区民政局对中心给予了很大支持，送来了急需物资，帮助对接医院。但是，在机构全封闭的状态下，还得主要依靠整个团队的力量处理好各项事宜。当时养老院按自理、半自理、失智划分三个区域，尽量把十几位失能老人和阿尔茨海默病患者放在核心地段，能够自理的安排在远一点的距离。这主要是从消防安全的角度出发，万一有什么突发情况，失能老人全靠工作人员协助逃生，所以要距离逃生通道最近。对于失智和阿尔茨海默病患者的特殊护理，较之失能者要复杂得多。有的老人健忘特别厉害，或者时间方向定位不清昼夜不分。有的则是时而清醒时而糊涂，糊涂时又特别闹腾，需要有这方面师资的护理人员来进行干预，同时请家属配合，通过药物辅助干预。

疫情期间，养老院按照健康观察区、流动管理区和闭环管理区重新进行了划分。万一有了突发情况可以对病毒感染者进行隔离。疫情之前，每逢元旦、春节、母亲节、重阳节等重要的节假日和老人的生日，养老院都要邀请家属前来参与庆祝活动。但是，疫情到来之后，养老院封闭管理，家属无法探视。养老院通过手机视频和实时发布老人在院的生活照片到家属群，让家属了解老人在院的平安状况。但对于失智老人来说，特殊时期需要用特殊的方法来应对。一位九十九岁患有重度阿尔茨海默病的老人，因为思念儿孙心切导致焦虑，无论如何不肯吃饭。护理人员便想到了一出"演双簧"的办法：给老人一个遥控器冒充手机，前面的护理员戴着口罩拿着手机假扮她的孙子，站在身后的另一名护理员学着她孙子的语气给她打电话，说一些逗她开心的话题。一会儿，老人不仅不再焦虑，还开心地笑了，护理员借机大口地给她喂起饭来。

夫妻同创业

方为芳的丈夫吴汉宏为了支持妻子的事业，辞去了昌平那家技能培训学校的工作，于 2016 年年底来到养老院担任了行政院长。夫妻俩各有所长，方为芳对每位老人的个人信息、家庭情况、身体状况、照顾护理等了如指掌，主要负责日常业务和老人护理。而且，她本人考取了营养师资格证书，直接定制适合老人口味的营养食谱。吴汉宏负责院里的安全检查、员工培训和日常的检查接待。二人配合默契，相得益彰。

2017年1月的一个周六，吴汉宏去照顾在天津上学的大女儿，方为芳加班到很晚。因为做他们这行几乎没有周六日，手里总有忙不完的工作。当时他们的家还在昌平，下地铁后要骑一段电动车。孰料，正常骑行的方为芳被一辆飞驰而来的面包车撞飞，导致右腿多发粉碎性骨折，当场昏迷。

肇事司机迅速叫来999急救车，把方为芳送往医院。吴汉宏火速从天津赶回，焦急万分地守候在手术室外。手术做了十个多小时，方为芳昏迷了整整六天，在医院一住就是几个月。这次车祸，导致她的左腿落下了后遗症，双腿平衡力变差导致不能站立太久，连爬楼梯都很困难了。没有办法像以前一样，一有空就进社区去给老人义务理发，每年至少服务一两千人次。于是，她开始发动身边的朋友和爱心人士加入公益服务团队，2023年6月又发起一个"爱心义剪"公益理发服务项目。但是由于身体的原因，只能派员工或委托社区志愿者前往了。过去，有人形容个子不高、精干皮实的方为芳，整日像个"小铁牛"一样蹦跶。现如今，用她自己的话说，曾经的"小铁牛"已经蹦跶不起来了。

从开始做养老服务至今，十多年过去，方为芳和团队成员们与每位老人处出了亲人般的感情。有一位九十多岁的失独老人，没有任何经济来源。方为芳召集理事会时宣布会议增加一项内容，为那位失独老人捐款。员工们在得知此事后，也自发地为老人慷慨解囊。

方为芳和吴汉宏夫妇共同做半公益事业，大女儿大学毕业后准备考研，天津的二女儿还在上中学。方为芳的父亲前年去世，母亲也已经八十多岁了。原本处在这个年龄最艰难的时期，但是她先入为主想到的是，老人们的子女正是因为有着与他们相似的经历，才会把老人送到养老院来。所以，要设身处地站在老人子女们的角度，去体会他们的感受，达到相互沟通。

方为芳的观点是，作为一家养老机构的负责人，说再多的漂亮话，不如干一件最平凡不过的事。从老人脸上的笑容，手上的温度，身上的气味，衣着的整洁，包括房间、楼道里有无气味等硬指标，衡量出服务质量是否到位。一位卧床的九十岁老人，因为不肯换纸尿裤和衣服，皮肤有一点发红了，护理员赶紧处理。因为往往就是这一点点红，处理不好，很可能就会长褥疮，必须要遏制在萌芽状态。

过去两年，因为疫情的原因，不少老人的体质有所下降。所幸附近就有东直门医院和陆军总医院，还有对口的和平里医院，社区服务中心有卫生站，都是政府帮助搭建的平台。保证老人的身体一旦出现状况，能够及时送医。

地处市中心、服务优质的这家养老院，每月单人间的床位费仅三千二百元，双人间和三人间两千元至三千元，护理费和综合服务费、伙食费等，平均费用为四千八百元至五千元。因为收费相对比较低廉，适合于普通工薪家庭的老人入住。目前的入住老人数三十七名，平均年龄八十五岁。最年轻的是一名五十四岁的男性唐氏综合征患者，年龄最大的一位女性长者，2024年已经一百周岁了。

2014年至2023年间，东直门街道养老院多次荣获市区级"孝星""志愿者之星"等称号。其团队的理念是：将养老院办成真正的"爱心之家"，把每一位入住老人当作自己的亲人，尽其所能，让老人们在这里过上有尊严、健康幸福的晚年生活。

▼

3. 幸福康养

"都挺好"

关旭洁 / 奶奶

年龄：九十三岁

爱好：打麻将、玩手机、看报

注意：过敏体质（药物），多加关注

经朋友叶琳介绍，笔者和她一起来到位于北京市西城区长椿街的这家老龄公寓，看望她九十三岁的二姨关旭洁老人。门口的墙壁上，悬挂着一个镜框，上面是关旭洁的照片，下面就是上述的四行温馨简介。

一进屋，看到一位相貌亲和的中年女性正在对关旭洁关切地嘘寒问暖。为了解到这家老龄公寓的真实情况，笔者只说是陪朋友叶琳探视并参观。经对方自我介绍，她是这家老龄公寓的常院长。关旭洁看到我们来了，打过招呼后说了句："我就不站起来了，昨天一个不小心，去食堂打饭的时候跪地下了。"

常院长告诉我们："本来是一日三餐由护理员把饭菜送到关旭洁的屋里，可就在昨天，她拿着餐具悄悄去了食堂。因为没有拄拐棍，手里端着放饭菜的盘子，结果腿一软，一步没抬起来就跪在地下了。所幸只是膝盖紫了一块，没有伤到骨头。"我们关切地问关旭洁："很疼吧？"老人回答："一夜躺着没疼，现在坐着腿伸直了也不疼，打弯也不疼，但是一走路就疼。喷了五六次伤科灵喷雾剂，好点儿了。我就是老想着能自理就自理，别把自理能力全扔了，所以能动就动。"常院长以一种颇显无奈的口吻告诉我们："关奶奶就是不听话，越不让动她越要动。渴望自理的想法对，但是也不能逞强啊！我现在对她都不放心了，一天得来看上十多趟。"然后，又笑着对我们说："你们聊吧，一会儿也品尝一下我们这里的午餐。然后，我陪你们各楼层转一下。"

关旭洁头脑清晰，声音洪亮，完全看不出她已是九十三岁高龄的长者。老人口中的养老公寓，说得最多的两个字是"挺好"。从住进来到现在，这里的员工们挺好，老伙伴们挺好，照顾得挺好，服务得挺好，管理得挺好。虽说管得严，但是无论老人也好，家属也好，人人高兴满意。尽管不让老人随便出入，但如果外出看病，家属可以来接人前往就医。如果管得不严，一旦出了问题可就人心惶惶了。令人难以置信的是，三年疫情期间，这家养老公寓七十多位长者和近四十位管护人员，无一人被新冠病毒感染。

关旭洁的老伴去世二十多年了。之后的十余年间，她一直是独居。身体好的时候，她早上起来吃完饭就去逛公园和动物园，每天能走一万步。叶琳告诉笔者："二姨退休多年，她都没有到医院开过药。原工作单位因为她没有看病就医，还年年奖励她呢。"

2015 年，关旭洁不慎把胳膊摔伤，被二女儿接到家中同住。三个月后伤病养好了，她又回到了自己家中，女儿为她请了个住家保姆。结果，由于保姆做得不尽如人意又将其辞退。2016 年年初，关旭洁选择了位于新街口的一家日间照料中心，由中心工作人员负责早晚接送。

在日间照料中心，每天跟老伙伴们说说笑笑，还有丰富多彩的活动。唱歌、跳舞、书法、绘画，等等。每天一日三餐。但是，这样的日子过了不到一年，关旭洁不想在那里继续"日托"了。原来，日间照料中心双休日和节假日是不营业的。双休日两天还好说，她上邻居佟奶奶家搭个伙，可是全年的几个长假怎么办？

在女儿的陪伴下，经过走访多家养老院，关旭洁最终选择了现在这家距家人较近的老年公寓，便于女儿们前往探视。这里的活动项目不仅应有尽有，还配置了拥有正规执照的专业照护团队，照护配比为 1 比 1.5，力求为每位老人提供贴心、周到、专业的照料服务。包括协助翻身叩背、体位转移、床上擦浴、便溺护理等专业护理服务。从此，关旭洁便在这家老年公寓开始了幸福康养的晚年生活。从 2017 年入住至今，一晃已经是第七个年头了。

患病住院

刚进养老院时，有一件事让关旭洁百思不得其解。护理人员天天给她测血压，原来一直平稳的血压忽然不正常了，一测就显示高压达 160 毫米汞柱以上。于是，医护人员便让她戴上了 hoter（二十四小时动态血压监测仪），结果发现，一到下午两三点钟她的血压就升高。原来，下午这个点是关旭洁和老伙伴们打牌的时间。生性要强的她总惦记着要赢牌，血压也随之升高。自此，护理人员便限制了她每天打牌的时间。

一开始，关旭洁住的是双人间。但是她感觉十八平米的房间两人住一屋太窄了。于是便提出床位费交双份，改成了单人间。她的观点是，钱乃身外之物，生不带来死不带走。用更多的钱，让自己生活得更舒适才是硬道理。这样，床位费由每月的两千五百元增加到五千元，每月饭费一千五百元，护理费一千五百元，再加上其他日常开销，每月合计九千元。

老年公寓是区民政局所属的公办养老机构，由一家市属大型国有企业控股，实行的是官办民住。公寓面向社会开放，凡本人自愿，家属同意，能适宜过集体生活，并遵守老年公寓各项管理制度，按时交付有关费用者，均可申请入住。入住时只需缴纳一万元至两万元的押金。在这里入住的老人，包括退休金仅三千多元的工人，甚至没有收入来源的家庭妇女。当然，他们的入住费用大多是由子女提供，有的是为花钱图省事，有的是实在没有精力照顾已经失能的父母。

自从 2014 年开业以来，区民政局办事处坚持不给新入住的老人涨价。理由十分亲民，因为考虑到那一带的居民人均可支配收入水平，如果涨价，他们大多没有能力住进来了。本着为本地区老百姓谋福利的出发点，一旦暖气、水电费用超过用量标准，办事处出钱给予补贴。

一直自诩"从不去医院"的关旭洁告诉叶琳："我去年完蛋了，住了两次医院。因为你舅舅走了，所以我伤心过度，犯了心脏病。他可是你妈和我走上革命的引路人啊！"

关旭洁的姐姐关旭荣，也就是叶琳的母亲，小时候身体不好，到了小学五年级，父母就不让她继续上学了，妈妈说："一个女孩子家，身体又不好，别难为自己了，就在家帮大人做饭料理家务吧。"哥哥关旭强在上三中期间就加入了地下党，他把在家里保管、分发文件的工作交给了关旭荣。具体做法是把文件放在洗完的衣服包内，然后置于衣柜的最下面。取文件的人来了，就把装有文件的衣服包交给取件人。关旭强鼓励关旭荣考上了一所育青高等职业学校，选学的会计专业。实际上是以学习作掩护，因为那个学校是我党的一个秘密联络点，从校领导到教师都是党员，开展的都是进步教育。

关旭洁原来在女三中上学，关旭强经常约上几位同学到家里写材料、论时事，关旭洁负责为他们放哨。哥哥还介绍她加入合唱团、读书会。就这样，关旭强引导关旭荣和关旭洁两个妹妹也走向革命，先后加入了地下党。

因为关旭强不好好念书，将全部精力投身革命，所以，数学就会一个公式：$x + y = z$。关旭洁学习在班里一直名列前茅，调皮的她给哥哥取了一个外号——关一式，意思是就会这一个式子……

2022 年初，同样住进养老院多年的关旭强患了阿尔茨海默病，唯一能认出的只有小妹关旭洁。不仅如此，一见面还总摸她的脑门右侧。因为关旭洁小时候淘气，脑门磕桌子角上了，至今还凹进去一块。所以，关旭强要摸一摸，看看能不能对上号。一摸真是小妹，他嘿嘿地笑了。

2022 年 12 月某日，九十四岁的关旭强因病去世。比哥哥小三岁的关旭洁因为悲不自胜，导致心脏衰竭，先后两次住进了人民医院接受抢救。从此，护理员开始关注关旭洁的心脏问题。活动室里一播放很高亢的音乐，便赶紧把她扶走。或者改播轻柔的乐曲，让她继续参加活动。

亲身体验

说着话，护理员为关旭洁送来了午餐，同时也给叶琳和笔者端来了盒饭。三人的饭菜内容一样，一个炒豇豆，一个莴笋炒鸡丁，一个熬白菜，还有两大块肥而不腻的红烧肉，主食是米饭和一块很大的紫薯。也许是考虑老年人的牙口不好，几道青菜都烧得很烂，全是容易咀嚼、易于消化的食物。也许由于药物的副作用，关旭洁当日吃得不多。只吃了一块紫薯，一点米饭和青菜。关旭洁告诉我们："晚餐一般是三个菜，一荤两素，干稀搭配。主食除了馒头、米饭，还有烙饼、窝头、包子和饺子，花样繁多。如果想吃小炒，提前告诉护理员，酱牛肉、酱肘子、清蒸鲈鱼、糖醋排骨等，想吃什么厨师都能尽力满足要求。如果家人来了，还能提供四人至八人的家庭聚餐。"

一见面关旭洁就跟我们说了老年公寓的 N 个"挺好"，聊起和伙伴们的关系，她说那就更不用说了。原来，住在这里的老人一共有十几个党员，成立了临时党支部。之前她是支部委员，书记去世后，众人一致选举她当了新的支部书记，她成了老人们的主心骨。关旭洁开心地说："这里我有的是好朋友，谁的家属来探视，送的食品都给我一份。平常我不盼着女儿们来，因为大家都跟我聊天，我一点儿都不寂寞。只是需要看病的时候，女儿们得赶过来。"她高兴地捧着叶琳拿来的点心，"一会儿就和大家伙儿一起分了吃。"

"叶琳，你去卫生间的门后拿一块合适的抹布，擦一下桌子。"关旭洁吩咐道。看着叶琳一脸蒙的样子，笔者告诉她："我刚才已经把门后挂着的一排抹布拍下照片了，一共分棕（地面）、蓝（马桶）、粉（墙面）、紫（电器）、绿色（桌面）五块，上面标着各种用途呢。""嚯，这也太专业了！"叶琳边用绿色抹布擦拭桌子边感叹道："要是换成我们家那位，他能用刚擦完地的抹布擦桌子。"

常院长按照刚才的约定走进房间，正准备陪我们各处转转。这时，她手中的对讲机响了："关旭洁，关旭洁，家属探视时间到。"是门卫的催促声。

常院长回应道："师傅：家属有点事，晚走一会儿。"

步步惊心

跟随常院长，我们先参观了关旭洁住的二层。现有二十二间房，全部住满共四十二个床位，目前只有两张空床了。因为住的是可以自理的老人，每天上下午都有活动，大部分时间都是在室外。上到三层，和二层一样，全部房间的朝向都是坐北朝南。这里共有三十多位卧床老人，通过楼道和房间的阳台，可以看到外面的景色。经了解，现在全部入住的七十多位老人平均年龄八十六岁，女性长者居多。

"亚娟，怎么让老太太自己下去了，没人跟着她吗？赶紧下去跟上。"常院长看到有一位拄拐的女性从三层下到了一层院子里，立即通知她的护理员跟上老人。

"午饭后她要下去透透气，但是必须得有人跟着。"

"这位看上去岁数并不大呀！"笔者眼中，那位拄拐的女性约莫六十岁上下。

"能否自理跟岁数大小没有太大关系，还有不到六十岁就卧床的呢。这与个人的身体状况有直接关系。三楼就有一位，还插着两根管。反倒是年龄比较偏大的长者，能走能动的多。只是像关旭洁奶奶那样的老人总认为自己还行，还能动，所以让人比较操心。"

来到餐厅兼活动室，场地不大。能自理的老人可以直接到餐厅，根据自己的爱好选择一日三餐，而且人多在一起用餐显得热闹，胃口好吃得香。对不能自理或者提出要求的老人，护理人员负责把饭送到房间。每天三顿正餐，两顿加餐。因为空间有限，活动室同时设在餐厅内，老人上下午可以在这里参加各种娱乐活动。

自 2014 年建院以来，常院长就在这里工作，一直做到现在。她说：自己和管理人员还有员工们，都属于抛家舍业型。整日和老人一起住在这里，根本顾不上家。目前有包括实习生在内共三十九名管护人员，将将满足照护配比 1 比 1.5 的要求。就这样还得连轴转。他们完全没有上下班的概念，往往每天都要工作到晚上十一点左右。

上到楼顶的平台，常院长介绍道："这一片是晾晒区，洗好的衣物、床单、被罩等都晾在这里日晒。公寓的设计是由清华的一位设计师完成的，之后还获得了一个奖项。"

进出楼顶平台的大门要输入密码，老人如果上来，都要由护理员陪同。常院长话音刚落，一名护理员搀扶着一位披散着头发的女性长者从里面走了出来。

"你是怕我从楼顶跳下去吧? 看我喊一、二、三, 然后就跳下去了。拜拜! 一回头跳半截了, 一回头再说一声拜拜!"那位长者语无伦次地对护理员说。

我们小心地问常院长: "这位老人是不是患有阿尔茨海默病啊?""是的, 她刚满七十岁, 前几天才从宣武医院精神科出院。他们家有好几个兄弟, 她是最小的, 一辈子没结过婚, 性格比较孤僻, 有点儿小脑萎缩, 平日里总是神神道道的。所以, 对这种老人我们更得看得紧一些, 而且还惹不起。因为过去在家总折腾, 是她侄子把她送来的。有一天, 她拿着好几万块钱给大家分。我们看到后赶紧帮她把钱收起来, 放进保险柜里。她说: '我岁数大了, 家里的一个四合院刚拆迁。我有的是房, 有的是钱, 真花不了。你们也挺辛苦的, 要不然你们收了吧!'"

跟着常院长一路参观, 可谓步步惊心。真应了那句话, 按下葫芦浮起瓢, 给笔者的突出感受是: 照顾好这里的每一位老人太不容易了! 每时每刻都得提心吊胆, 必须要有超出常人的爱心、耐心和坚持才行啊! 包括医护人员在内, 每天都要住在公寓里, 查房观看老人的状况。家属们说: 为什么支持老人住进这家公寓? 最大的优势在于, 这里每天有人监督。老人一旦身体出现了状况, 能够马上得到医疗救治, 解决了他们的后顾之忧。

尽管受场地等硬件因素影响, 这家老年公寓还没有达到五星级标准。但是，每天的食谱都是严格按照五星级标准配餐。对每位护理人员下达的任务标准，也是按照五星级的护理指标制定。从管理者到每一位护理员，都达到了五星级院长和五星级护理员的要求。

告别关旭洁老人时，叶琳对她说："姨，您多多保重，等下次我再来看您啊！"关旭洁一个劲摆手说："不用来得那么勤，你今天也都看到了，我在这里一切都挺好。"

4. 离开养老院

纠结的父母

卢月从医生手中接过父亲卢江川的诊断书——"肺癌晚期"四个字赫然在目。尽管十分无奈，她还是千方百计地找好的医院和权威的医生，想尽一切办法帮助父亲控制病情。其实卢月十分清楚，最好的结局仅此而已。所以从那天开始，她就不断地跟自己说，让离别晚些来，再晚些来……

考虑到北方冬季寒冷干燥，2019 年，卢月的弟弟卢阳把父母从北京接到了他生活的浙江宁波，请了一名小时工帮助料理家务。因为卢江川夫妇住的公寓是四层，没有电梯，之前已经有两个单元加装了，想着也可以申请安装。谁知加装电梯是需要单元的所有人都签字同意才可以施工，因为他们住的单元有一些街坊不配合，所以一直迟迟无法动工。

当年八十一岁的卢江川不仅是肺癌晚期患者，心脏也一直不太好。有一次上楼的时候，他感觉头有些晕，妻子沈虹忙扶着他在楼梯上坐下，很长一段时间才缓过来。事后，卢阳问母亲，在当时的情况下，您是否知道第一时间应该怎么做？沈虹回答：我只是想到让他坐下歇一歇。这话听上去，完全没有打120急救车或者及时给卢阳打电话的那种意识。卢阳听了母亲的回答非常担心，因为他不可能二十四小时陪在父母身边。万一父母任何一方出现了紧急情况，得不到及时抢救怎么办？

一天，卢阳小心翼翼地问父母："听说有家养老公寓条件很不错，有没有兴趣去看看？"他认为养老公寓有全天候服务，房间里有紧急呼叫器，父母去那里住既安全又方便，他心里也踏实些。

听了儿子的话，卢江川和沈虹商量："我们俩年岁都大了，我身体不好，公寓楼层又高。我从报纸上也看到国家支持各地办养老院，不如我们去看看吧？"原来，卢江川养成了几十年如一日天天看报纸的习惯。他认为，政府认同的养老机构应该靠谱。

沈虹听了丈夫的一番话，当时特别不想去养老院。因为，她对现在的养老机构情况一点都不了解。年轻时的沈虹是做社会工作的，在她的印象里，所谓养老院还是中华人民共和国成立初期敬老院的样子。即只有无在世亲属、无收入、无工作能力的老人才入住的那类机构。所以听卢江川说想去养老院后非常恐惧，哭着给卢月打电话，让女儿劝劝父亲。因为身在北京的卢月不了解具体情况，尤其是父母截然相反的态度让她左右为难。卢阳想出了一个两全其美的办法，他对父母说："我们先不马上做决定，去那家养老院看看再考虑何去何从。"

刚开业一两年的这家养老院，距离市中心仅十几公里路程。进得门内，给人的印象是一座四星级酒店的硬件配置，每位服务人员看上去都很亲切，住宿条件非常好，有单人间、双人间和套间，各种适老化设备一应俱全；饮食由营养师配餐，试吃了一下，感觉非常适合老年人的口味；宽敞的大堂有很多活动室，从周一到周六都有活动。活动内容非常丰富，有每天形式不同的健身操，有棋牌室、舞蹈室、手工室。无障碍楼道特别宽敞，很适合老人行走。室外景观漂亮，风景优美，空气新鲜，还有一条清澈的小河。

参观过后，不仅卢江川和卢阳，沈虹的认知也被颠覆了，她转变了对养老院的固有看法。夫妻俩当即做出决定：入住这家养老院。卢阳的态度是："你们二老可以先试一下，不习惯咱们就打道回府。"

亦喜亦忧的子女

就这样，2020 年 10 月，卢江川和沈虹住进了养老院。他们选择了一个位置很好的双人间，房间内有两张一米二的床，两个柜子，独立的卫生间，还有一个大阳台，看上去很宽敞。

房租加管理费每月共计九千元左右。

卢月赶来看望父母，二老见到女儿兴奋异常。卢江川带着她到处看这看那，开心地对厨房的师傅说：我有客人来了，请帮忙安排个客饭。品尝过后，卢月感觉这里的饭菜质量很不错。沈虹对卢月说：房间内的布置很称心，虽然衣服可以交给工作人员去洗，但是担心有些衣服洗不干净，她愿意自己洗。因为屋内预留了放洗衣机的地方。还有，沈虹有煲汤的习惯，屋内的指定位置可以放冰箱和养生壶等。应该说，这是父母入住养老院后充满新鲜感的第一阶段。看到父母如此开心，卢月一颗悬着的心终于放回了原处。

等到进入下一个阶段，从某市前来看望父母的姐姐卢星发现了一个问题。因为养老院出于安全考虑，不希望老人走远，以避免出现危险，所以进出门需要请假登记。尽管养老院边上有个便利店，但是往往满足不了老人的购物需求。所以会不定期地开车组织老人们去一个大超市买东西。可是卢星发现，一向特别喜欢逛商场、去菜市场购物的父亲却从来不跟车去大超市，于是便问他为什么。结果父亲来了一句："我才不去呢，一车人都是老弱病残，里面的空气又不好。"

沈虹因为过去的工作性质，本来是个特别容易融入社会的人。她从年轻时起就做社会工作，在北京居住的近二十年间，一直是居民代表、党支部委员、社区积极分子。所以，卢月觉得置身老年人当中的母亲，肯定会很快跟大家打成一片。可出乎她意料的是，养老院有那么多活动，母亲从来都不参加。而是每天自己跳一套将近一小时的佳木斯快乐舞步健身操①。卢月问母亲："养老院里也有这个操，您为什么不去和大家一起跳呀？"母亲回答："都是弯腰驼背的人，我不去。"

结果，卢江川和沈虹最期盼的事情就是，子女们能带他们老两口出去旅游。卢月家住北京而且还在上班，平日里不能经常去宁波。卢星的家离宁波稍微近一些而且已经退休了，一有空她就往宁波跑，陪父母出去玩儿几天。卢阳工作繁忙，只能抽空过来看看二老。过了第一阶段的新鲜和兴奋期，半年后，到了第二阶段，卢江川和沈虹开始进入抵触期了。卢月去看望他们时，总听父母嘴里说些嫌这嫌那的话。如周围的环境暮气太重，满眼尽是病恹恹的老者，或者即使没有病，也都是老态龙钟之人。

父母的变化，让卢月一度放下的心再次提了起来。她觉得，这是他们给自己的心理压力，本来没怎么想自己已经老了，可是眼中看到的坐轮椅、挂拐杖的人又不断地在提醒他们——你老了。于是，导致了抵触情绪的产生，感觉这里的一切好像不那么美好了。如果不是家里出门需要爬楼那么困难的话，恨不得还是回家去住更好。

面对父母的抵触情绪，当时卢月也想过，如果二老觉得

---

① 是融合了体育、舞蹈、健美操等多种运动形式，融入流行歌曲等现代时尚元素、追求人体健康与美的运动项目，由黑龙江省佳木斯市退休干部于继承发明的一套健身体操。它是一种行进间的有氧健身操，特别适合中老年人演练。

养老院住着不开心，是不是可以回家？但是接下来又有了一个顾虑：因为原来请的是小时工，父母年岁再大的话，可能需要请一位住家保姆。但是社会上对住家保姆的看法不一，担心父母被虐待。反之，保姆一方也因为照顾老人是一件很有压力的事情，毕竟不像带孩子那样简单，老人有自己的主意，而且某些人还很难伺候。所以的确是需要有很强大的情感和心理支撑，才能跟老人相处融洽，处不好则未必能够做得踏实。相比较，养老院毕竟是有管理和监督的机构，基于这方面考虑，作为子女，还是认为在家里请人照护，不如在养老院安全性更高一些。

就这样又过了半年，卢江川的身体，明显没有刚一开始住进养老院的时候好了。原来子女们带他出去爬山都可以，到了第二年，感觉他路走多了，在外面活动时间长了都会累。在这种情况下，卢月姐弟三人将原来带父母外出旅游，改成了在养老院陪他们玩儿。好在养老院活动的地方比较多，大堂很宽敞，人不多，夏天有空调，冬天有暖气。因为卢江川特别喜欢下棋，卢月的丈夫和姐夫来宁波时便轮流陪着他下。中午父亲休息，晚辈们便自己找个地方眯一会儿，下午接着陪他下棋。就这样，那个阶段卢江川又变得开心起来，子女们的心情也随之轻松了许多。从2016年卢江川被查出肺癌晚期，一直到2020年，坚持了四年时间实属不易。

养老院里隔段时间就有卢月的丈夫和姐夫陪卢江川下棋，卢月便陪母亲去爬山、散步，因为养老院可以吃饭，卫生也有人帮助打扫，卢月姐弟感觉相对还是比较轻松的。他们只有一个心愿，只要看到父母开心就好。但是，进入到 2020 年下半年，疫情开始在宁波蔓延。自此养老院大门关闭，不允许家人进入探视，更不要说陪伴了。于是，卢江川和沈虹的心情又变得阴郁起来，进入了最难熬的第三阶段。

直面死亡

由于卢江川和沈虹在第二阶段的问题没有解决，虽然住进了养老院，但是并没有很好地融入社交圈，还是习惯于跟子女等自己最亲的人在一起。所以，就导致了第三阶段感觉很无奈。同时，他们也完全意识到今后的日子可能就要这么一天天过了，于是心情非常不爽。尤其是和疫情前有子女陪伴的好日子相比较，对他们而言，那是最理想的生活，最美好的时光。养老院封闭之后，这一切都无从谈起，反差之大让他们实在难以接受。再加上卢江川因为病情，时不时要吃靶向药，其副作用是皮肤会起湿疹，需要不断护理。

养老院虽然配备了医务人员，也有紧急救护配置，如床头有紧急呼叫器等，但毕竟是最基础的。卢江川刚住进去的时候，这些配置应该还够用。但是随着病情的加重，在用药等方面，医生也会畏葸不前。在出现心跳加快等症状时，还得需要通过紧急渠道送往外面的对口医院。卢江川服用的靶向药物都有耐药性，找不到新药来替代，如果想进一步治疗，就要去做放疗或者化疗。但是，上了年龄的人是折腾不起的，治疗过度有可能会加快病情的发展。结果，最不想让两代人看见的情况出现了：老人在里面因为见不到子女无望地等死，子女们又在外面进不去跺脚干着急。

庆幸的是，卢江川和沈虹在疫情最严重的时候都没有被感染，新冠放过了他们。然而，卢江川还是在 2022 年 9 月因为肺癌住进了医院。卢月想趁国庆节前赶到宁波，但是当时因为疫情期间管控非常严，出京一定要报备。由于卢月对父亲的病早有心理准备，尽管知道自己在最后关头可能什么都做不了，但是她想到自己能做的就是，守在父亲身边拉着他的手，给他一点安慰，帮他减少一分恐惧。

于是，卢月在国庆节前三天赶到宁波，天天守在父亲身边。因为当时卢江川住进医院的时候，肺部已经有百分之七十是白肺了，肺癌到了最后阶段是非常痛苦的。在父亲痛苦的时候，卢月轻柔地为他按摩，让他得到放松。她能感到父亲听到她的声音时就能放松一些，抚摸着父亲的肩膀，也能让他感觉舒服一点。卢星也在国庆节之前赶来了宁波，姐妹俩天天面对着在痛苦中挣扎的父亲，内心备受煎熬。

医生给卢江川使用了激素之后，结果出现了奇怪的副作用：每天一到凌晨一点半左右就会非常难受。这种症状连医生也解释不清，以至每天快到一点半他就开始害怕，跟当时守在身边的卢阳说："问问大夫有没有办法让我赶紧结束，我最后就这么一个要求了。"

为了尽快结束痛苦，卢江川甚至一次次去拔氧气管。医护人员准备采取的措施是把他的手戴上手套，然后绑到两个床边上。卢月一听要把父亲的手绑起来，内心无论如何也接受不了。刚要和医护人员理论，性格幽默的卢江川来了句："别争了，你干脆让大夫给我来一针，然后我就跟你说句永别啦！"因为父亲的话说得特别轻松，脸上还挂着一丝微笑，卢月以为他的病情并没有如想象的那么严重，否则哪还有心思说笑呢。

卢江川的床头有仪器监测他的各项指标，如果出现异常，只要一上医疗措施，这些指标就会回归正常。卢月每天的心情便随着监视器的指标正常与否高低起伏，亦喜亦忧。10月9日那天，卢月一进病房，照例第一眼先看父亲床头的监测仪器。一看各项指标还不错，心情顿时放松下来。护工告诉她，老人排大便了，这让卢月更加高兴。因为父亲经常便秘，护士会通过灌肠帮助他排便。

中午，卢阳打来电话告诉卢月：父亲说从参加工作到退休，做了四十年的邮电工作。他曾经不止一次说过，有一套新的邮电制服，留到他最后走的时候穿。看着父亲当天的状态还不错，姐弟俩决定分头去找找父亲的那身制服。卢阳把自己家里找遍了没找到，卢月先打车奔父母住的公寓去找也没有。考虑到有可能被父亲带到养老院去了，又继续打车奔去养老院，还是没有。遍寻无果，由于心里惦记着父亲，卢月急忙赶往医院。

就在回医院的路上，卢月接到了弟妹的电话，说卢江川心跳已经没有了。没想到在父亲最后的时刻，儿女们一个都没在他身边。因为卢月的弟妹离得最近，所以她最先赶到了医院，看到医院在组织对卢江川做心肺复苏。等卢月姐弟赶到的时候，一切都晚了。后来，卢月通过查阅资料才知道，人到最后生命将要结束的时候，全身的各个肌肉都放松了，包括排泄走空身体。至此她终于明白，父亲早上排了大便，实际上就是临死的预兆。

痛定思痛

通过父亲的过世，卢月悟出了，身为子女有很多东西需要补课。不要等到老年人数继续急剧增加，社会的年龄结构发生更大的变化，才去认真地重视养老问题。以前，人们可能更多去想的是如何活得更好，但是很少去想怎么死得从容平静一些。父亲离开一年多了，尽管这样的结局卢月在心里预演了无数次，但直到今天，也没有感觉他真的已经离开人世。因为在上面只有双亲，没有经历过面对死亡这种事情，她从内心始终不相信父亲有一天真的会走。

父亲留给卢月的第二个思考是，包括母亲，对进养老院从最初的兴奋到抵触到最后的无奈，她认为父母应该是没有做足心理准备的。即使进了养老院，还是没有摆脱"养儿防老"观念的束缚，身在养老院，仍然心心念念着子女能够陪伴身边。丈夫走了之后，最初就对进养老院心怀抵触的沈虹，第一时间选择离开了养老院。为了给母亲排遣悲伤和孤独，卢月和卢星姐妹俩分别陪她外出度假，每次都在半个月左右。

自此，沈虹再也没有提出返回养老院的要求。本来就不愿面对满眼尽是病恹恹的老者，何况自己一生挚爱的丈夫又是从那里离她而去。另一个原因是过去长期生活在北京，听不懂宁波话。所以一直很难融入养老院的环境。沈虹原来是社会活动积极分子，但是到了养老院却变得不那么积极了。因为里面的老人大部分都是宁波人，沈虹与他们之间的语言沟通存在障碍。过去有老伴陪在身边还好，现在只剩下她孤身一人，实在不想去过那种没有人能够交流的日子。

最终，经过卢月姐弟商议，于2023年初将母亲接回了北京。因为，毕竟这里是沈虹生活了几十年的地方。已经退休的卢月，陪伴曾经身为社会工作者的母亲，来到社区参加各种老年人喜爱的活动。每周三，是沈虹和原来几个要好的老姐妹一起唱歌的日子。卢月还给喜爱音乐的母亲买了电子琴和空灵鼓。作为新兴乐器的空灵鼓，没有庞杂的乐理体系，不需要音乐基础，其演奏没有固定的曲谱，没有固定演奏的模式。所以，半年下来，沈虹已经会弹奏近十首曲子了。

通过父母入住养老院和父亲离世后母亲的回归，步入花甲之年的卢月开始思考自己已经正在面临的养老问题。同时，她总结出：除了要具备一定的医学常识，还要懂得如何面对告别和死亡，以及最终一个人孤独终老的现实。正如法国启蒙思想家、教育学家卢梭提出的老年人应当学习死亡的观点。他认为老年人学习死亡的秘诀有两条：一是要认识到死亡的绝对必然性；二是要有一个能够使心灵感到充实、圆满的精神寄托。

采访手记

关于人老了，要不要住进养老院？我们曾与不同年龄段的朋友进行过交流，他们的观点可谓众说纷纭——

晴岚（青年女性）：无论对于自己或是父母，我都希望养老院是我们的一个主动选择，而不是被动走向，这是以物质满足精神满足为前提的，包括养老服务的提升，个人的经济支持，精神的富足，身体的基本健康，等等。进可以去养老院，退可以回家共享天伦。如果父母乐意，我会支持他们在养老院安度晚年。

朗月（青年男性）：能自理就不去养老院。等我将来老到快不能自理的时候，就自己了结自己，不给子女和社会添麻烦。

清新（老年女性）：现代养老模式无非也就是居家养老、去养老院养老和聘请保姆照顾，我的意愿是不到万不得已不会去养老院养老的。各个养老院的硬件设备是没有问题，但在为老人服务的满意度方面相去甚远，这也是我不愿意去养老院养老的主要原因。

幽兰（中年女性）：第一选择是自己独居，第二选择才是养老院集体生活。因为养老院会有规章制度约束行为，甚至每天的活动都受到限制，在家的自由度肯定更好，计划赶不上变化，未来状态会是我作出决定的关键指标。

轻安岁月（老年女性）：不到万不得已，我不会去养老院，学会与孤独相处，是人一生的课题。岁月渐去年老体衰，除了孤独，还要学会面对死亡的恐惧，希望那时我能以丰富的精神去接纳这些情绪，一个人默默走完最后的时光。

随遇而安（中年男性）：未来养老不能靠子女，还是要靠全社会。等到了老年，我会选择养老院养老，老有所养（养老院），老有所依（子女情感依托），老有所乐（在养老院做一些感兴趣的事）。

心若菩提（老年女性）：其实人到老年去养老院还是很好的，和大家一起分享晚年生活，有病会有人照顾，过着集体生活，分享快乐，与很多人一起健身运动，每天开心快乐，吃喝有人管，有同伴一起聊天，所以我认为很好。

老顽童（老年男性）：像我们这一代人都是 50 后、60 后，首先就不应该指望儿女，他们活得也很累，有的累在体力上，有的累在精神上，有的累在信仰上，有的累在金钱上。我们如何度过晚年，到了哪个身体状况的当口应该如何处理？其实早就提前想好了。不用他们把我送去养老院，该不该去、什么时候去，我自己决断。

……

从以上答卷中，可以感受到每个人的想法都是比较客观的，没有看到非常偏激的观点。有一个共性是，多数老人对自己是否入住养老院持主动选择的态度，尽管其中不乏纠结与无奈。

上述四个故事的主人公，从不同侧面讲述了对进养老院养老的亲身体验和感受。他们当中，有为了解放儿女在养老院已经生活多年的母亲；有在父母选择入住养老院后牵肠挂肚的儿女；有为了办好养老院殚精竭虑的夫妻。

有调查显示，虽然当下我国社会中，年轻人主动选择把父母送去养老院的仍微乎其微，而当自己老了，表示愿意去养老院的却不在少数。如《明智之选》的主人公陶春芳和她的"老伙伴"、《幸福康养》一文的关旭洁。但不可否认的是，有些老人在入住养老院前并没有做足心理准备，导致进养老院后依然摆脱不了"养儿防老"传统观念的桎梏，如《离开养老院》一文中的卢江川、沈虹夫妇。

在实地参观考察中，我们也发现了个别养老院存在的问题。

问题一：我们约访一家位于北京西南郊的养老院。这家养老院推出了开车接送参观、体验贴心服务和丰盛的伙食、可以安排老人试住免床位费一个月等优惠政策。待我们被接到养老院后，受到这里的负责人和工作人员的热情接待。然而，出现在眼前的是一家由过去的宾馆装修改造的多层电梯楼房。里面看不到应有的适老化设备，包括卫生间的便池、洗脸池边连扶手都没有；卧室内还是普通的单人床或双人床，床头也没有智能应急响应设备。更遑论适老椅子、沙发等了。终于明白这家养老院为何在宣传语中强调是"酒店式养老公寓"了，除去通道、电梯实现了无障碍设施这一最基本的改造，几乎就是原来的宾馆"换汤不换药"。

问题二：个别护理员素质亟待提高。一位朋友告诉笔者，她父亲走得早，哥哥又在两年前因病去世了，她一直住在国外。无奈之下。把孤身一人的老母亲送进了一家养老院。因为无子女探望，护理员教她母亲在网上购物。老太太"心领神会"，便在网上买了一堆堆的食物，然后对护理员说自己吃不完，送给对方。女儿回国看望母亲，得知此事后很气愤，想投诉这个护理员。母亲劝她说："算了吧，她又没主动跟我要，最多是变相提醒。你不在我身边，只当花钱图个好服务吧。"

问题三：还有一个不容忽视的问题是，与世界上一些发达的老龄化国家相比，中国处于"未富先老"的状态。陶春芳告诉笔者，有些老人在住了几年养老院后又离开了。究其原因，是入住前没有做好规划，住着住着续不上费了，只得中途离开。这些人大多为 50 后，他们早年承受动荡，参加工作时拿着很低的薪水，到了四五十岁的时候，又赶上企业改革和时代转型，随着企业关停并转，很多人还经历了二十世纪九十年代普遍出现、1998 年达到高峰的下岗潮。养老金水平的长期滞后，导致他们当中的多数人对养老院望"养"兴叹。即使住进了养老院，多为子女资助或出租老宅以房养老，其中的一条资金链一旦出现断裂，势必导致往后的费用难以为继。

钮敏　郭梦盈

第五章 ▲ 居家养老耄耋耆长者余热生辉

神龟虽寿，犹有竟时；腾蛇乘雾，终为土灰。老骥伏枥，志在千里；烈士暮年，壮心不已。盈缩之期，不但在天；养怡之福，可得永年。幸甚至哉，歌以咏志。①

——〔东汉〕曹操《龟虽寿》

---

① 译文：神龟虽能长寿，但也有死亡的时候。腾蛇尽管能乘雾飞行，终究也会死亡化为土灰。年老的千里马躺在马棚里，它的雄心壮志仍然是能够驰骋千里。有远大抱负的人士到了晚年，奋发思进的雄心不会止息。人的寿命长短，不只是由上天所决定的。只要自己调养好身心，也可以益寿延年。啊，庆幸得很！就用诗歌来表达内心的志向吧！

1. 银发人才

怀揣作家梦

知道杨永贤，是笔者通过《特别关注》采编室主任转发的陈明贵发表在《老人世界》2019 年第 8 期的《我帮老伴前妻度晚年》。从这位主任口中还得知，仅有初中文化、当年八十六岁的杨永贤已经出版了近十本书，成为中国作家协会会员了。得知以上信息，笔者脑海里立时涌出两个字——传奇！

赶巧当时笔者已经开始筹划写这本关于养老的书，杨永贤的事迹严丝合缝地嵌入了其中"老有所为"单元。在与杨永贤电话沟通并约定后，笔者于 2019 年 9 月下旬赶往唐山，见到了这位心目中的传奇人物。

让笔者有些出乎意料的是，已经八十六岁的杨永贤穿着非常时尚，已是入秋时节，她只穿了一件时尚的真丝短袖套头衫，佩戴冰绿小米珠项链。没有过多寒暄，快人快语的她开门见山，直奔主题。

杨永贤家庭出身成分高，因而家境优渥。在她的记忆中，小时候没上学之前，书房里满地全是书，便成天在书堆里打滚，看到哪本封面漂亮就拿起来翻看。她最先知道了丰子恺和他办的刊物《中学生》，虽然当时并不认字，但是因为丰子恺的书都是诗配画，她就先看画，然后看画猜字。

到了上学的年龄，村里还没有学校，杨永贤的爷爷请了一位满清末年的老秀才在家给她上私塾。启蒙本先是《三字经》《百家姓》和《千字文》，然后《朱子家训》。后来村里有了小学校，她就开始上学。因为有私塾的基础，考试她总得第一。小学毕业后顺利考入初中。

上初三时的一天，在操场上，年级组织学生们听曾经出版过《青青河畔草》的作家李紫尼讲文学创作。李紫尼先生讲述了他所著描写抗日战争中儿女浓情的小说《青青河畔草》的创作过程，三个小时的讲座，杨永贤听得如醉如痴，尤其是男主人公被炸弹伤及了双眼，在医院里和女主人公邂逅的情节令她潸然泪下，被文学的魅力深深折服了。就是这次讲座，影响了她的一生，从那时起便暗暗立志，将来要当一名作家。

1947 年初中毕业，十四岁的杨永贤先是参军，三年后转业来到玉田县参加工作。三年后，边工作边接受干部补习班的培训，在一天午饭后，她来到办公区外一片暖洋洋的草地上，手捧丁玲的《太阳照在桑干河上》津津有味地看了起来。看着看着，不由得逐字逐句念出了声。这情形，恰好被散步经过这里的语文老师听到了，不由赞叹道："小杨，念得好啊！"

"老师好，您都听到了？"杨永贤有些难为情地跟老师打招呼。

"是啊，我当了这么多年的中学语文老师，经历这么多学生，没有几个人能达到你这样的朗读水平。"

接着，她鼓励杨永贤："你不仅要看，还要试着写，你不是喜欢丁玲的作品吗？将来争取当一个丁玲式的女作家。"

语文老师的一席话，一下子说到了杨永贤的心坎上。如果说李紫尼当初的讲座在她心中种下了当作家的种子，这位语文老师的话便让这个种子发了芽。

死里逃生

1951 年年初，十八岁的杨永贤经人牵线搭桥，和她的爱人相识了。他叫陈庆生，比杨永贤大四岁。虽然只读过一年私塾和上过六年小学，但天资聪颖，又好读书，写得一手好字和不错的文章，在县直机关是小有名气的"秀才"。这让同样喜欢读书和写作的杨永贤一见倾心。因为共同的爱好，杨永贤与陈庆生相恋了，并于当年 10 月结婚。

婚后，从 1953 到 1961 年，夫妻二人先后生育三女一男。陈庆生特别疼爱四个儿女，视他们为心肝宝贝。相比较，杨永贤对儿女则是疼在心里，实际生活中对他们要求很严，甚至他们当中谁犯了在她看来不可饶恕的错误，就一个字——打。于是，夫妻二人在子女面前扮起了严母慈父的角色。

1976 年 7 月 27 日，想给鱼缸里的鱼儿喂食的杨永贤，惊奇地发现好几条鱼翻肚了。以为它们缺氧，她便把鱼换到一个大瓦盆内，端到了院子里透透气。可鱼儿们还是继续翻白着身子，仿佛是要逃离水的束缚，有的甚至尾巴朝上、头朝下地舞动起来。

28 日三点二十八，正处在熟睡中的杨永贤，突然被一阵剧烈的晃动腾地顶了起来，还没睁开眼的她立时明白发生了什么，大喊一声："地震！"陈庆生是个慢性子，平时动作特别迟缓，听到妻子的喊声立刻像变了一个人，跟了一句："快跑！"随后掀开蚊帐拉起杨永贤的手便往外冲。因为夫妻二人是一前一后，陈庆生先冲出屋门，杨永贤慢了一步。房子瞬间倒塌，把她的腿砸到了。她拼命抽出腿来，鲜血已经顺着膝盖向下流淌。她顾不上看自己的伤势，赶紧大声呼唤孩子们。

"妈，我们在这儿！"杨永贤往身边一看，二女儿和小女儿不知啥时钻出来了，她又开始焦急地寻觅儿子。只听一个邻居冲着她喊道："老杨，你儿子在这儿呢！"只见儿子被人背着走了过来，他后背被砸伤，白背心上都是血。

一家人大难不死，得益于单位分给杨永贤家一套三间的砖房。她和陈庆生住一间，儿子一间，二女儿和小女儿一间，当年大女儿去外地插队了。地震时因为砖房轻，只有杨永贤和儿子被砸伤。

在没有任何工具的情况下，杨永贤徒手救邻居，结果把手都扒烂了。在地震四十年后，她写过一篇纪念文章。当时挨家核实，她所住的大院一共死了一百零六人，几乎平均一户死一人，其中有四户全家震亡成了绝户。最惨的是一家老两口挂着蚊帐睡觉，地震时他俩一挣扎被蚊帐缠在一块儿了，谁也动不了，结果双双震亡。

回忆此生，杨永贤感叹道："我这一辈子经历特别丰富，赶上了抗日战争、解放战争，还有解放以后的各个运动、唐山大地震……天灾人祸啥都经过了，但是这些恰恰都成了我的资本。"

言传身教

虽然杨永贤对子女们从小要求严格，但是长大后的四个儿女对父母都很孝顺。除了平日里的言传身教，她做过的一件事儿更让子女们刻骨铭心。

陈庆生在和杨永贤结婚前曾经有过一段婚姻。此文开头提到的《我帮老伴前妻度晚年》那篇文章，说的是陈庆生丧母半年后，由他舅父做主，娶了一个大他四岁的农家姑娘为妻。这个姑娘叫周秀兰，家境不富裕，相貌平平，但很会持家过日子。

周秀兰嫁到陈家不久，陈庆生便参加了革命，夫妻俩从此聚少离多。丈夫偶尔回来，两人虽不冷不热，但也不吵不闹。土地改革后，陈家分得土地房屋。日子虽然好了起来，但是，由于是包办婚姻，夫妻二人没有感情基础，陈庆生向周秀兰提出了离婚。离婚后不久，周秀兰便改嫁了。

当时的陈庆生已经是中共玉田县委的一名干部。那时，杨永贤恰好从部队转业到玉田县妇联，与他同在一个大院工作。1951年年初，二人经人介绍相识结婚。

一次，杨永贤与陈庆生回到他的老家。闲谈中，她问一位堂弟："你原来的大嫂周秀兰现在生活得怎么样啊？"堂弟告诉她说："周秀兰改嫁后，一开始，两人生活还可以。近些年都老了，承包了一亩地，两个人起早贪黑爬着滚着收获一点口粮，但是没有一分钱的收入，连买油盐酱醋都得靠卖几个鸡蛋换钱。"杨永贤听后吃惊地自语："怎么会这样？"她觉得，周秀兰毕竟在陈家做过媳妇，在陈庆生不在家的那几年，帮助他的家人度过最艰难的日子，又一辈子没儿没女。自己比她强多了，应当帮帮她。

回家后，杨永贤分别征求四个儿女的意见。孩子们都说："同意妈的意见，应该帮帮这两位老人。"看到只有老伴一直没表态，杨永贤笑着用胳膊肘捅了捅他问道："我们娘儿五个都表态了，愿意帮帮周秀兰，你的意见呢？"

陈庆生是个思维缜密、行事沉稳的人，他回答妻子说："我和周秀兰真的没有感情，但仔细想想，她对我家有恩情。当年，人家还是一个年轻姑娘，到了我家，既不嫌穷，又在我参军后照顾一家老少，挺难得的。"

杨永贤说："既然有恩，就得回报。古人说：'滴水之恩，当涌泉相报。'这事儿就这么定了。"

说这话时，正值中秋节前夕。杨永贤在购买自家节日所需用品时，特意增添一份，又拿出一千元钱，派儿子和女儿专程送到周秀兰家。老两口多年过着贫困日子，见了那些鸡、鱼、蛋、肉、水果、月饼和大米白面，特别是一千元现金，激动得一时竟不知说什么好。

此后，这成了陈家不成文的规矩，每到春节头几天，儿子、女儿、儿媳、女婿和已长大的孙子、外孙子轮番去老两口家，送年货、零花钱以及大米白面。杨永贤还买了不少适合老两口做衣服的布料让儿孙们一同带上，让他们换换新装。

大约过了五六年，周秀兰老伴走了，剩下她孤苦一人。杨永贤为她织了一件灰色毛衣，决定亲自去见见她。初次见面，周秀兰紧紧拉着杨永贤的手，眼中饱含热泪，"这些年多亏你和家人帮衬，虽然一直没见面，我听村里的人都说你心眼儿好。"杨永贤为她擦干眼泪幽默地回答："是不坏。"三个字，让周秀兰破涕为笑。周秀兰也是一个知恩图报的人，一年秋后，为杨永贤缝制一个两面带孔（恰好可以放进耳朵）的小枕头，可以防止睡觉时挤压耳朵。

杨永贤每次去周秀兰家，临走时都要被问："你啥时候还来呀？"那语气充满期盼，有些浑浊的眼中满是孩子般的依恋。

这时，比她小八岁的杨永贤似乎成了她的长辈亲人。此刻，杨永贤的心都会微微颤抖，眼睛也湿润起来。

就这样，杨永贤一直帮周秀兰走过了十五六年的晚年时光。而且每次都要带一个子女去，初衷是让他们都受受教育。有一年除夕，她又去周秀兰家了，这次是儿媳妇跟着去的。杨永贤给周秀兰买的鱼肉、大米、白面、水果和点心，儿媳妇对她说："您买的都是生的，我给她买点熟食，打开就能吃。"于是买了肘子、条肉、熏鸡和腊肠。

梦想成真

杨永贤多年照顾父亲前妻这件事，对孩子们影响很大。一是他们之间非常团结，二是对父母特别孝顺。二十世纪九十年代中期，杨永贤和陈庆生都已离休。四个儿女也是学业有成，工作顺风顺水。

在法院工作期间，杨永贤做过审判员，当过副厅长，后来又当过办公室主任。用她的话讲，"我是事事带头干，身体力行。如果我是个骡子是个马，不用人扬鞭，我自己就能把缰绳拉直跑起来。"她退休之前，所在中级人民法院只有她一个人立过二等功和三等功，两枚奖章一直被她保留至今。她跟儿女们说："等我死之后，把两枚奖章一起装进骨灰盒里。"

退下来以后，有律师事务所请杨永贤去当律师。她立马谢绝，告诉对方因为她要写东西了。她曾经写过一篇文章，题目是《五十年梦想成真》。从 1950 年，受作家李紫尼和那位干部补习班语文老师的影响，立志做一名丁玲式女作家的杨永贤，在 1990 年退休后，写了五本以女性题材为主的长篇小说并先后出版。第一本书叫《女人韵歌》，于 1994 年出版。后来用三年时间写了三十万字的《中国古代百名女杰》，到女人系列小说集《女人无畏》《女人无恨》《女人无妒》。其间，还写了一本描写明成祖朱棣的历史题材人物传记，也是五十万字。

杨永贤曾和陈庆生商量，想给孩子们写一本寓言故事。遗憾的是，寓言写到一半老伴就去世了，而且走得特别突然。头一天晚上还好好的，第二天早上人就过世了。这让杨永贤很长时间陷在巨大的悲伤中难以自拔。她时常对着老伴的遗像流着泪说："老伴啊，你和我一块儿受了这么多苦，到了该享福的时候你却走了。"

停了大概有半年时间，逐渐走出哀痛的杨永贤又拿起了笔。2015 年，《杨永贤寓言故事集》出版了，大约二十万字。

2000 年，在原单位的法院建院周年纪念日到来前夕，杨永贤应邀写了报告文学集《法官风采》，又受市老干部局委托，写了反映离退休老干部先进事迹的《枫叶正红》，合计三十万字。还与他人合著了一本以赞颂各行业平凡英雄为主题的《营造辉煌》。那几年，杨永贤如走火入魔一般，在哪家媒体发现有可写女性题材的信息，马上噔噔噔赶过去。如果是山区，即便打车也要前往。

从 1990 年开始写作，到 2000 年加入中国作家协会，杨永贤的文学创作坚持了三十四年，出版各类书籍已达四百万字。现在，她又把目标锁定写秦淮河，因为秦淮河有很多故事，如柳如是、李香君等。她统计了一下，自己用大半生看了中外书籍四百多部，目前以看散文集和诗集为主。看到身边很多比自己年龄或大或小的人退休后啥也不干，她感觉无法理解。因为时间对她来说仿佛永远不够用，有那么多书要看，那么多文字要写。

身边的同龄人知道了杨永贤的事儿，都说要以她为榜样。杨永贤说，其实，她也有自己的榜样，是一位老大姐，今年九十五岁了，退休后也是一直在搞创作，而且没有停过一天。直到九十五岁生日当天，家人都赶来为这位老大姐庆生，她说了句："那好吧，我就给自己今天放半天儿假。"这句话像刀刻一样印在杨永贤的记忆中了，每当她想歇一歇的时候，这位老大姐的话就会在脑海里浮现出来。

离休后，杨永贤选择了居家养老。之所以这样选择，她认为一是自己身体没啥大病，每天基本上就吃两种药，一种是血压有时高，每天服一片降压药；另一种是睡觉不太好时，吃一粒安眠药。还有眼睛有轻微白内障，每天点上几滴眼药水，也控制得很好。二是因为她的儿女们都非常孝顺。小女儿住在距她仅一条街的家，儿子原来在外地工作，退休后也回到了唐山。二人天天轮流着来她这里，给她带这拿那，帮她做做饭。所以，在相当长的一段时间里，杨永贤一人独居完全没有问题，而且还能专心写作。她逢人便讲："这个世界中国最好，河北唐山最好，唐山我们家最好。"始终保持着乐观的好心态。

从 2019 年笔者采访杨永贤至今，双方一直保持着电话联系，并记录下她说的话——

2020 年，她说："现在，能够让我整天静下心来做的事还是写书。到今年，我已经写作出版了十二本书。就是因为我们家没那么多乱七八糟的事儿，我才可以完全把一切都放下，专注做一件事。到该吃饭的时候有人给做好了，该睡觉的时候有人给倒好了洗脚水，衣服就是内衣、袜子自己洗，所有的外衣都是老闺女给洗了。"

2021 年，她说："因为活动量越来越小，胃口也越来越差，女儿和儿子每天都琢磨着我爱吃什么，给我一日三餐变换花样儿。"

2022 年年初，她说："家庭氛围这么好，首先得归功于我。因为我从来不说女婿、儿媳妇不好。因为你又没生人家，对不对？所以，除了儿女们孝敬，女婿也特别尊重我，儿媳妇更好，把我当亲妈一样。"

2023 年秋，笔者再次拨通杨永贤的电话，想告诉她已经开始创作以养老为主题的书，问她是否还有新的故事要续。

电话拨通后，笔者大声向杨永贤问好，可她总是一个劲儿地问："喂，喂，你说什么？我听不清楚。"尽管笔者把音调一再提升，她仍说"不行，还是听不清"。这时，她身旁的小女儿接过了电话："您好，我妈妈现在和我一起住了。她现在听力下降得厉害，有什么话您跟我说吧。"

听了小女儿转告笔者的话，杨永贤欣然允诺。她让女儿告诉笔者：最近刚得到消息，原单位通知她，河北省有个"银发人才库"把她收进去了。她当时一听就说了句笑话："我一个奔九十岁的人，终于'入库'啦！"

虽然电话那边的杨永贤依旧谈笑风生，但因为是通过女儿转告，笔者听到上述话语，在笑过之后，内心不禁涌起一阵酸楚。因为从那一刻起，双方再也不能像过去一样直接畅聊了。她女儿说："妈妈现在身体状况越来越不行了，走路十分困难，已经挂上了拐杖，现在身边一天都不能离人。似乎就在一个瞬间，突然觉得母亲变老了。"

这时，杨永贤的声音又从电话那边传来："再帮我转告一句话，虽然今年我整九十岁了，身体情况大不如前，但是也不会天天啥都不干。我要活到老读书到老，写作到老……"

2. 岁月峥嵘

老树新花

"郑厂长,您好!"

听到背后传来一声呼唤,郑焕明马上回过身望去——

"是小孟啊,你好你好!"

时年六十四岁的郑焕明,与经人介绍的李春芳第二次约会就遇上了熟人。然而,正是这一声亲切的呼唤,让五十二岁的李春芳对他顿生好感。

1999 年,郑焕明退休了。但是退而不休的他依然担任着中国地区开发促进会会长、首都企业家俱乐部副理事长、首都企业家诗书画院院长、北京榜书协会名誉主席等职。退休后尚且担任着那么多社会职务,可想而知他在职场时何等叱咤风云了。正当他发挥余热乐此不疲之时,有朋友开始关注他晚年的幸福生活了。

原来，也是在这一年，郑焕明的前妻因病去世。前妻鹿淑珍是原北京汽车制造厂的一名厂医，从1966年嫁给郑焕明，直到1999年去世，三十余年间，几乎都是为丈夫的事业做奉献了。尤其是郑焕明当上北汽一把手之后，厂医院进行民主选举时，众人一致推举鹿淑珍当书记，被他拦下；提升工资，大家提议把指标给业务精湛的鹿淑珍，又一次被他画了叉。每天傍晚，鹿淑珍下班后给郑焕明做好晚饭，等待他回家后一同进餐。结果听到的答复几乎都是一句"我还在忙，你先吃吧"。

退休后，郑焕明终于有了回报鹿淑珍的机会，本想加倍补偿她。孰料妻子不久便罹患重疾。那段时间，郑焕明一直守在病榻前照料贤妻，最终却无力回天……

一年过去，其间有很多人给郑焕明张罗介绍对象，都被他婉言谢绝。因为，在他内心深处，总觉得自己欠前妻一个债。

终于，一位介绍人的出现，让郑焕明破例答应与女方见一面试试看。因为介绍人既认识自己，也认识对方，让他感觉比较靠谱。

约会这天，一直从事教师工作、在时间把握上非常准确的李春芳按时到了。但是到达约定地点一看，男方还没到。生性有些高傲的她感觉男方是个不守时的人，于是不想站在那里傻等，几分钟后便离开了。走着走着，心思缜密的她又一想，万一人家是因为什么特殊情况晚到了呢，还是应该再回去看看。就这么一走一回，半个小时过去了。等再次到达约会地点时发现，郑焕明一直站在那里等着她。他先是向李春芳道歉，说因为路上堵车迟到了十分钟，来后未见女方身影，便决定等。因为无论出于什么原因，毕竟迟到了十分钟，他要用三倍的时间来弥补自己的不守时。并说无论你来与不来，我都得等你半小时。李春芳听了郑焕明的一席话，立时误会全消。

第二次约会，李春芳把地点定在了陶然亭公园。一见面，郑焕明对她说："你可注意啊，这边有我们的工厂，也许会碰到熟人。"李春芳知道，郑焕明曾经担任这家汽车制造总厂的厂长。但她心说，这里只是个分厂，工人们不见得跟"高高在上"的他那么熟。可没走多远，就出现了文章开头那一幕。当时给她的感觉是，郑焕明在厂里时应该是一个威信很高又平易近人的领导，一个厂里当年的青工，都能大老远从背后跟他打招呼。反过来联想自己，如果她老远看见自己学校的校长，甭说背后，正面相遇肯定也会能躲就躲了。

就是在这前两面的接触中，从一点一滴的小事上，李春芳看到了郑焕明身上的可贵之处。当时一直单身的她，不图对方物质条件如何，只图对方人好。她感觉遇上了一个三观比较符合自己要求的人，大气正直、可敬可亲。当时唯一的顾虑是二人十二岁的年龄差，而且自己还没退休呢，找一位已经退休的男士，生活的节奏能一致吗？但是，在后来进一步的接触过程中，她发现与郑焕明在思想上没有代沟，很多事情都很谈得来。尤其是看到他依然在工作着，而且还很活跃，完全就像没退休一样。与此同时，郑焕明也对知性端庄、善解人意的李春芳充满好感。就这样，二人开始了正式交往。

救命女婿

半年后，郑焕明拜见了李春芳九十岁的老母亲。看到女儿终于找到如此优秀靠谱的男士，让已步入鲐背之年的老人倍感欣慰。终于，有情人终成眷属。

婚后，李春芳跟郑焕明的女儿一家四口相处十分融洽，自然而然地成为了他们的"大朋友"。这得益于她在学校一直跟年轻人接触比较多，虽然不当班主任，只任课。但是课下十分钟学生们都爱找她畅聊，而且聊的话题很广，许多不想跟家长聊的话题都愿意跟她说。

二人婚后不久，李春芳的母亲突发脑血栓。当时，郑焕明还在外面忙着，接到李春芳的电话后火速赶来。老人住在简易的居民楼，郑焕明一个年近古稀之人背起九十多岁的岳母下楼，进医院后又配合医护人员将病人推进急救室。因抢救及时，老人脱离了生命危险。这样的情况之后又发生过两次，老人都被郑焕明及时送去了医院。病情加重的岳母已经不怎么能说话了，但头脑非常清晰，总是口口声声说"焕明救了我三次"。但是，毕竟年纪大了，在她九十八岁那年，最终因患吸入性肺炎离开了人世。

郑焕明接着夫人的话说道："岳母刚离世那段时间，春芳始终在感情上转不过弯来，总觉得没有让老人家活到百岁是此生最大的遗憾。一天出门时恍恍惚惚啪地跌了一跤，把门牙都摔掉了一颗。我对她说，你这样不行，必须要做点什么，让自己尽快走出来。一次，我带她参加首都企业家俱乐部组织的新春联欢会，她一下被里面的一个模特表演吸引了。当年上女中时她就参加过学校的模特队训练，于是，决定从那以后继续接受模特培训。因为基础好学得很快，她渐渐地从失去母亲的巨大悲痛中走了出来。"

对于夫妻相处之道，郑焕明的观点是：夫妻之间哪可能俩人的所有想法都完全一致？相互之间一定要有点体谅，有点包容。李春芳把家庭生活安排得非常好，冰柜和冰箱上贴的字条，都是她从电视里看了《养生厨房》《厨房里的养生奥秘》等节目后认真记下来的。包括如何配餐、如何保证营养均衡等。再有，夫妻之间也要相互促进。为发挥余热，李春芳会应邀做一些自己专业的国际金融讲座，郑焕明直言不讳地对她说："看你拿的还是过去教书时用的教材，书页都发黄了。在我们出国旅游时，你不妨也顺道看看国际金融市场的变化。过去的内容要讲，但你也得不断吸收新知识，至少在讲座中加一些典型案例。"一番话，说得妻子心服口服。

延续职业生涯

郑焕明用实际行动印证了这样一句话：衰老没有固定模式可以遵循，有些人的衰老期来得非常早，有些人反而越活越年轻。退而不休，正是郑焕明越活越年轻的秘诀。

说到自己为什么至今退而不休，郑焕明一语概括："我国当前六十岁以上老年人已达 2.9 亿多，如何让占全国人口百分之二十的人过好自己的晚年生活？难道就是整天躺在床上望着天花板无所事事吗？为什么不能去做做义工，发挥一点余热呢？一句话，老年人一定要有所作为。"

今年，郑焕明迈入八十八岁高龄。当有人问身姿依然挺拔、走路昂首挺胸的他多大年岁时，他幽默地回答"我今年四十四公岁"。"四十四公岁"的他，2023 年春季，还在贵州越野车争霸赛新闻发布会上讲话；秋季，又在全球华人华侨回国创业投资洽谈会开幕式上致辞。郑焕明说："自 1999 年退休至今，已经过去了二十五年，如果我每天只是吃饭睡觉，不研究不学习，腹内空空，有人请你走上台致辞讲话，你还能说出些什么来？所以，老年人退休后要有点目标。如果有个目标，就能按照计划朝前走，还能让自己永远保持一颗童心。"

郑焕明是一位颇有才华的诗人，其诗集《半世车缘》被国家图书馆收藏。他是一位书法家，多年潜习，笔耕不辍，书风渐成一派。同时，他还是一位作家，由他主编的《中华郑史》一书即将付梓……

郑焕明下面的目标，一是要把中国从公元前 2800 年至现在的中华民族脊梁写成系列诗。二是要歌颂年轻一代中的佼佼者，因为他们才是中国的未来。他说："到了现在这个年纪，虽然已经没有任何人再要求你做什么，但是你自己要主动承担义务。说不上为中国的发展添砖加瓦，就是往上面加一点点土，也算是做出应有的贡献了。"

郑焕明认为，老年人不必勉强自己非要去做什么，而是你心里喜欢什么，就按照自己的爱好开开心心地去做。退休以后，光是诗集，他就已经出版了六本。

说起郑焕明的书法，身为首都企业家诗书画院院长的他，其书法水平已经达到炉火纯青的程度。除了为郑家的大殿、研究院、牌楼、极地博物馆题写匾额，全国绝大部分省市都有他的应邀题字。他没有想过要流芳千古，只想做对社会有益的事情，让后人看到时能够激起爱国之情，就是他最大的心愿。

笔者注意到，郑焕明退休后兼任的其中两个职务，其实是他大半生职业生涯的延续。身为首都企业家俱乐部副理事长的他，1962 年从北京工业大学毕业，获得机械工程学士学位。毕业后，如愿以偿被分配到北京汽车制造厂，开始了他在汽车行业的职业生涯。三十年间，他先后被调换了十五个岗位，平均两年调换一次。从一名普通技术员成长为掌管全局的北京汽车工业联合公司总经理。

1983 年，北京吉普合资公司成立后，北汽南北两厂分立，郑焕明又带领老北汽人进行二次创业，提出了"北汽精神"。

1985 年，他被评为北京市劳动模范。三十多年后的 2017 年，曾经由他作为领军人物之一的北京汽车集团公司，闯入了世界五百强，排第 124 位。

作为一名有着三十年北汽工作经历的企业家，郑焕明在退休后兼任首都企业家俱乐部副理事长，可谓实至名归。而且，他所参与的任何活动都是公益项目，没有任何报酬。

郑焕明兼任的第二个职务——中国地区开发促进会会长，与他 1991 年离开北汽调任北京市政府、担任北京市经济技术协作办公室主任密切相关。在任期间，除解决日常的经济技术协作之外，还有对口支援工作。2009 年 3 月，牵涉国家民族大政方针的对口支援拉萨，以他为团长的赴藏考察团抵达拉萨、就干部对口支援和援建项目进行了考察和商谈。

在郑焕明还有两年就要退休之时，中国地区开发促进会成立。市政府把会长一职安排给了他，就这样，他延迟退休，做了六年的中促会会长。

人生感悟

接受采访时，郑焕明向笔者展示了他厚厚的一摞"效率手册"。他说，自从七十年代开始使用第一本效率手册至今，已经记了近五十年。工作时，把它当作一种和管理结合紧密的工具；退休后，从清晨七点早锻炼开始，到参加各种社会活动、笔会、诗会、应邀题字，直至傍晚练字等，都要制订每天的计划和目标，然后逐一完成。

应某媒体之邀，郑焕明做了一个长达十一小时的口述自传——《岁月峥嵘》。1936 年出生在山东省高唐一个普通农民家庭的郑焕明，八十八年走过来，"米寿之年"的他经历了时代变换的童年岁月，艰辛曲折的求学岁月，磅礴绚丽的辉煌岁月，直至现在丰富多彩的晚年岁月。他说："列宁有一句话叫作'忘记过去就意味着背叛'。回过头来，把自己几十年所走过的道路回顾一下，做一个全面的梳理。理一理哪些是成功的，哪些是不尽如人意的。对于后人来说，成功的经验可以参考，不尽如人意的地方可以借鉴。"

为此，郑焕明送给老年朋友几点推心置腹的忠告：

第一，"一个中心两个基本点"。一个中心，即心态要放平和，不管你遇到什么情况，好事不要太高兴，因为笑死不行；也不要遇到不好的事就生气，气死更不行。要平和地来对待各种事情，把自己的心态一定要调整好，这是一个修炼的过程。总之一句话，年龄大了，不要因为情绪让自己的心跳忽高忽低，要让其尽量放平缓。

两个基本点是既要动脑又要动手。老年人应深谙"用进废退"之道，多动脑动手，大脑会越用越灵光，生物体器官也不至于随着年龄的增长逐渐退化。所谓动脑，不仅要不断地学习，还要不断地思考。比如他为什么喜欢写诗词？因为在他看来这是延缓衰老的一个好办法。通过诗词要表达的内涵再丰富，但形式上多则几十字，少则十几字，最长的不过是一百来字。用一个"斗"去装"海"量的东西，每一个字都要让它充分发挥作用。尤其写诗要讲究"诗眼"，要琢磨这个"眼"用哪个字更好，要开动脑筋甚至绞尽脑汁去想。大脑都运转到了这个程度，还能得老年痴呆吗？

再说动手，郑焕明认为写字就是锻炼动手的好办法。人上了年纪之后，新陈代谢往往会出现障碍，如果活动量又很少，那么对自己提供的氧气和养料也会减少，就会出现手抖的情况。平日里，郑焕明大字小字、草隶楷行都可以写。试想如果手发抖，如何去写好每一个字呢？尤其写大字的时候，还得站在那里写，不然就写不出气势来。所以，人要活到老学到老，修炼到老。不仅延缓衰老，还能健体强身。

第二，饮食要多样化，不要只吃贵的好的，什么鱼翅、燕窝、海参之类。一定要多吃粗茶淡饭，各种蔬菜水果。尽管比较大众化，但是对人体有益。而且不要吃得太饱，因为吃得过饱，胃肠需要更多的动力去消化食物，导致更多的血液积聚到胃肠道。而大脑的血液供应会相对不足，这就使得脑细胞正常生理代谢受到影响，导致大脑早衰，容易患阿尔茨海默病。

第三，夫妻之间要和谐相处。这个和谐不单是居家过日子，包括对待事情的看法、处理问题的方式。郑焕明和夫人的相处之道是，从不要求对方和自己一起去做什么。如他喜爱作诗著书写字，夫人喜欢跳舞学模特研究养生。他们不仅对各自的爱好相互理解和支持，而且还相互促进。郑焕明说，比如他的身体一直比较好，就与夫人注重研究养生、调节膳食有关，有她的一份功劳。

第四，追求简约的生活。郑焕明和夫人的退休金每月开销后还有结余，尽管做了大半生的汽车行业，但是他并没有购车。这与他始终保持廉洁自律不无关系。在他的职业生涯中，无论身份多高，走得多远，始终保持着一身清廉，经常骑自行车上下班。退休后，平日出门，他多乘坐公交和地铁，必要时打车，他认为其实打车比开车性价比要高得多。既节约了开销，还锻炼了身体。除去留一部分养老钱以备不时之需，他特别不赞成给子女留很多钱，甚至把孙子辈都考虑到了的做法。他坚持认为，那样做不是爱而是害，是把子孙后代往纨绔子弟的路上助推。

最后，郑焕明以一首即兴写的诗，概括了他所要表达的人生感悟：

> 耄耋欢乐葆童年，似箭飞流一瞬间。
>
> 怀谷达观心不老，兼食律动寿无边。
>
> 迎来睿智出沧海，智取彭高[①]入九天。
>
> 放眼蓬莱添劲侣，致学修炼做神仙。

---

① 彭高：彭祖（前 1237 或前 1214—前 1100），中国江苏徐州一带最长寿的老人，传说活了八百年，实际活了不到二百岁（当时一年四季算四年），是一位长寿之神。

3. 飞天白鹤

为舞而生

她于 1943 年出生在甘肃省兰州市，在家中八个兄弟姐妹中排行老大。十二岁的时候，身为土木建筑工程师的父亲希望她辍学去当绘图员，以减轻家庭负担。但是从小就怀揣舞蹈梦想的她，瞒着家人偷偷报考进了甘肃省歌剧团舞训班。自此开启了她的舞蹈生涯。

1979 年，甘肃省歌舞团演出的舞剧《丝路花雨》，演出周期内的某天，原定饰演英娘一角的女演员病倒了无法登台，经验丰富的她临危受命，鼓足勇气救场英娘一角。该剧获 1979 年文化部新剧目全国调演创作一等奖、演出一等奖。

从二十世纪八十年代开始，每当 1986 年版电视连续剧《西游记》的片头响起，孩子们都会疯跑到电视机前，死守着不肯离开。其中扮演白鹤仙子的她已经四十三岁，以一段即兴而起的舞蹈，将白鹤仙子的轻盈优雅，永远地留在这部经典的影视作品中。

她，就是著名舞蹈家、国家一级指导、中央戏剧学院教授张京棣。她曾多次参加春节联欢晚会，并为《西施》《火烧阿房宫》等多部电视剧编舞。演出作品有舞蹈《敦煌壁画》《汉舞》《敦煌带舞》《丝路花雨》《唐舞》《梁祝》《红色娘子军》等。

张京棣认为，自己是一名舞蹈演员时，是用肢体在舞台上去表达情感、思想创作；在学院表演系当形体教师，是对表演系的学生进行形体训练，让他们的身体更加有表现力，为塑造人物形象打下基础。她始终想把跟舞蹈有关的事情都做到最好，画上一个圆满的句号。所以，在 2003 年退休前，张京棣做的一件事是，举办了她的《中国古代服饰、舞蹈——张京棣作品展演》。

无论是创作，还是编导，抑或是表演独舞，作品展演的主题分为两部分。一是张京棣研究了沈从文的《中国古代服饰研究》一书，把汉唐宋元明清六个朝代的服饰和舞蹈相近的方面结合起来，集体采用典型的步伐配合曼妙的代表音乐，来展示每一个朝代的服饰、发饰、步伐和造型以及各朝代独特的礼仪、韵味。二是通过汉代的《汉宫秋月》、唐代的《敦煌壁画》、宋代的《李清照》、元代的蒙古舞、明代的《剑舞》、清代的花盆底鞋舞蹈[①]，以独舞的形式体现各个朝代的舞蹈风格。经过二者结合，即服饰表演以研究的史料为基础，把典型的服装以及配饰造型体现出来，同时又以演员的步调和动作，表现出六个朝代的礼仪和礼节。这样的作品展演，带给观众的视觉感受不是轰轰烈烈，而是错落有致，高低起伏，在静止中延伸，给人以意犹未尽的享受。

《中国古代服饰、舞蹈——张京棣作品展演》于1999年年末跨年完成。观众反响热烈，近三十家媒体对作品展演做了报道，并对张京棣进行专访。其实，在1998年，作为北京市政协委员的她，在澳门回归前，曾经以舞蹈团团长的身份，带着她的古代服饰舞蹈团队，跟随北京市统战部、市政协组建的演出团赴澳门演出。张京棣接受了澳门电视台的采访，澳门中华总商会会长马万祺看过之后盛赞："这才是我们中国真正的服饰队，充分表现了中国的传统文化。"张京棣听到如此之高的评价后非常激动，决定把这个作品带到全国各地去巡演。2000年，她又带着《中国古代服饰、舞蹈——张京棣作品展演》率队应邀到香港演出，香港时任特首董建华在观看演出后接见了全体演员。

张京棣的二女儿、中央戏剧学院教授姬沛告诉笔者，母亲对古代服饰有着十余年的研究，包括对汉唐宋元明清几个朝代的服饰从研究到制作再到演示做到了精益求精。只不过2000

---

① 又称"旗鞋"，是清朝时满族妇女穿的一种鞋子。其以木为底，鞋底高5至15厘米，上细下宽、前平后圆，多为十三四岁以上的贵族中青年女子穿着。

年是一个契机，实现了厚积薄发，完成了个人作品展演。母亲之所以在退休之后退而不休，完全在于对舞蹈艺术深入到骨髓里、融化在血液中的一种近乎走火入魔般的热爱和执着。她选择了舞蹈，实际上就是选择了人生。

痛失永爱

尽管张京棣把舞蹈事业视为生命，但是从未因为事业而舍弃家庭。她和丈夫姬崇恭的结合甜蜜而浪漫，二人的相识从一段特殊年代的"串联"①开始，姬崇恭给张京棣的第一印象是，从北京来的他说话非常有水平，因而特别有说服力。他待人真诚善良，在火车上给一路同行的人购买食物。众人到达北京后，又张罗着帮助大家安排住宿。在一次露天演出中，张京棣准备站起来跳舞，发现脖子上的红围巾有些碍事，便下意识地把围巾摘下来，抛向坐在第一排的姬崇恭。就在二人四目相对的瞬间，一下子便有了"过电"的感觉。就这样，一条红围巾，缔结起他们一生的佳缘。

张京棣与大她六岁的姬崇恭结婚之后育有两女，幸福恩爱。为了自己的舞蹈事业，为了保持舞者的身材和舞蹈动作到

①　作为一种活动和称谓，出现于"文革"时期。1966年，中央"文革"小组表态支持全国各地的学生到北京交流革命经验，也支持北京学生到各地去进行革命串联。但在后期"大串联"这个词义、内涵已经发生了较大变化。

位，她付出了很高的代价：一直控制饮食。她经常为家人做好饭后自己不吃，跑到楼下去锻炼身体。

姬崇恭先生是中央戏剧学院原教务处处长、著名影视剧演员，曾栽培巩俐、陈建斌、孙红雷、夏雨等多名具有一定影响力的影视演员，出演过多部影视作品。代表作品有《三国演义》《东周列国·春秋篇》《楚汉传奇》等。

张京棣说，在事业上，丈夫对她有很大的帮助。在接到中戏导演系《俄狄浦斯王》话剧形体设计的任务后，由于对希腊文化了解得少，所以请丈夫每天下班后帮她分析人物，一遍遍地推敲揣摩她设计出来的各种体态步法、动作和韵味。通过查阅大量图片资料，发现古希腊雕塑的身体美和敦煌壁画中的形态美有异曲同工之妙。二者精髓的凝练，使张京棣的舞台形体设计轰动一时。《俄狄浦斯王》演出后空前火爆，希腊驻中国大使专门接见了她。该剧代表我国第一次参加希腊德尔菲戏剧节，进行了公演，至今是学院的保留剧目。

2018 年 9 月 10 日，一向低调的姬崇恭和张京棣迎来金婚，他们携手上了一档电视综艺节目，讲述了二人相濡以沫五十载的生活，令在场观众十分动容，共同祝福他们之后的生活能够越来越幸福美满。

然而，四年后的 2022 年 10 月，荣获"华人教育家"称号不久的姬崇恭因病去世，享年八十五岁。他的学生们都为姬崇恭老师的去世伤感不已，与他挚爱大半生的张京棣，当时的悲痛之情可想而知。她曾一次次在睡梦中见到丈夫，清晰地听到他在声声呼唤自己。醒来之后却被无边的黑暗笼罩，泪水早已打湿了一大片枕巾……

出乎人们意料的是，距姬崇恭先生逝世时隔仅两个月，2022年12月29日，刚刚患新型冠状病毒感染康复不到十天的张京棣，就在第五届凤凰教育家大会上表演了独舞《敦煌壁画》。凤凰卫视出版中心主任张林在《舞蹈家张京棣：80后美女奶奶》一文中这样描述道：

> 张老师沉静地如一尊菩萨站在壁画里，玉指纤纤，状如莲花。随着音乐的流淌，她缓缓地从壁画中走出，扬眉动目，双臂轻舒，舞之蹈之。时而连续十个旋转，时而金鸡独立，还要单腿向下深蹲，全是高难度动作……

北京虽大，但能在八十岁时登台表演如此高难度舞蹈的，非张京棣莫属。

永不停歇

时至今日，张京棣始终没有放弃对舞蹈艺术的追求。如果一天不练习，她就浑身不舒服。2023年重阳节，她进行了连续两场的独舞演出。观众对于她这样上年纪的老艺术家，还能在舞台上展现高难度又完美的表演赞赏有加。尽管如此，她总对自己有一种不满意，接受不了自己哪怕是稍微一点点的瑕疵，为此甚至内疚到彻夜难眠。

对艺术的追求上永无止境的张京棣，近年对1986年版《西游记》即兴而起的仙鹤舞重新进行了编排。当年杨洁点名要求四十三岁的张京棣出演白鹤仙子，还特意为这段舞蹈请当年的著名作曲家许镜清写了一首仙气飘飘的曲子。但是张京棣觉得自己年龄大了，恳请杨导找个年轻的姑娘去演，她可以帮忙编舞。但是杨洁却执意选她，说"我就看好你了，你就是白鹤仙子，化上装，扮上相就是个古典美人"。

不得不说，杨洁导演的眼光真的很独到，张京棣饰演的白鹤仙子确实美得不可方物，根本看不出当年的她已经步入不惑之年了。蟠桃会上，但见白鹤仙子一袭白衣，池中起舞。舞姿优美，仙气十足，婀娜柔美的身躯以及俏皮灵动的眼神，一舞而醉仙神，当真是舞如白鹤，展翅翩然，为西游记增色不少。所以如本文开头所写，白鹤仙子的舞蹈部分镜头被放入了该电视剧片头。一共二十五集的电视连续剧，让观众每看一集，都能欣赏到张京棣的惊艳舞姿。如果导演杨洁在天有灵，得知她对仙鹤舞进行了重新编排，一定会倍感欣慰。

在退休二十周年之后，张京棣重新走上讲台，为学生们讲述"形体表演理论"。进入耄耋之年仍然在跳舞、编舞、授课，这一切肯定要消耗多于常人数倍的体能。于是，张京棣开始研究养生。她自创了一套拍打操，起因是2014年文化部外联局做的一期关于老年人退休生活的纪录片，姬沛向节目组推荐了母亲。过后，节目组特邀张京棣到某社区的舞蹈队，给大家示范一套自编的拍打操。她在公益教学之余，又改进了拍打操，一直以此坚持每天锻炼。

张京棣深知要把自己喜欢的事业坚持下去，没有一个好的身体一切无从谈起，尤其在这方面效仿的典范少之又少。多数舞蹈家在到了一定年龄之后基本不会再跳舞，而是朝着专业研究等方向转了。张京棣之所以能够坚持至今，源于对艺术的热爱从未降温，对梦想的追求永不停歇，而且总有一股动力在支持她。这种动力就是在正确的道路上，她的坚持和梦想最终有了收获，因而永远保持心情舒畅。她对笔者说："在我的思想深处有一种意识：如果哪一天我不能再跳了，艺术终结了，我的生命也就终结了。"说到动情处，张京棣的声音哽咽起来……

因常年跳舞，膝盖过劳损伤，张京棣饱受髌骨软化、滑膜炎等膝关节病困扰。去医院就诊，医生当时就建议她住院治疗。张京棣立刻回说不行，因为明天她还排着六场演出呢，而且是包场。大夫连连摇头说：就你这种情况怎么还能演出？无奈之下，张京棣又找到一家医院的疼痛科大夫，问有什么办法能够帮助她不耽误演出。那位医生说只有一种办法，就是打封闭。

就这样，为了那六场演出，张京棣打了封闭针，在局麻的作用下缓解了膝关节疼痛。登上舞台后，音乐之声响起，她顿时忘记了一切，尽情地翻跶起舞，技惊四座。

张京棣自编自导舞蹈《敦煌壁画》中有反弹琵琶的动作，需要用一双灵动的、会说话的手来展现出飞天女的纤纤神韵。一段时间，她的手指患了骨关节炎，骨节突出而且弯曲得厉害。她连续看了很多西医，大夫看过之后都说你这骨节直不了了。她焦急地对大夫说：如果治不好，我这一辈子就不能再跳舞了，请您一定帮我想想办法。大夫说："唯一的办法是需要用两到三年的时间，每天要拍打手指骨关节五百至一千次。"

为了一份近乎执拗的信念，从那天起，张京棣每天拍打搓揉手指，一拍就是三年。结果，奇迹出现了！她的手指不再弯曲，骨关节也不再嘎巴嘎巴作响，用很长时间做反弹琵琶的动作，居然一点都不疼了。她的主治医生看过后连连夸赞道："真不知道您的毅力得有多强才能恢复得这么好，简直太厉害了！"自从尝到了这个甜头，张京棣悟出：凡事只要坚持，就没有过不去的坎。

姬崇恭先生在世时曾对妻子说过："以你这样的年纪，能保持住现在的状态就已经很不错了。"但是时至今日，张京棣依然在每天的锻炼中去琢磨哪个环节磨合得不够好，怎样修改才能达到最好。然而，在她心中的那个"最好"又似乎永远没有达标的那天，因为她的目标是出精品，而精品的达标率是百分之百。

2024 年 1 月，张京棣八十一岁了。她认为只要坚持拍打锻炼，不出意外，能跳一年算一年。她从不认为自己的坚持有多苦，相反在跳的过程中，因为都是全身心投入，总会产生一种愉悦感，把笑意写在脸上。用姬沛的话说，妈妈如果哪一天不练习，就会愁眉不展、无精打采。因为她太追求完美了，完美到对自己近乎苛责。

追求完美

说到完美，张京棣接着女儿的话说道："舞蹈艺术如果不完美是没得看的。所以，尽管我年龄大了，也必须要把脸保养好。在妆容上，让人看着不说有多么漂亮起码很乖巧可爱。"说罢，她打开手机，让笔者看了她最近的一组演出照片，果然效果出奇的好。不是很浓的妆，没有粘假睫毛，也没有佩戴任何首饰，但是让张京棣特别自信的一点是，化上妆之后，能够秒变二十多岁的小姑娘。因为她懂化妆，知道自己面部的优点并加以放大，对美中不足的地方通过弥补来缩小。从头饰到着装，都是由她亲手设计制作。《敦煌壁画》中每一个动作环节，都来自张京棣对壁画的认识研磨。每一个动作的设计灵感，都能看出她倾注的热情和心血。通过她出神入化、栩栩如生的表演，仿佛把观众带到了敦煌千姿百态的世界，为他们带来无尽的遐想和绝美的享受。

通过欣赏张京棣提供照片时所做的自我点评，笔者真切地感受到了她对自己一点一滴追求完美的要求：

这是中央台春节期间拍的，这是在中国大饭店"九九重阳节"慰问演出时拍的；这些是中央电视台 13 频道拍的……全部是演出时的抢拍照，没有一张摆拍。我认为这个造型没有以前的感觉好，还有这张，眼睛瞪得有点大了，也不好。再看这张，我身体刚刚恢复站得不够稳，新冠对人的体力妨碍真的很大……

说着说着，张京棣直接站了起来，做了一个反弹琵琶的动作。虽说她的手中并无道具，但只见她左手高扬（按弦），右手反抬（拨弦），左足踏地，右足吸腿反抬，身体以腰部为中心呈S形，翩若惊鸿。

几十年的坚持让张京棣无论从心态到体态，与同龄人甚至比她年少的人相比，都显得年轻很多。她一直居家养老，每周只请一至两次小时工做做整体扫除，洗洗衣服。平日里她自己做饭、擦地板。担心墩布擦不干净，每次都要蹲在地上一点点仔细地擦，直到把地板擦得锃亮。对艺术的孜孜以求，同时也反映到她对生活要求的各个细节中。

2023年10月，"联合国人口基金会"为张京棣写了一篇专访——《张京棣：我立志成为一名优秀的中国老太太》。在文章的最后她这样说道：

我常对自己说：绝不能松懈，因为我的事业还没完成。一方面我希望通过我的敦煌舞蹈，让世界看到中华文化的大爱之美；另一方面我也希望通过我的努力，让更多人看到优雅老去的可能性，让世界感受中国老太太的精神气质。如果保持活力青春有秘诀，那一定就是：找到你的热爱，以及为心之所向而坚持。

4. 小吃泰斗

与小吃结缘

北京小吃风味浓，南来顺的驴打滚儿京城最有名。喝碗豆汁来个焦圈儿老味道，那焦圈儿要讲究的是手镯形。在北京吃小吃，吃法你得懂，吃不够的北京小吃，唱不够的北京情。

一曲京味儿十足的北京琴书《寻找儿时的味道——南来顺》，引出了本文的主人公——"京城小吃第一人"陈连生先生。之前，笔者还真不知道北京小吃的来历。在见到陈大师并听他如数家珍般地讲述后得知，南来顺才是"京城小吃第一家"。

1936年生于北京的陈连生，刚满十二岁，就到珠市口一家清真餐馆——"六合顺"当学徒。每当师傅和老板怄气时，常常拿徒弟当出气筒，找碴打骂他。因为是小饭馆，要求他样样都要学，样样都得会，包括切菜、洗菜、刷家伙、洗碗、送外卖、购物、生火、添煤、上板、下板……反正老板是不会让你闲下来的。那个时候没有工资，老板只给点零用钱，学徒仅是个名号，都是自己偷着学。好在小饭馆经营品种少，看着看着也就学会了，关键是靠熟练程度。

过去的老北京，没有"小吃"这两个字。"小吃"二字来自1956年的公私合营。北京小吃在历史上叫碰头食、小食，或者直接是什么就叫什么。公私合营之后，北京市场上出现了两个招牌。第一个叫"大食堂"，第二个叫"小吃店"。即所有过去挑担、推车叫卖的都叫"小吃"，大的店铺被称为"大食堂"。早年间，小吃是劳动人民用来充饥果腹的食物。后来，随着经济社会发展和人们生活水平提高，小吃的范畴也在不断扩展，可以分为早点、夜宵、零嘴儿、炸货、消暑、甜品等不同种类，包括馄饨、鸡汤面、炸酱面、豌豆黄、艾窝窝、杏仁豆腐、凉粉等今日为大众所熟悉的美味。

南来顺饭庄前身称作"清真南来顺"。是京城著名的老字号，开创于1937年，曾以爆、烤、涮羊肉以及爆肚闻名于京城。1961年迁址到菜市口骡马市大街286号，并调入小吃名家"羊头马""切糕米""焦圈王"以及"馅饼周"等人，使南来顺更具特色，素有"京城小吃第一家"的美誉。

从少年时代起就与北京小吃结缘的陈连生，于1956年入党。1961年，由组织上派到南来顺当经理，把原来的菜市口小吃店扩建改名为南来顺饭庄。自此，一干就是二十九年。

根据自己几十年的经验和探索，陈连生将北京小吃总结为六个字："美，质，情，节，声，特。"

美：南来顺做出的小吃形状各异，看上去非常漂亮。走进饭庄，循着香味儿，大老远就能看到令人垂涎欲滴的蜜麻花、馓子、姜汁排叉、驴打滚、门钉肉饼……

质：除了美学，北京小吃的制作包含着数学和力学。比如做塔糕的盘子要规矩，案板要平，码一层转一下盘子，才能码得直。码好之后，在上端布上青红丝、山楂糕，再撒上白糖，一看就非常诱人。

情：北京小吃情深意长，很多海外侨胞、港澳同胞都跑到南来顺吃北京小吃，寻根问祖。在很多老北京人悠远的记忆中，儿时的味道是那口感绵软的艾窝窝、是吹着气儿转着边吸溜的面茶、是那又脆又香的大麻花……可让陈连生最难忘的，是他五岁时牵着父亲的手来到分司厅胡同，在档口的小吃摊央求着买来的一碗米粥，再咬上一口那永远也吃不腻的芸豆饼。

著名演员、曾任文化部副部长的英若诚，在病危之际只想吃一口最喜爱的果子干儿[①]。他把这一想法跟相声演员孟凡贵说了，因为孟凡贵曾经向陈连生学得这一手艺。当英若诚吃到这个失传多年的风味冷食时，不禁老泪纵横。

节：小吃节令性强，各大节日都是主打品种。过去的小吃

---

① 是早年北京人在冬季做的一种特色传统名点，原料大多产于秋冬季节，由杏干、柿饼、鲜藕和葡萄干等果品制成。冰镇后食用最可口，生津止渴，清火解腻。

被称为鸡鸣狗叫，不能登大雅之堂。现在，北京小吃不仅能登大雅之堂了，各大餐厅起码都有四道小吃。黄头发、大鼻子、蓝眼睛的外国人也都端着盘子排队买。一些重大的国际盛会，包括亚运会、奥运会、世界妇女代表大会等，食谱上都有北京小吃。2022年冬奥会前夕，一位赞助商找到陈连生，请他主编一本介绍老北京小吃的书，说看了他之前写过的三本书后夜不能寐。陈连生对对方说："我已经出了九本书，感觉没什么可说的了。但是，想到能为冬奥会做贡献，这本书我出。"于是，一本由陈连生主编、全部中英文对照的《北京小吃及特色美食》问世，送给各国大使馆冬奥会的所有运动员、教练员和领队每人一本，该书还呈到了时任北京冬奥组委主席蔡奇的手中。

声：逛过庙会的人都知道，小吃叫卖的声音真是非常有韵味，好比是一场大规模的音乐会，此起彼伏各种吆喝声。六十年代的厂甸，胡同里有卖豆面儿糕、驴打滚、糖葫芦、切糕的，进去之后，叫卖吆喝的声音非常悦耳——

"满糖的驴打滚儿！"

"一包糖的豆面儿糕啊！"

"蜜嘞哎嗨哎，冰糖葫芦嘞！"

……

现在，这些吆喝声，只能在侯宝林先生的相声录音里听到了。

特：北京小吃非常有特色。比如冲茶汤，第一，壶嘴是有一定尺寸的；第二，水必须是滚开的；第三，冲茶汤是有技巧的。冲劲儿大了，容易把碗里的糜子面冲出去；冲劲儿小了，面糊糊不熟。红糖用来提香，白糖用来提甜，放入白芝麻、红糖汁、桂花酱、青红丝、葡萄干等八种果料，因此也叫"八宝茶汤"。茶汤冲好了以后粘在碗上，倒扣时可以垂下来但是一滴不漏。吃的时候要用勺，进到嘴里要有嚼劲，而不是如今的面茶那样端起来像喝粥。所以，特殊的工具，特殊的制法，特殊的味道，这就是北京小吃的特色。

退而不休

1996 年，干了大半生餐饮的陈连生退休了。刚满花甲之年的他身体非常硬朗，当时的公司负责人对他说："老爷子，您身子骨这么棒，退休后整天在家待着可惜了。"结果，请陈连生在某大酒店当了两年经理。之后，他又先后应邀赴台湾、新疆、宁夏等地去介绍北京小吃。

老教授协会聘请他为教授，并组织了一个大讲堂，按课时每次讲四十分钟，请他去讲过多次。陈连生说："没想到老了老了，我一个卖烧饼的还成了教授。"

陈连生应邀为"中国饮食文化沙龙"之"精品美食"做视频讲座，共计六十场。先后到中国传媒大学、首都师范大学、北大附中、潞河中学、潞河小学讲老字号。应大型美食家访谈《一千零一味》节目组邀请，由陈连生主讲《挖掘传统菜也是创新》。他从北京小吃名称的由来、内容、特色，讲到老字号需要与时俱进，突出强调了挖掘传统菜也是创新。他做了一个形象的比喻："有些厨师天天想着创新，结果，把脑袋都创出大包了，也想不出新的东西。其实，真正传统的东西挖掘出来本身就比新的好。我现在年龄大了，如果有能力有条件，就把北京传统的、不值钱的土得掉渣的老玩意儿提高一个档次，让人人看着都想吃。"

2017 年，北京烹协会会长和南来顺公司的董事长，为了传承老字号，诚请陈连生收徒弟。当年，陈连生首次收徒，共将八名餐饮业精英收入麾下，并在现场向各位弟子提出"诚信做人、认真做事、勤于敬业、传承文化"的十六字寄语。同时希望八位各有所长的徒弟能成为传承北京小吃文化和北京饮食文化的中坚力量。

2020 年，陈连生收了四名来自鸦儿李记的徒弟；2023 年3 月，又收了南来顺饭庄的四位徒弟。他的徒弟们都是有一定的资历的高徒，经验、技术、管理方面有一定的基础，都是餐饮业的领军人物，在行内发挥着至关重要的作用。比如吐鲁番餐厅的书记兼总经理，晋阳饭庄分店的总经理都是陈连生的徒弟。在去年的拜师仪式上，陈连生说："虽然自己年龄已八十有七，但精力旺盛，记忆犹新，愿意将自己七十多年的丰富经验，毫无保留地传授给徒弟们。为丰富首都的餐饮市场小吃品种、弘扬博大精深的中国饮食文化做出应有的贡献！"

鸦儿李记的四个徒弟，都是在第一线边干边经营，经常向陈连生请教，其中年龄最小的徒弟后来跳出来自己单干了。陈连生鼓励他好好干，对他说："你才二十六岁，如果出来闯个十年八年，将来前途不可限量。"特色小吃符合大众需求，尤其对上班族买"手拿食"解决吃早点是件好事。"手拿食"，顾名思义，就是可以手里拿着吃的食物，比如油饼、油条、烧饼、烤白薯等。

话题回到 1985 年，由于南来顺饭庄地下是防空洞，属于危险房屋被拆。当时没有重建资金，员工们只得暂时各谋生路，修自行车、当木匠、搞运输、搞基建等。为引进外资，重整旗鼓，市经贸委便向陈连生介绍了新疆吐鲁番餐厅经理。双方商议，共同出资在菜市口盖一个小吃店，取名"吐鲁番餐厅"，由陈连生执掌。吐鲁番餐厅生意做得特别好，老百姓形象地称其"街兴人旺，车多灯亮"，曾被中共中央、国务院授予"全国先进集体"荣誉称号。

1996 年陈连生退休后，时隔六年，吐鲁番餐厅因为经营不善于 2002 年关张。牛街的回民多，纷纷反映逢年过节都没有地方吃饭。后来这条意见形成了政协的提案，从区政协提到了市政协。市政协时任领导责成区政协与民主人士组成领导小组，落实重建吐鲁番餐厅。于是，区政府负责人便诚邀陈连生再度出山。

此次邀请可谓三顾茅庐，最初陈连生是推辞的。他说："我已经是六十六岁的人了，吐鲁番餐厅过去的经理书记都在，而且还都是回民。我是汉民，假回回。"第二次被邀请，陈连生的家人孩子都不同意，担心他年龄大了吃不消。等到第三次，来人晓之以理说："陈大爷，咱们公司离退休的老同志有几十个，为什么单请您？因为您在饮食业干了一辈子，名声在外，所以非您不可。"

架不住对方三番五次邀请，精诚所至，陈连生最终答应下来了，但他直言："如果让我干，有三条要求。第一，买卖具体怎么干，得听我的；第二，用什么人得听我的；第三，给员工发多少工资得听我的。这三条你们要都同意了，我就干。"对方满口答应："您说什么是什么。"结果，陈连生组织了班子，总结出"群众需要，政府定位，国营企业，民营机制"十六个字，经营思路是"抓品牌，树形象，争市场"，要求每个人谨记在心，照章执行。

餐厅重新开张后，请了几位新疆姑娘在门口领位、在餐厅中央跳舞，非常富有新疆特色。再加上政府支持，政策灵活，当年就赚了九十七万元。十年下来，干得顺风顺水，实现了经营收入、平方米创收、创利、人均效率、资产回报率五个第一。

只做顾问不当雇工

某日，区领导对陈连生所在公司前任总经理说，你胆子可真不小，人家陈老都七十六岁了，你还敢用。万一有个磕磕绊绊的摔着了，你可怎么向老爷子家属交代？总经理一想也是，餐饮这行上对中央下至三教九流，不能只考虑经济效益。若真有个闪失，的确对不起陈连生和其家人。这个想法和陈连生一拍即合，其实他早已培养了接班人。

结果，那年春节的总结表彰千人大会上，公司向陈连生颁发了"特殊贡献奖"，并请他发表获奖感言。他说："可以预见，吐鲁番餐厅明年的营业收入将增长百分之十五。所有的职工工资增加百分之十。"孰料此言一出，公司立马"食言"了。对陈连生说：您既然承诺了就得兑现，结果又干了一年。最终目标达成，功德圆满。

此后，有人得知陈连生闲下来了，立马聘请他当顾问。有求必应的陈连生对对方说："请我当顾问没问题，但是有两条要求：第一，我说什么你得听；第二，我分文不取。目标只有一个，共同把效益搞上去。"对方坚持给他三万块钱，说是服务费。他立即正色道："你把钱拿走，顾问我可以当，但是绝不当雇工。"因为对方是回民，陈连生给他提建议："我看这样吧，你用这笔钱上清真寺随喜作为修建费。"对方一听，"行，随喜以您的名义。"陈连生说："以我的名义不成，就以你们自己的名义吧。"

还有一位从香港来的女性，在颐和园开了一个店，与同行们来到陈连生家，请他当顾问。他当即爽快地答应了，并送给对方两本自己写的书。一周过后，那位女士又来了，跟他谈顾问费的事。他还是那句话："顾问可以当，顾问费不收。"对方说："您是学雷锋啊！"陈连生回答："我没那么高觉悟，只是想在自己还能做事的时候，再为社会尽点力。我和老伴俩人的退休费，足以过好退休后的生活，孩子们也都各自过得不错，不需要我在资金上支持。"

陈连生有三个儿子，两个孙子，一个孙女。现在，重孙子九岁，重外孙一岁。大儿子和小儿子都在饭店工作，二儿子是自己创业。最让陈连生开心的是，自己和老伴的身体都挺好，孩子们个个孝顺。再加上把参加各种社会活动当作乐趣，2024年春节前应邀参加了五次活动，节后又应邀在元宵节讲北京小吃。春节从腊月初八到正月十六，每天都有朋友、同事、徒弟、同行来家里看望他，让陈连生和老伴应接不暇，开心不已。

问及陈连生将来有无去养老院的打算，他回答："我用不着去养老院。第一，自己有房；第二，我和老伴身体都不错；第三，孩子们每天轮流过来看我们，大儿子每晚过来给我从头到脚按摩，已经坚持几十年了。因为他在部队跟卫生员学习过，对各个穴位多少懂一些。尤其退休后有时间了，有时白天也过来。妻贤子孝，儿孙满堂，这就是我晚年最大的幸福。"

老当益壮

陈连生常挂在嘴上的一句话是："小吃店与饭馆不一样，下饭馆，兜里没有个三五百元，都不敢进去。但是，进了小吃店，你有个十元八元，就能吃上几个品种。小吃店接地气、符合民意，大众化，所以受众面宽。"

陈连生从 1961 年到 1989 年在南来顺担任餐厅经理，堪称北京餐饮界"活化石"级的人物，素有"京城小吃第一人"的美称，由他来追溯小吃源流再合适不过了。在长期的实践中，他对中国烹饪和餐饮事业逐渐由感性认识转化为理性认识，并升华到饮食文化的高度。多年来共出版了《京城琐谈——北京小吃》《南来顺清真菜点集锦》《宣南饮食文化》《北京小吃》《食之雅韵》《变迁中的北京"勤行"》《北京小吃及特色美食》等十余册书籍。其中《变迁中的北京"勤行"》一书，从 1948 年写到 2018 年，由陈连生口述，综合了他一生从事餐饮行业的经历和经验。涉及北京小吃的历史、品种、制作方法和标准规程，以及厨艺传承和经营之道。既是北京饮食文化风貌的珍贵记录，也可管窥七十年间整个社会生活方式的变迁。

从每部书中，读者可以看到，陈连生谈起北京小吃来都是滔滔不绝、如数家珍。针对现在越来越多的人感叹北京小吃毫无标准可言，陈连生指出，北京小吃其实有据可循，那就是计划经济时代下由饮食服务公司内部出版的"成本核算卡"。所谓成本核算卡，由于他掌舵的南来顺是当时北京最大的小吃店，小吃品类多、质量高，为了统一小吃的制作标准而核定的用料成本单，当时的北京城市服务局和区饮食公司，于 1979 年决定在南来顺搞品种试验，将每种小吃的用料标准确定记录下来，进而推广到全区乃至全市。"民以食为天，食以味为美，美以厨为先，厨以德为本"。

从二十四岁成为南来顺饭庄的经理；到四十九岁时创建了吐鲁番餐厅；再到出任公司副总经理，掌管多家老字号餐厅的经营和菜品研发；六十岁退休后又被"老东家"邀请出山，再度出任吐鲁番餐厅经理，直到七十六岁卸任；年过八旬，始终坚持走进大学、中学、小学，传授老北京小吃文化；担任无薪酬的行业协会、小吃美食城顾问……如今，已经八十八岁高龄的陈连生，依旧在说小吃、谈小吃、做小吃。他一生对老北京小吃情有独钟，至今仍为弘扬中华饮食文化身体力行，老当益壮。

退休后，陈连生曾先后担任中国烹饪协会清真委员会、老字号协会、北京烹饪协会、北京小吃协会等社会团体的特邀顾问；又是他麾下从事和热爱餐饮业年轻人的师傅；新成立的餐饮企业有需要求教的问题，他主动承担其作为名人的义务。年近鲐背仍马不停蹄，有求必应，真正体现了大家风范。陈连生从一名普普通通的小厨师，通过认真学习、钻研技术到创新品牌、走上领导岗位。为繁荣首都餐饮市场尽心竭力。他是真正将一生钟爱传递给后人，并使之发扬光大的"小吃泰斗"。

▼

5. 新华老骥

毕生报效 "可喜"可敬

1939 年出生于河南省浚县的张可喜，因为家境贫寒，从初中开始就吃助学金，每个月六元，保送升高中后助学金增加到九元，进入大学后十四元五角，此外还有五元的零用钱。他说，如果没有新中国，他就没有机会上学，更不可能上大学，是国家和人民养育了自己。学成后，他立志毕生报效祖国，为天下老百姓做点事。时至今日，这一誓言还深植在他的脑海中。

在高中期间，比较起理科来，张可喜更喜欢文科，尤其是历史。因此，高考志愿首选了北京大学中文系创办仅两年的古典文献专业。后来，校领导介绍高考情况时，说北京大学东语系要在河南省招生，希望考生报名。他没有多加思索，便把第一志愿改成北大东语系。高考结束后，参加阅卷打分的历史老师回校后告诉他说，历史考了 93 分。这使他心里有了底：至少不会名落孙山。

1961 年 9 月 1 日，他去学校看发榜情况，校园里的公示板上第一行就是"张可喜 北京大学"。被录取后，在报专业志愿时，他首先选择了阿拉伯语，其次是缅甸语，日语专业是第三志愿，结果被分配到日语专业，就此与日本结下了不解之缘。毕业分配时，因为"文化大革命"而被推迟了两年。

1968 年 8 月，张可喜进入新华社之后，被分配在参编部东方组日文室，基本业务是为《参考消息》提供稿件，消息来源是日本的通信社和报刊等。业务分工有翻译、选报、校对，各样工作他都做过，一直到 1979 年。其间，集体下放到广东惠阳县某军垦农场一年半，到湖南省株洲市蹲点一年。

1979 年，在我国实行改革开放的第二年春，张可喜作为《光明日报》记者（不久后改为新华社记者）被派到东京记者站常驻。临行前，报社领导交代任务，说我国进入了新的发展时期，重点是发展经济，尤其需要学习和借鉴国外发展经济和科学技术的经验。日本在这两方面都比我国先进，要多加报道。这成为他生涯中专注报道和研究日本经济和科学技术的起点。

张可喜常驻日本三次（1979—1983 年，1986—1990 年，1998—2002 年），每次任期四年，总计十二年，2002 年退休至今，作为记者、编辑和研究员，在日本和国内一直从事关于经济和科学技术的报道与研究活动。通过介绍日本"二战"后发展经济和科学技术的最新动向和经验，为祖国的经济和科技发展贡献了力量。他的体会是，新闻记者不是一个有"创造发明"的职业，能够做到的，就是有所"发现"：发现新的现象、新的动向、新的人和事，写成新闻，公之于世。

在职期间，张可喜的译作主要有《成功的记录》（1982）、《生物工程时代》（1985）、《新产业革命》（1986）；著作有《日美经济战争》（1993）、《日本赢家秘籍》（1994）、《日本名家名牌之道》（1996）、《日本社会明与暗》（1997）等。

关于记者生涯，张可喜认为值得一提的还有如下两件事：1980年8月28日写的题为《日本准备迎接第四次新技术革命》一文，经总社编发后，第二天刊登在了《人民日报》，又在中央广播电台广播；关于日本"新产业革命"的系列报道，1984年被《经济参考报》评为"特别奖"。

2002年6月，张可喜退休后，进入他作为创办人之一的新华社"世界问题研究中心"，继续从事关于日本的研究工作。创办"世界问题研究中心"，起因源于1992年，张可喜在职期间与原新华社驻苏联记者唐修哲、新华社美国问题研究专家钱文荣，共同发起创办了新华社国家高端智库的"世界问题研究中心"。当时，唐修哲和钱文荣两位面临退休，发现有些退休后的老同事，应有关研究部门邀请参加研讨会、写文章等，还在发挥余热。为了"肥水不流外人田"，他们向社领导建议成立自己的世界形势研究机构，把有做国际记者经历的记者都吸收进来，从事研究活动。新华社"世界问题研究中心"成立至今已逾三十年，研究人员最多时达到三十多人，在国内国际形势研究方面已是不可多得的存在。

2008年10月，张可喜出版了《他山石集——日本科技创新报道选》一书，取"他山之石，可以攻玉"之意。该书四十余万字，收录了他从事日本科技创新报道的精华，被称为"了解日本现代技术发展的好书"。

在研究中心，比起科技来，张可喜更多地关注日本经济的发展和变化，2023年6月，针对我国经济社会发展的实际情况，选取了在不定期刊物《世界问题研究》上发表过的文章，出版了《他山石集续——日本战后经济社会发展文论选》。张可喜目前正在准备出版他的第三部著作《日本内政外交文论选》，内容是在研究中心期间对日本内外政策的观察和思考。张可喜说，参与创办研究机构和交流社团，也是自己一生中不应该忘怀的活动。

2014年6月，张可喜参与旅日爱国侨领韩庆愈先生在东京创立的东方文明振兴会，由他执笔的倡议书上写道："我们志同道合者商定：创立提高国民素质的非牟利公益事业——东方文明振兴会，群策群力，集思广益，众志成城，加强与有关单位的交流与合作，从现在做起，从我做起，在国内外展开复兴东方文明的活动，为提高国人的公德水平、为提升国家的国际形象而奋斗！"

2018年6月，在北京大学日语系主任金勋教授的鼓动下，与李孙华、李宗惠、颜锡雄等前辈一起发起成立北京大学日语系友会，出自张可喜手笔的倡议书说："该会的宗旨是，秉承初任校长蔡元培先生遗训——'联系感情、提携事业、改进校务、服务社会'，加强系友之间及系友与日语系师生之间的联系，激励系友发扬北京大学爱国、进步、民主、科学的优良传统，为日语系的发展，为促进中、日两国民间友好交流与合作发挥余热，以报答母校教育之恩。"

2021 年 10 月，为实现中央"中日友好的根基在民间，中日关系前途掌握在两国人民手里"的理念，张可喜与知名企业家张建军等创办了中日交流论坛，宗旨是"加深中日两国民众的相互了解和信赖关系，促进中日两国民间的友好交流与合作"，经济、文化、青年是三个重点领域。论坛现在的主管单位是中关村科技企业家协会、欧美同学会留日分会、墨子学会青年研究会、北京大学日语系友会。这一团体的活动正在被社会各界认可。

2023 年 5 月，张可喜在华语智库与日本民间团体"广泛的国民联合"第六次时事交流视频会上发表讲话，题为《以史为鉴，信守承诺——维护和发展中日两国关系的关键》。他尖锐地指出："近来中日关系出现了问题，这主要因为日方的做法出现了问题。……日本决策人应该反省历史上'缺乏战略思考、视野偏狭'的弱点，'高瞻远瞩，放眼未来'，不可仅停留于眼前利益得失，追随美国打击中国将是缺乏战略性眼光的错误。"

看到张可喜把精力和时间用在中日交流论坛等各种活动

上，夫人和儿子一再劝他："已经这个岁数了，该收收手，颐养天年了。"对此，张可喜的回答是："自己的孩子总不能只生不养啊！"

英年"成才" 晚年豁达

走进新华社高级记者万成才的住宅，首先映入笔者眼帘的是，摆放在满满书柜旁的一幅墨宝"志纯业精 诚笃豁达"八个大字。近看才知，这是年过九旬的原中联部著名苏联问题专家俞邃先生写给其挚友万成才八十寿辰的贺幅。采访万成才数小时，笔者从中感悟到，这八个字是对他一生敬业的高度评价和通达品格的真实写照。

年届八十四岁的万成才1940年出生于重庆忠县一个偏僻而又封闭的穷山村——双桂镇石堡村。儿时是个放牛娃，从未想过有朝一日飞出这个山窝窝去见大世面。解放后的1950年秋，已满十岁的他终于上了小学，而且中小学成绩都很优秀，直至考入专门为见大世界培养人才的四川外语学院（今四川外国语大学）俄语系。

1964年毕业后，万成才被分配到新华社总社从事国际新闻报道和国际问题研究，至今整六十年。其中做俄语翻译十年，编辑记者近三十年，退休后专门从事国际问题研究二十年。在此期间被派到苏联、俄罗斯及波罗的海三国学习、工作十五年，曾任新华社莫斯科分社社长和国际部编委，参与和主持了复杂而敏感的东欧剧变、苏联解体以及起伏跌宕的中苏、中俄关系等重大事件的新闻报道和时局研究。他是采访苏联首任也是末任总统戈尔巴乔夫、新俄罗斯首任总统叶利钦和从苏联分立出来的所有十五个国家总统的第一个中国记者，撰写了数百万字的报道和评论、专题研究报告，适时如实反映情况，大胆提出自己的看法、相关政策建议，多次获总社、有关部门及党和国家主要领导人的好评、批示和采纳。

当笔者问万成才英年成才的原因时，他谦虚道："说不上英年成才，父母给我取'成才'之名，表明他们寄予我殷切期望，只是觉得自己不应该辜负家庭、学校、党和国家的培养而已。第一，儿时目睹父母十分艰辛，兄妹八人只有我上了大学，以图改变家庭状况；第二，解放后国家和学校重视培养人才，自己理应努力；第三，所在的工作单位新华社是个大炼炉，对思想和工作能力要求高，马虎不得。无论什么年代我都没有间断从事的工作，久炼成钢嘛。"

万成才退休较晚。通常满五十七八岁就不外派常驻了，但他还差半年六十岁时，因工作需要被派往创建负责报道波罗的海三国的里加分社，直到六十二岁才退休回国。

由于万成才对俄罗斯和独联体国家很熟悉，有很高的研究水平，回国后，新华社国际部返聘请他到世界问题研究编辑室，继续研究欧亚地区和大国关系。但他已连续工作近四十年，感觉很累，起初未同意应聘。而且从距天安门仅三公里的市区，搬到十多公里外的西郊居住，以便到安静的西郊爬山锻炼身体。

然而，半年后国际部又提出希望他再回去从事国际问题研究，此次他没有再回绝。闸门一打开，多个国家高端智库聘请其去出席他们的研讨会甚至负责某个方面的研究，曾担任国务院发展研究中心欧亚所俄罗斯外交政策室主任、上海合作组织常务理事多年，分别授予他"对欧亚所的发展做出重大贡献"荣誉证书、对上海合作组织发展"杰出贡献奖章"。在担任中国国际问题研究基金会欧亚中心执行主任期间，他所撰写的多篇研究报告获得"优秀调研作品奖"。2015年2月底发表在新华网上解读"一带一路"倡议的三篇文章，被作为2016年、2017年《国家公务员申论备考》题和《公务员面试名言背诵》题；关于"'一带一路'倡议的历史性意义""普京新政主要特点及对俄罗斯工作建议"等研究报告，均获得优秀调研作品奖。

退休后的万成才，一边继续做国家很需要的对俄罗斯和欧亚地区的研究工作，一边著书立说。聊天时，他赠予笔者两本书。一本是2010年出版的《新俄罗斯观察》，将此前发表过的四十二万字的文章汇编成书。新华出版社推荐该书时写道："现场感强、材料翔实、观点鲜明，根据巨变后俄罗斯的具体事件，作出了符合时代和事态发展趋势的判断。"外交部前副部张德广作的序言中也赋予了非一般性褒词："俄罗斯政坛风云激荡和经济起伏跌宕的警示，俄美在独联体地区激烈角逐的见证，中俄、中国与中亚睦邻友好合作的战略思考，对我国更好地坚持改革开放具有启迪性的现实意义。"该书出版后颇受读者欢迎，很快售罄并加印。另一本是中央编译出版社 2011 年出版的多达八十二万字的《苏联末日观察》。该出版社对该书赋予非常高的评价，定位为"苏联解体二十周年之际推出的精品力作，通篇客观记录和理性分析，是研究苏联巨变的珍贵史料"。

1975 年入党的万成才，无论在国内还是在俄罗斯工作时，都与两国外事人员建立了良好的工作关系，撰写了大量反映时局的参考报道，深受关注。我国几位领导人和数位未曾见过面的部长访问俄罗斯时，都分别专门邀他到驻地介绍对俄罗斯局势的看法，并提出如何更好发展中俄关系的建议。退休后，他又被吸收为中俄二十一世纪友好、和平与发展委员会老朋友理事会成员。一直以来初心未改，仍满腔热情地继续根据我国外交政策和对俄方针，促进两国友好交流与合作，出席国家高端智库的研讨会，应邀到欧美同学会和高校做讲座，接受中俄两国主流媒体的采访。

2024 年将迎来中俄建交七十五周年，双方商定将举行一系列纪念活动，其中有将于 2024 年 9 月出版中俄两国外交官和万成才撰文的《大使回忆》一书，并公映央视采访他们后制定的关于中苏关系正常化的纪录片。万成才深信，中俄关系已发展到历史最好水平，双方将一如既往，排除一切干扰，共同努力使两国成为世代友好的好邻居、好伙伴。

万成才为他几十年努力工作取得的成绩而感到无愧于家人、学校和新华社对他的培养、党组织的信任。遗憾的是儿女在读初中和高中时他和夫人都在国外工作，学业受到影响。十分欣慰的是，他们独自在家也养成了良好道德素质和身体素质，凭其智慧和勤奋努力工作，时常受到亲友们的赞誉。不幸的是，万成才的大学同班同学、相伴近六十载的夫人于两年前因病离世，让他由衷慨叹世事难料。

现在，万成才坚持自己做家务。他的体会是，只要能自理，适当做些力所能及的家务和参加正常社交活动，也有助于健康。笔者问万成才为什么历经种种风雨还能做到如此豁达，他淡淡地说："没什么，自然形成的。"他认为，作为公民，尤其是党培养的新闻工作者，应有一颗炽热的爱国心和说真话不讲假话的实事求是精神，尤其对外交往言行必须从"国家站位"出发。只要从这一立场观察纷繁复杂的世界和世情，并以此来规范对国家对社会和对自己负责任的言行，无论经历多少风雨，度过多少春秋，得意时不张狂，挫折时不气馁，暴风雨后是蓝天，黑夜终会迎朝阳。岁月流转，时事变迁，唯不变的是人要"仁"，永葆"国家站位"的赤子之心。

战地之"龙" 老而弥坚

这天，驻伊拉克任记者的顾正龙，往国内打电话与妻子张伟行聊过之后，让妻子把电话递给儿子，想跟他说几句话。孰料，儿子却在电话那头不吭一声。他妈妈问："你怎么不跟爸爸说话？"儿子反问："你让我说什么？"他妈妈又问："你怎么不叫爸爸？"儿子当时说了一句让顾正龙至今回想起来仍感愧疚的话："他给我叫的机会了吗？"

在那一时刻，顾正龙内心没有一丝对儿子的抱怨。因为，儿子还不到三岁，他就出国了。难得从国外回来休假，很快又要走了，由于长期不在身边，每次临走时，儿子对他没有表现出一丝不舍。他深知，自己驻外近二十年，对儿子感情的亏欠太多、给予他的父爱太少了。直到儿子成家后自己也当上了爸爸，才有了变化。现在父子间感情终于拉近，这让已经八十二岁的顾正龙倍感欣慰。

1942 年，顾正龙出生于上海，1965 年毕业于上海外国语学院阿拉伯语专业。大学毕业后的他，二十二岁来到北京进入新华社工作。从 1975 年起，先后任开罗分社、大马士革分社、巴格达分社首席记者，曾经在中国人民对外友好协会和中国人民解放军军政大学五大队（现在的国防大学）做过外训翻译。

顾正龙最早到开罗分社当记者的时候，还不是党员。1988 年，他在新华社对外部被接收为预备党员。那年，顾正龙被派驻新华社大马士革分社任首席记者，并在那里转为正式党员，那时正值伊拉克、科威特海湾战争爆发前夕，由于局势紧张，使馆党委接到新华社关于顾正龙转为正式党员的通知，竟没来得及为其举行入党宣誓仪式。

顾正龙表示，他很感谢新华社对他的培养和信任，先后派他在中东的埃及、叙利亚、伊拉克这三个最重要的阿拉伯国家当首席记者。顾正龙回忆到，在萨达姆政权被推翻之前有过两次导弹危机，美国的巡航导弹打击伊拉克首都巴格达这样重要的新闻，当时必须及时向国内报道。总社发来电报，考虑到人员安全问题，要求顾正龙把分社的人包括家属都转移到一家叫拉希德的五星级饭店，因为那里是外国记者（包括美国记者）集中的地方，估计美军不会轰炸。当时顾正龙的夫人张伟行也在伊拉克，他安排了年轻记者和张伟行搬到那家饭店。那晚巡航导弹在附近爆炸，分社上空浓烟滚滚，火光冲天。在这种情况下，顾正龙忙着要向国内多家媒体作电话报道，其中包括新华社、中央电视台、香港凤凰卫视以及台湾东胜电视台等。当时顾正龙是在伊拉克唯一报道战争的中国记者。没想到的是，张伟行来电话说从拉希德饭店看到巴格达市内被炸的景况，其中有外交部大楼被炸了，等于为现场报道增加了一个观察点。

在另一个不眠之夜，美国又一次以巡航导弹打击巴格达，顾正龙听到导弹的轰鸣声离他越来越近，在附近传来了爆炸声，因为他附近就是萨达姆的总统府。国内电话采访顾正龙的记者也听到了爆炸声。在国内收看报道的一位朋友后来对张伟行说："你老公在报道时看样子挺紧张的，说话都打哆嗦。"顾正龙回国后见到这位朋友时坦承："的确，我当时很紧张，因为从未经历过这种场面。"那天轰炸结束后，顾正龙带着伊拉克雇员开车去总统府附近查看采访，一下车，就看到一条断掉的胳膊在车旁，真的把他吓一跳。

美军占领巴格达后推翻了萨达姆政权，萨达姆逃之夭夭，美国在伊拉克各地搜捕他。有一天晚上天下着雨，顾正龙开着车赶回分社，必须要途经伊拉克总统府。结果，快到总统府的时候，有两个美国大兵端着枪嗒嗒嗒蹚着雨水冲到他前面来了，当时把他吓得赶紧一个急刹车。因为如果不停下来，对方说不定开枪了。顾正龙立即把车窗玻璃摇下来，用英文跟他们说"我是中国记者"。两个美国大兵端枪瞄着看看他，再看看车里面。顾正龙又强调说自己是新华社记者，并递过去证件，对方才把枪放下。当时顾正龙确实有些紧张，因为如果雨天刹不住车冲上去，对方肯定会误认为他是自杀性汽车炸弹，拿枪啪啪啪就扫过来了。所以，那一次真的是危险万分。

顾正龙于 1996 年被新华社任命为巴格达分社首席记者，他是新华社领导点名赴巴格达上任的。2003 年到期，时任新华社社长田聪明决定延长他在伊拉克的任期，后来由于前凤凰卫视控股有限公司董事局主席刘长乐的热情邀请，他又以凤凰卫视驻中东首席记者身份继续留在中东，前后在战火纷飞的伊拉克待了七八年。

历经九死一生，顾正龙成为迄今为止在伊拉克任职时间最长的中国战地记者，也是自 1990 年海湾战争以来，始终坚持在海湾地区进行报道的唯一中国记者。曾四次被评为驻外优秀记者，曾荣获国务院新闻办主办的全国国际新闻一等奖。

顾正龙从新华社退休以后，比退休前还要忙。曾受外交部委托，赴突尼斯参加中阿文明对话活动，应沙特阿拉伯邀请，赴利雅得参加中沙学术交流。2003 年 12 月 13 日，萨达姆在其家乡提特里克被美军抓获的当天，他正好在巴格达进行采访，全方位报道了萨达姆被抓的重要新闻。在当时顾正龙是在巴格达唯一报道萨达姆被抓获消息的华语电视记者。他说："也许我与萨达姆有缘，1978年初次踏上巴格达这块热土时，萨达姆是副总统。作为新华社记者曾在伊拉克常驻七年，也是萨达姆统治的最后七年。直到2003年，退休后的我，还机缘巧合地在现场报道了他被抓的新闻。可以说，我见证了萨达姆政治生涯中多次重要时刻。"

2017年，特朗普挑起中美贸易战，顾正龙应卡塔尔半岛电视台邀请，专程从北京飞多哈就中美贸易战和中美关系电视专题节目谈了自己的看法。正如他的同事操凤琴在写他的一篇专访中所称颂的："战地记者顾正龙真正做到了大事发生时，我在现场！"

离开凤凰卫视后，顾正龙又回到新华社世界问题研究中心当研究员。这是新华社的一个研究国际问题的国家高端智库，他从事中东地区特别是伊拉克战争的研究。退休至今二十一年了，他几乎每个月都要发表好几篇文章，至今已发表千余分析文章。外国文学研究所出版的《世界文库精品》里也有好几篇"顾正龙翻译小说"等作品，出版了《搅动世界的伊拉克》等著作。他以第一人称视角，见证了伊拉克萨达姆政权的灭亡。本书大量内容是作者根据亲身经历首次披露，其震撼的现场感，其他相关书籍与之无法比拟。书中还附有大量他在各个事件现场拍摄的照片，多数为首次面世、十分珍贵，具有较高的文献史料价值。全书诠释了伊拉克政权的更迭和持续性的社会动荡，从中可以窥见整个中东地区在伊拉克战争后的秩序重塑、地缘政治博弈^①加剧的困境。顾正龙还把关于中国和阿拉伯友谊的文章集结成册，同时与时俱进，在今日头条和抖音上面发表一些关于国际问题的观察和评论。

观风察雨"雄"心永驻

　　笔者采访新华社高级记者詹得雄当日，恰逢他八十岁生日后第一天。1944 年 3 月他出生于江苏苏州市，1962 年就读于北京大学东方语言文学系印地语专业。1966 年刚读完三年级，"文化大革命"开始了，校内大乱。1968 年 9 月被集体安排到唐山柏各庄解放军农场种水稻，接受解放军的再教育。一个书生，来到海边盐碱地上种水稻，严寒酷暑，泥里水里，用他自己的话说就是："用两年多时间亲身体验了用原始方式（除拖拉机春耕外）种地的世世代代农民所吃的苦。"但也学到了解放军的优秀传统。领导他们的是一支优秀的部队，参加过上甘岭战役，官兵严爱朴实，从解放军身上学到了许多在校园里学不到的东西，自觉终身受益。

　　1970 年年底，詹得雄很幸运地被分配到新华社参考新闻编

---

① 　国家之间从各自的地理方面的优势因素，在国家外交中作为筹码，为自身谋取利益。

辑部工作。参编部是国家的耳目，是毛主席、周总理亲自创建的部门，有时周总理还会在深夜凌晨亲自打来电话。工作任务是将外电外报选择翻译后，每天向中央领导呈送两本参考资料等，而对外就是大众耳熟能详的《参考消息》。毛主席将其办报宗旨形象地定义为"种牛痘"，旨在用"毒草"让干部群众"增强免疫力""经风雨，见世面"。詹得雄在东方组工作，先做翻译，后来又轮流担任选报，值班时要在接收外电的报房里"盯机"，从晚六点一直干到深夜一点，再由欧美组的同事接班，二十四小时不断人。入夜，周围一片静谧，只有他一人在盯着不断突突吐出新闻纸的传真机，真的是在"放眼世界"，让他既紧张又兴奋。此时此刻，深感个人之渺小而责任之重大。

1979 年中国改革开放不久，詹得雄被派到驻印度使馆文化处工作。印度给他的第一感觉是文明古国，古老宗教文化土壤深厚，老百姓也很善良。正如北京大学季羡林教授对印度文化的评价：深刻而糊涂。

改革开放之初，中国虚心向外国学习，詹得雄记得一件小事：临出国时他曾看到报纸上有一篇报道，说中国的鸡蛋用大筐搬运，破损率很高，引起议论。他到印度后，发现市场上的商贩都用一张张凹形纸托码放鸡蛋，很少破裂。见微知著，可见那时我国与印度之间有差距。为学习印度，他写过印度的"绿色革命"（农业）和"白色革命"（牛奶）。他发现部分印度人自视很高，记得一名印度企业家对他说："你们中国要改革开放了，很好，我们可以帮助你们。"估计说这句话的那位企业家，无论如何也不会料到，改革开放二十年后的中国会发生那么翻天覆地的变化，印度反而落后了。那位企业家还组团到深圳学习，受到了热情接待。

詹得雄第一次驻印度是 1979 年至 1983 年。回国六年后，又于 1989 年再度赴印，任新德里分社社长兼首席记者，直至 1993 年。前四年用他的话说"当了四年和尚"；后四年夫人陪同前往。前后共计八年。他说，他最深刻的印象是实地观察了印度的所谓"议会民主"，有了真切的感受，坚定了绝不能全盘西化的信念，同时也真切比较了革命的中国与改良的印度之间的本质不同。

回国后，詹得雄一直在《参考消息》报编辑部工作。从一名普通编辑升到总编室主任。《参考消息》在改革开放以前是观察外部世界的一个窗口，改革开放以后门户大开，只要是可供我们学习借鉴、对我们有帮助的就都吸收进来。它一度影响力巨大，最高发行量曾高达八百万份，例如低温超导和互联网等都是由它最早介绍给国内大众的。

2004 年，詹得雄退休了。他选择了到世界问题研究中心做一名不拿报酬的研究员。新华社老领导觉得这帮见多识广的老头儿太宝贵了，满脑子的见识，不用太可惜了，所以成立了世界问题研究中心。但是没有编制，没有返聘费，一周开一次会，在座的都是在国外长驻十年至二十年的老记者，畅谈世界形势，回家后看看材料，写写文章，不亦乐乎！

平日里，詹得雄每天在家看书读报、写点东西，自认为有参考价值的信息就通过社里的内参向上报送，几次引起过重视，自感欣慰。

谈到观察，詹得雄说："从 1970 年进入新华社便开始观察国际风云变幻，直至退休之后，看了五十多年，有两点值得说说：第一，中国一定要走自己的路，不能搞全盘西化，除了胜利，别无他途；第二，中美不打不相识，现在正在经历这个过程。要争取向人类命运共同体的方向发展，同时要做好应对最坏局面的准备，争取最好的结果。"

说到大变局，詹得雄认为，百年未有之大变局，从历史上来看，近代史上只有两个：第一个变局是资产阶级革命五百年，最后发展到顶峰，从革命变成了反革命，去欺压掠夺其他国家。五百年后又迎来第二个大变局，那就是 1917 年的苏联十月革命，第一次尝试用马克思主义的思想建立了苏联，无产阶级自己掌权，并取得了成功。但是苏联经过七八十年的发展，到后来特权阶层起来了，经济没搞好，老百姓又受西方宣传误导开始羡慕西方的民主，导致思想混乱，最后不幸瓦解。

詹得雄回忆说，在十字路口众人茫茫然不知所往之时，1987 年，邓小平提出了中国特色的社会主义理论。1989 年，又提出"冷静观察，稳住阵脚，韬光养晦，有所作为"的十六字方针，引领中国成功地走对了自己的路。1991 年苏联解体时，西方有人跳出来说社会主义共产主义行不通了，只有资本主义是"历史的终结"。全世界都要向它学，由它来安排这个世界。这些，《参考消息》都报道了。正如英国女作家多丽丝·莱辛所言，"要警惕文明的野蛮人"。他们是利用资本来剥削压迫他人，嘴上讲的是文明、自由、民主、平等，但真正做的却是另一套。

谈到前途，詹得雄认为，2013年3月，习近平总书记首次提出"人类命运共同体"的理念。即人类只有一个地球，国际社会日益成为一个你中有我、我中有你的"命运共同体"，这个方向谁也改变不了。

谈到人生感受，他说："人在十几岁的时候都是诗人；到了中年，可能有些人写起了小说；而到了老年，都有点像反思人生和世界的哲学家。"2013年，他出版了《冷眼向洋看世界：西方民主的反思》。2014年，又出版了《走走看看想想——詹得雄新闻作品自选集》。他说："我活了大半辈子，经历了那么多，看了那么多，有顺境有逆境甚至有灾难。人究竟该怎么度过这一生？稀里糊涂、醉生梦死是一生，为社会、为人类做点贡献也是一生。既然来到这个世界，就要在这个地球上为社会为他人做点好事，这是做人的根本。"

2016年，人民出版社为詹得雄出版了《西方民主怎么看》一书，在肯定西方民主适应西方社会时代变化的同时，指出其对于中国，乃至欠发达国家的不适应性。2020年，又出版了《不畏浮云遮望眼——西方民主透析》一书。编辑的大多是2015年以后的文章，他将其形象地比喻为做了一个"抖音"。

说到身体，詹得雄回忆时任清华大学校长的蒋南翔于1957年提出了一个口号："要健康地为社会主义工作五十年！"他曾经以此也给自己定了一个目标："文化大革命"耽误了他几年，所以还要加几年，现在做到了。同时，他还开心地对笔者说："我昨天刚满八十岁，政府的高龄老年人津贴就到账了。这个政策真好，能够让老年人更有幸福感和获得感。"

刚刚步入耄耋之年的詹得雄，用六十年的不懈坚持和努力，在波折中实现了自己的人生志愿。他最近写了几句话明志：

个人微尘何足道，

投身大业难自轻。

一生向阳志未衰，

桑榆非晚笔难停。

采访手记

新华社记者原高级记者詹得雄，在接受采访时开心提到的政府实行对高龄老年人补贴一事，其实古已有之。早在汉代，汉文帝刘恒即位当年即下诏：八十岁以上的老人，每月赐米一石，肉二十斤，酒五斗；九十岁以上的老人，每人再加赐帛两匹，絮三斤。

笔者采写的本章八位主人公，均为年过八旬的耄耋老人。他们没有躺在过去的功劳簿上和政府的各种福利中安享晚年，而是把退休当作事业的延续，新征程的启航，书写出了一段永不停歇的传奇。通过对他们的采访，笔者深切感受到，众多老年人对"老有所为"有着更加重要的需求。因为，"老有所为"不仅可以增加生命的长度，而且可以增加生命的宽度。人越老越怕孤独，老人的精神满足需求远比物质需求更为强烈。关注老人的精神养老，也是关注我们每个人的未来。

善于发现"他山之石"的新华社原高级记者张可喜，曾对日本的养老制度进行了调查，认为有些做法值得借鉴。早在步入老龄化社会之前，日本就发布了被誉为"老年人宪章"的《老人福利法》，明确了老年人的权利与义务，并规定"应按照老年人的意愿和能力，为其提供从事工作以及参与社会活动的机会"。自二十世纪七十年代步入老龄化社会以来，为缓解劳动力短缺和养老负担问题带来的社会压力，日本从立法、政策、老年人继续教育等方面入手积极促进老年人就业，鼓励老年人利用自身的经验和知识为经济社会建设继续做贡献。在职业开发方面，日本依托《职业能力开发促进法》和银发人才中心，为老年人提升职业素养和从业适应性提供重要支撑。迄今为止，日本的"老有所为"已经走过了半个世纪。

中共中央、国务院 2021 年 11 月发布的《关于加强新时代老龄工作的意见》指出："鼓励老年人继续发挥作用。把老有所为同老有所养结合起来，完善就业、志愿服务、社区治理等政策措施，充分发挥低龄老年人作用。""鼓励各地建立老年人才信息库，为有劳动意愿的老年人提供职业介绍、职业技能培训和创新创业指导服务。深入开展'银龄行动'。"在 2024 年全国两会上，民政部负责人强调："我们要积极创造条件，让老年人参与社会，分享社会，让老年人在老有所为中，实现老有所乐。"

如何实现老有所为？本章的八位主人公给出了最好的答案。采访中，他们说得最多的话是，退休以后，好像从没想过从此每天吃吃喝喝、打打扑克、下下棋、钓钓鱼，那样的日子过不了。对于他们来说，养老问题似乎并不存在，因为他们每个人在做着一件永远也不会停止的工作。他们从不担心生命最后的归宿，因为他们都在把自己的生活当成一条顺势而行、最后归入海洋的河流。

钮敏

第六章 ▲ 养老之路一波三折各得其所

苍龙日暮还行雨，老树春深更着花。^①

——《又酬傅处士次韵》之二

---

1. 雇人居家养老

识人不易

1996 年年初，安馨六十五岁的父亲患了脑血栓。半年后，和父亲住在一起的她开始物色专人照护父亲。最初请的是自家亲戚，但是仅一年多，亲戚有了小孙女，回家去带第三代了。

之后经朋友介绍，安馨通过家政公司，找了一位住家保姆。这是一个小姑娘，看上去干干净净的。但是领进家门后，安馨一一问她会做什么，对方居然回答什么都不会。因为安馨当时没有经验，否则，肯定不可能把一个什么都不会的女孩儿带到家里来。当时她的想法是对方年轻，有朝气，能给家里带来一些活力，不会可以慢慢来。于是她对小姑娘说："不会没关系，我到时候会告诉你怎么做。你这不是刚来吗？不着急，慢慢学，今天学一点，明天学一点，渐渐就都会了。"

安馨说这话的出发点是，女孩儿涉世未深，初次来到陌生人家做事难免紧张，鼓励一下她，给她成长的机会。然而，第二天她就发现自己想错了。正要出门的她经过客厅时，无意中听到女孩儿在用座机压低声音给人打电话："你猜这家那女的跟我说什么？她告诉我，别着急慢慢来。太逗了，还真有这种钱多人傻的。"

待女孩儿放下电话一转身，看到了一脸正色的安馨，立时感觉事情有些不妙。只听安馨一字一顿地对她说："你听好了，现在就把行李收拾好，直接从那个门出去。"看到安馨手指向大门的方向，她慌忙问："阿姨，我怎么了？"安馨说："出去，还用我再说一遍吗？"

几经辗转，安馨终于找到一位可心的保姆，用了有六七年。其间，这位保姆一直没有交男朋友。安馨对她说："这样不行，再跟着我，就把你的未来给毁了。"然后就把她介绍给自己圈子里的人，结果，对方都觉得这位保姆虽然人很好，但因为身份的原因，感觉不合适。出于为对方的终身大事着想，安馨最终忍痛主动放弃了。

因为父亲的病情加重，母亲年事已高，家中实在离不开人照顾。安馨又来到了三八家政服务公司。一进门，就看到乌泱乌泱一屋子准备应聘的人。但是，连着去了两三趟，都没有对上眼的。也许因为用过保姆，知道找什么样的人才适合。结果，与好几个人聊过之后都感觉不满意，也许是没合上眼缘吧？正当她下楼准备离开的时候，在楼梯上碰见了一位刚刚从外地赶来的应聘者，模样看上去憨憨的。安馨看到她的第一眼就感觉很有眼缘，于是便问她："你是来找工作的吗？"对方回答："是的。"安馨说："那我们聊聊吧。"

她叫罗红妹，四川人，四十岁，离异。安馨与她聊了仅十几分钟，又简单地介绍了一下家里的情况。然后问罗红妹："你愿意跟我走吗？"罗红妹立刻回答"愿意"。于是，安馨和罗红妹签了合同，驱车离开了家政公司。就这样，一直走过了二十多年。

知人善"忍"

罗红妹最初来到安馨家，照顾老人、收拾房间等，都表现得非常能干。但是饭菜做得很不可口，而且经常不是做多了就是少了。

在妈妈的培养下，安馨从小就非常能干，和姐姐一起打扫房间和楼道、刷厕所，才八岁的她就帮大人换煤气罐。而妈妈则在一旁当"啦啦队长"："嘿，我小女儿干什么什么成。真棒！加油啊！"等到长大后安馨发现，在做家务方面，自己还真是十八般武艺样样精通，唯独没有学会做饭。由于工作的原因时常有应酬，把嘴吃刁了。可由于不精通厨艺，又不知道该如何对保姆提具体要求。

安馨一开始采取的态度是和丈夫基本上不在家吃饭，偶尔吃一顿好坏也不挑，只是做得太咸时告诉罗红妹这样对健康不利，下次注意。考虑到父母要吃到可口的饭菜，她便想方设法帮助她提高厨艺。好在丈夫家的几个妯娌都超级会做饭，他们就经常把妯娌们请过来吃饭，实际上是来帮助培养罗红妹。今天教做一道菜，明天教煲一锅汤，半年下来，罗红妹厨艺大长，饭菜居然做得超级好吃了。后来，安馨基本上把能推的饭局都推掉，尽量在家陪父母吃饭。

生性爱干净的罗红妹，摊上一个更喜爱整洁的安馨，进一步被她给历练了，打开衣柜，安馨告诉罗红妹自己的习惯，所有的衣服都朝一个方向，并按类别去摆放。这样，让对方从一开始不习惯到慢慢习惯。因为双方都爱干净，所以家里永远非常整洁。罗红妹跟其他保姆聊天的时候说："我们家的女主人无论多忙，她离开房间后我进去打扫时，里面永远跟在宾馆一样，床上、柜子里所有的东西都摆放得整整齐齐，几乎不需要我整理。"耳濡目染，罗红妹的房间也是一尘不染。为了防止她产生逆反心理，安馨对她说："我认为一个家里干净了，实际上就是一个好风水，被子不叠，衣服乱扔，打开抽屉找件衣服扒拉来扒拉去，那样风水不好，对身体也不好。"罗红妹听后感觉很受用，发自内心表示接受。就这样，双方相互去感受，去接纳，打下了能够长时间相处的基础。

安馨把罗红妹一直没当外人，没有让她睡保姆间，而是住在和自己房间同样大的卧室。每次吃饭，也都是和主人一家同桌而食。罗红妹文化程度不高，安馨便尽量多带她出去见一些世面，帮助她提高素质。安馨认为，对一位每天在帮自己打理生活的人，为什么非给对方下人般的待遇呢？为什么不可以对人家好一点呢？

然而，一段时间过后，安馨慢慢发现，你对对方太好，把她真的当姐妹一样对待，她就有点飘了，麻木到不知道自己是谁了，对你没有了敬畏，把你当成了同村的一个邻居，大声地跟你说话、顶嘴，甚至要站在你的肩膀上说话了，这让安馨感觉非常不舒服。在这种情况下，平日里很少批评罗红妹的安馨提醒她："我是把你当成了家人，但你一定要记住自己的身份，明白你是来干什么的。我把你请来，是为我和家人提供服务的。所以，你不可以这样跟我讲话。"

安馨进一步对罗红妹说："我不需要你整日赔笑脸迎合，也不要求你凡事唯唯诺诺，但起码要尊重我。"一番话，把罗红妹一下子点醒了，感觉到自己做得确实不合适，但她只是"哦"了一声，既没有说道歉的话，也没有表示今后一定注意。安馨知道她不善表达，所以并没有得理不让人，只要对方明白自己哪里做错就行了。

安馨与罗红妹的相处之道是："不要对对方期望值过高。你对她十分好，她可能对你只有三四分好。即便如此，也要学会知足，想着她能够满足你生活上的基本需求就可以了。"比如，罗红妹做饭，一个星期或者连续几个晚上，做的都是类似的饭菜，安馨完全可以要求对方你不能这样做饭，应该如何改善。但是她基本上都不说，因为她觉得只要对健康有利就行，至于美味不美味的就不要去过多计较了。她只对罗红妹提出一个基本要求：饭菜不能做太多。否则，为了避免浪费，家人不得不总吃剩饭，这样对身体健康不利。

过去，安馨一直给罗红妹两份工钱，包括照顾父母和帮他们夫妇做饭打理家务。2006年父亲去世以后，安馨仍然给罗红妹两份工钱，让她继续照顾自己年逾古稀的母亲。对此，安馨所持的态度是："给罗红妹高工资，固然是希望她帮助解决生活中的一部分难题，但不可能解决所有的难题。因此，不要去奢望我给她多少钱，她就必须给我干多少活。如果那样去想的话，主雇双方就永远是一对矛盾体，这样下去肯定会相处不长。"这是她自己的切身感受。现实生活中，很多雇人照料的家庭，往往就是因为这一矛盾的激化导致最终分道扬镳。所以，一是要对所雇之人在人格上尊重，在生活中关心，更关键的一点是，不要总拿所给的工钱去衡量对方，看人家坐上一会儿，看看电视、刷刷手机，心里就感觉不舒服。

罗红妹有一个习惯，每天要用两个小时锻炼身体，从来到安馨家起雷打不动。全家人还在吃饭，她说一句："我锻炼去了，回来再刷碗。"然后，把碗一放抬脚就走。从来不会等着大家都吃完饭洗完碗，一切都收拾停当再去锻炼。对此，安馨没有要求她应该怎样去做。因为大度的她想的是，锻炼对她身体有好处。她不生病，对我们一家来说不是也好吗？这样不就可以长久相处了吗？

随着年龄增长慢慢变老，罗红妹记性变差，眼神也不好使了。摔坏了安馨好几件心爱的工艺品。"让她赔吗？实话说她还真赔不起。骂她吗？相信她肯定不是故意的。东西已经打碎了，你再骂她，还能粘好恢复原样也行。问题是你又生气又骂她，最后搞得双方都不高兴。东西破碎了事小，人和人之间的感情破裂了，就难以愈合了。"所以，这么多年下来，安馨总是以结果为导向，只要对方人好，能包容的事儿她全忍了。

用人不疑

有道是"送人玫瑰，手留余香"，安馨从内心深处希望罗红妹在她这里生活是愉快的，经常对她说："希望你在我家的每一天有付出，同时也有收获，最关键的是要快乐。"除了在吃什么用什么方面从来不予限制外，还会买一些运动器材供她使用。安馨始终认为，只要对罗红妹百分百的好，让对方感受到你是有温度的人，被你温暖了，她也会渐渐向你靠近，甚至跟你同频。

罗红妹比安馨长两岁，平时待她像妹妹一样。因为农民不会像城里人有那么丰富的情感而且善于表达，而是当你需要的时候，一定会尽全力帮到你。二十年间，安馨搬过两次家。让她惊讶不已的是，罗红妹那时浑身就像借助了九天之力，搬家具、扛重物，一个人能顶三个男人的力气。平时，她照顾老人、做饭、打扫卫生，一个人干两个人的活儿，从来不惜力。

尽管家里平时没有什么脏活重活，但是一旦遇上类似搬家这样的事，让安馨感觉她真太能干了，太不一般了。

安馨对罗红妹第二个突出的好感是，她人品非常好，在工钱上，从来没有提出过过分的要求。而且她手脚非常干净，从未想过要占主人家一丝一毫的便宜，包括每天的账目都理得一清二楚。让安馨感觉庆幸的是，她遇到了百里挑一好人品的保姆。她的观点是：人笨一点没关系，可以教。但是人品不好，是教不出来、带不出来的。

每次罗红妹回家探亲，安馨都为她买好飞机票。回来时又开车去接。罗红妹感动地说："本来是想着坐机场快轨就行了，还麻烦你专门来接。真太谢谢了！"对于安馨来说，有这样一句话就足够了，因为自己的所作所为让对方感受到了温度。而且，让她喜出望外的是：不善表达的罗红妹终于会说一句感谢的话啦，呵呵！

安馨认为："当你一旦了解了罗红妹这个人以后，就不要拿她去跟那些知识女性去比较。"比如，她到现在说话还是大嗓门。安馨笑着提醒她："又不是在大山里，你不用跟喊山似的说话。记住这句话，'一个人大声说话是本能，小声说话是文明'（文化学者梁实秋）。"罗红妹听后嘿嘿一笑，"记住啦！"那憨憨的模样，让安馨感觉特别可爱。

罗红妹给安馨的第三个印象是人穷志不短，虽然她来自乡下，出身贫寒。但是很有志气。安馨认为，身为雇主，对于这样性格的人一定要学会欣赏。千万别觉得自己给了她两个钱，就把对方当下人。人无论贫富贵贱，都需要得到尊重。在这方面，安馨给予了罗红妹最大的尊重和信任。过去，都是让她记账，现在干脆直接转钱给她，让她去购物，已经到了完全信任她的地步。安馨做了一个比喻："你手捧十万块钱交给对方，假如对方抽出了一张，你也根本看不出。"但是，罗红妹百分之百不会做这种事。在这方面，安馨对她的信任已经达到了无以复加的程度。

求同存异

与罗红妹相处多年，唯一让安馨感觉煎熬的一件事是，她一直学不会普通话。虽说乡音难改，但对于罗红妹来说，简直就是难于上青天。她说的话，只有具有超语言天赋的安馨能听得懂。每次吃饭，只要罗红妹一开口，安馨的丈夫都会问她对方在说什么，安馨便一直给丈夫当翻译。每次罗红妹接座机电话，对方完全听不懂她在讲什么。

安馨曾经横下一条心，非要教会罗红妹普通话不可。但后来发现自己想简单了，因为她的听音辨音能力几乎为零。即便安馨使用了浑身解数，历经十多年横竖就是教不会她。你教她这么发音，她发出来的却是另一个声音。每天开着电视机，让她随时随地看电视，告诉她你就跟着电视里的播音员学。她说学了之后感觉自己说的和播音员是一样的呀。实际上根本不一样，就是她本人听不出来。酷爱唱歌的安馨，最终帮罗红妹找了个台阶下：也许她学普通话，就像有些人左嗓子一样不好改吧？最终只得选择放弃。

就这样，安馨一家和罗红妹相处二十余年，彼此理解，相互适应，委曲求全，求同存异。遇到难解的问题一般都是通过一方让步来解决，否则，双方谁都不肯让步，最终的结局只能是一拍两散。

和罗红妹不会说普通话这个小"异"相比，安馨永远看到的是与对方的大"同"。二人虽然在身份、学识和人生经历方面有着相当大的差距，但是她们有一个共同点，就是淳朴善良。虽然安馨从小长在大城市，但是从骨子里其实有着农民的那种朴实真诚的一面。即追求简单、真实和质朴。也许，这就是当初她与罗红妹一见便感觉"合眼缘"的主要原因吧。

时至今日，罗红妹在安馨家做全职家政二十多年，按安馨的话说，她早已经脱贫了。但是，在骨子里永远保持着农民的那种憨厚淳朴的本性，这一点是安馨特别喜欢和欣赏的。所谓"识性者同居"，其实也包含这层含义。这样，才有了多年的用人不疑。做到这一点实属不易，笔者通过一个短视频看到，一位老太太因为担心保姆买菜时拿回扣，蒙头掩面跟踪对方去农贸市场。待保姆离开后去向菜农打听价格，回来后又让保姆一一报价。结果保姆对答如流，最终搞得双方不欢而散。老太太的这种行为，和安馨把钱直接转给罗红妹去购物的做法，简直是天壤之别。

2024 年，罗红妹六十二岁了。陪伴着安馨一家，她从中年走到了老年，而且还要继续陪伴下去。同时，已经步入花甲之年的安馨，帮助罗红妹成为朋友眼中最好的家政人员。就这样，主雇之间已经成了相互抱团养老的一家人。

2. 亲情抱团养老

丧偶再婚

　　桂云今年六十八岁。她的第一段婚姻非常幸福，丈夫是个外交官，婚后一直对她宠爱有加。每次去自由市场买菜，他什么都不让爱人拿。桂云虽然从小就会做饭，他却舍不得让媳妇下厨，煎炒烹炸样样都亲自做。婚后，夫妻生下了一个女儿，从小聪明伶俐。那些年，桂云每天就像生活在蜜罐里。

　　但是，天妒良缘。一场大病夺走了桂云的丈夫。一时间天塌地陷，桂云整个人崩溃了！那种撕心裂肺般的伤痛，让她几近窒息，长时间深陷其中。但是，看到尚处幼年的女儿，她又不得不打起精神来，早晚接送孩子，白天去上班。终于，女儿考上了某外国语大学，毕业后出国工作而且成家立业。这一切让她倍感欣慰。

因为丈夫留下了一套单位分的房子，女儿也长大成人。弟妹间一直走得很近，朋友又很多，桂云原本打算这辈子孤独终老了。但是，中年丧偶，女儿又远在异国他乡，每当夜幕降临，无边的寂寞便如潮水般涌来。

2007 年，一次偶然的机会，已经五十二岁的桂云认识了比她大六岁的老马。他也是丧偶，相似的经历让两个人产生了共鸣。尤其是老马，被长相端庄大气、性格善良豪爽的桂云深深地吸引了。然而，当他向桂云表明心迹后，她一下子有点儿措手不及，表示虽然二人经历相似，但是自己还没有做好再婚的心理准备。对此，老马表示完全能够理解并愿意等她。再后来，随着二人关系的进展，便商定先搭个伙，在生活中相互照顾。

老马是个非常本分厚道的人，他虽然不会整天"甜哥哥""蜜姐姐"地把甜言蜜语挂在嘴上，但总是默默地闷头干活儿。购物、做饭、打扫卫生、取快递、倒垃圾……桂云的同学、朋友来了，他笑着跟大家点点头算是打过招呼，然后便去下厨做饭，留出时间让桂云和朋友们畅叙友情。

老马的真诚和坚守最终打动了桂云的心，四年后，二人走进了第二段婚姻。虽说是再婚夫妻，他们从不像有些二婚夫妇那样钩心斗角玩儿心眼，老马还把每月的退休金全部交给善于持家的桂云来打理。

2019 年 6 月，老马的女儿与她的意大利丈夫生了一个儿子。那时小两口已经回到国内，由于平日里工作忙，老马又不会带小孩儿，桂云就把带孩子的事情全盘包了下来，待他如亲外孙一般，亲昵地称呼他"小洋人"。"小洋人"刚会说话，便一口一个"姥姥"，叫得桂云乐不可支。

因为发自内心喜欢这个没有血缘关系的"外孙"，每当桂云把他抱出去时，街坊总把他们当成亲祖孙。羡慕地说："这个洋娃娃真可爱，长得真像奶奶（姥姥）。"她赶忙解释："不是亲的。"老马女儿得知后对她说："以后人家再这么说，别告诉他们不是亲的。就是亲姥姥，比亲姥姥还亲哪。"

异地购房

桂云有一个弟弟，一个妹妹。大约七年前，姐弟三人连续几次相约去游东戴河之后，便逐渐产生了在那里购房抱团养老的想法。

这种想法的产生基于以下几个因素的考虑。一是当时他们每年都上东戴河去玩，觉得那里距离北京不远，不光空气好，物价还便宜，老农种的各种蔬菜无污染。而且姐弟三人都喜欢海，每天都能上海边溜溜达达地散步，感觉十分惬意。二是看到这里的房子挺好，房价也能承受得起。关键的是这里的居住环境不错，因为它本身就是养老社区。第三，也是最大的原因，就是不想给儿女添麻烦。因为他们工作都那么忙，就是再孝顺，能天天来伺候你、随时为你解决实际问题吗？

在跟各自的家人商定之后，东戴河抱团买房养老的计划付诸实施了。2019年年初，桂云最先买下一套一百四十二平米的房，一厅、三室、两卫、一厨。妹妹紧跟着也买了一套同样大的房，不久后弟弟也买了一套九十平米的，姐弟三人就这样凑齐了。他们之所以都买比较大的房子，是因为考虑到不仅孩子们来后有专门的房子住，朋友来了也有地方安排。桂云和妹妹住在同一栋楼的上下层，弟弟住的楼房跟她们紧挨着。虽说是亲姐弟，桂云感觉这种若即若离的状态最好。弟弟比她小三岁，妹妹小她九岁，三人性格都很开朗，不钻牛角尖，姐弟间从小关系就一直很和睦。长大后都各自组建了新的家庭，有了另一半，渐渐地又有了第二、第三代。选择现在这样的居住方式，平日里各过各的，遇事又可以互相照应一下，帮个忙搭把手。

　　一开始，弟弟和妹妹二人每月交给桂云生活费，由她负责做一日三餐。一段时间过后，桂云觉得总这样其实挺累的，而且没有必要每天自己做饭。因为社区餐厅的饭菜品种非常丰富，很适合老年人的口味。比如，早餐有油条、豆浆、皮蛋瘦肉粥、紫米粥、馄饨、鸡蛋羹……如果是七十岁以上的老人，早饭和午饭分别只收十三元，随便吃。于是，姐弟三人商定，平时在自己家各吃各的，哪天谁家做了好吃的。就给另外两家各端一碗。如果要吃涮羊肉，就聚过来大家一块吃。逢年过节，儿女孙辈们都来了，由桂云主厨，弟妹帮忙打下手。全家人聚在桂云家一起用餐，和和美美，其乐融融。

某日，桂云妹妹病了，血压高得吓人。妹夫不会做饭，桂云就到妹妹那里为她做一日三餐。待妹妹病情基本稳定后，又在自己屋里给家人做好饭后再给她端过一碗去。

2019年年底，新冠疫情突袭。因为东戴河当时人很少，整栋楼里没几家住户。所以感染的机会也相对少得多。尽管每天也要做核酸，但是外出买菜散步不要求必须戴口罩。

因为是养老社区，所以各项服务都很到位。物业在每个楼都设有前台，每家还有一个直通物业的服务彩铃。谁家门窗坏了，只要给物业打个电话马上就有人上门来。有人患病不能动了，只要按一下服务彩铃，前台主管会立即安排配备专人前往照顾。除去一日三餐，还要推着病人每天去遛弯、看病打针等，每月只需缴纳一千元。刚开始，桂云姐弟曾经担心一旦有个头疼脑热的看病不方便，社区负责人告诉他们，这里有保健站，站里有坐堂大夫，还有中医，可以做拔罐和按摩。

这里的活动非常丰富多彩。有写字绘画班，跳舞、剑术培训班，烘焙、编织学习班；有乒乓球厅、台球厅、羽毛球馆、游泳馆、温泉馆等。还有一个健身广场，打垒球、壁球一律免费，各式健身器材一应俱全。每周六，海边的彩灯五彩斑斓，社区大院里的灯笼烛光闪闪，人们在海边载歌载舞，在院子里吹拉弹唱，好不热闹。

社区每年还为老年人按季节组织活动，如春天歌咏会、夏日音乐会、秋季运动会。周末在电影厅或露天影院播放影片。院子里还有一个专门组织活动的大礼堂。每个月都要为当月过生日的老人举办一次生日派对，送上大大的蛋糕。

在东戴河居住已近四年，桂云姐弟三家人始终相安无事。平日里，他们经常一起自驾游，去过福建、云南和新疆。国内转得差不多了，疫情过后又去国外。选择我国周边国家如韩国、马来西亚、泰国。看到桂云总是拍景，弟妹们要给姐姐拍照，她幽默地说："人就别拍啦。你说咱往花儿跟前站，花儿把你衬得更老，你往树旁边站，是要跟树比年龄吗？"

以前，桂云每两个月就要回京一次去开药。从 2023 年 10 月起，医保卡开通后可以在东戴河用了。按说可以不必经常回京了，但是有个情况让她非回不可。当初住到东戴河，桂云和老马也把"小洋人"一起带过去，为他特意布置了一间充满童趣的婴儿房。去年 7 月，三岁的"小洋人"被父母接回北京上幼儿园了。因为从小到大没有离开过桂云，"小洋人"跟她特别亲，总是在视频里哭着说："姥姥我想你。""姥姥我爱你。""姥姥你快回来吧！"每当这时，桂云便赶紧回答他："小洋人，别哭别哭，姥姥明天就回去。""不行，你现在就回来！"

为了"小洋人"，桂云还是时隔一两个月就回京一趟。一见面，小家伙对她又搂又亲，一口一个"姥姥，我想你啦"，桂云完全被他那个可爱劲儿给整晕了。一次，他妈妈来接他回去，没一会儿又传来门铃声。原来是母子返回来了。一进门"小洋人"就说："姥姥，你忘了亲我了！"桂云赶紧在他的小脑门上一气儿亲了好几口。他还不满足，又把胖乎乎的小手伸给桂云，"还没亲手呢！"然后把姥姥的手也拉过去，在上面"嗯嘛""嗯嘛"地亲了好几下，才心满意足地跟着妈妈走了。

珍惜眼前人

桂云说："老马看到我对他外孙这么好，嘴上不说什么，笑容挂在脸上，干起家务来更带劲了。他的同学一聚会，大家总是起着哄夸赞说'老马你真幸福'，'你媳妇多好啊'，更是把他美得屁颠屁颠的。所以说，单身老人如果不想孤独度日，再婚的时候真得擦亮眼睛，不能只图对方长得有多顺眼，多有钱，家庭条件有多好，其实这些都是次要的。最重要的是对方得尊重你，拿你当回事。不仅如此，还要赢得对方家人尤其是子女对你的尊重。对于再婚家庭来说，几乎每个家庭都会遇到从不理解到理解、不适应到适应的过程。有些家庭因为长期不能理解和适应，一遇事子女便跳出来捣乱，搞得家里一地鸡毛，鸡飞狗跳，那样的话，日子肯定过不好。"

桂云和老马从认识到现在，一晃十六年过去了。不仅他们之间感情融洽，彼此相互理解信任，而且将心比心，用真诚和善良打动了他的家人，老马的女儿和女婿也对桂云非常好。家里的家具电器，凡是上档次的，几乎都是他女儿买的，这天，老马女儿还送给桂云一个价值四万多元的包。桂云跟她开玩笑说："我一个退休老太太，背这么贵重的包，里面放一沓子纸巾，你说这不是浪费吗？"她回答道："妈，您看很多人都有名牌包，您也背一个呗。"

每年桂云过生日，老马的女儿女婿都争着给桂云买礼物，丝巾、翡翠吊坠、手镯、项链……老马的洋女婿特别喜欢桂云开朗的性格，他爱吃桂云做的菜，同时也做西餐展示一下自己的厨艺，并在做好之后用有些蹩脚的中国话亲热地对桂云说："妈妈，你尝尝我的主义（厨艺）。"桂云说："洋女婿已经习惯了在中国的生活，除去每年回意大利探亲十天半个月，几乎都生活在北京。因为他来中国时间并不长，所以语言还不是特别精通，交流起来还不是那么顺畅。"桂云笑着说："这样也好，天天乐呵呵的，避免了很多口角，不会横挑鼻子竖挑眼，打不起架来。"

与老马和家人和睦相处的同时，桂云心中有着另一番感慨。因为她自己的女儿长期在国外生活工作，几乎很少回国。更甭提一旦有个病啊灾的，让她扔下手中的一大摊工作，立刻赶回来伺候你为你分忧了。女儿倒是跟桂云说了："妈，我也照顾不了你，将来你的房子和遗产我一概不要，谁照顾你最多你就给谁吧，哪怕是给雇的保姆。"听到这话，桂云默默告诉自己："你呀就别想那么多了，还是珍惜眼前人吧。"下面的话听来有些伤感："我与老马的儿孙们现在都处得那么好，将来等我老死的那天，最起码有人能为我送终了。"

尽管一生经历过生离死别，也遇到不少沟沟坎坎，但是桂云从来不抱怨，她说："我觉得现在的生活特别幸福，一个月拿着好几千元退休金，北京的房子虽然不算很大，但也完全能满足居住需求了。再适当存点钱，能应个急就行了。到了现在这个年龄，别死乞白赖地只存钱舍不得花，跟个守财奴似的。凡事要想开点儿，让自己舒服点儿，身体养得好一点儿，免得生病遭罪，还拖累家人。要真诚地善待每一位亲人朋友，而且不要想着回报。因为，你有能力爱他们，才是最幸福、最值得付出的。"

走过大半生，桂云更加深切地体会到，家庭是安全、温馨、和谐、幸福的港湾，是自己最后的依靠；父母留下的最宝贵财富就是兄弟姐妹，是自己最深的牵挂。老年之后，她的最大心愿是，让自己和家人每天都生活在幸福快乐之中。

3. 配偶照护养老

女儿回国尽孝

"张老伯，请问您看见我爸妈了吗？"

刚刚从加拿大回到家乡湖北荆州的方思晴，以为父母家门前那间包子铺的老板张老伯还能认出自己，便向他打听是否看见过出门散步好一会儿还没回家的父母。

因为思晴移民加拿大多年，再加上张老伯岁数大了眼神儿不好，一时竟没有认出她来，"你说的是拄拐杖的那对吗？"

"不是，就是公不离婆、婆不离公的那对。"

"哦哦，你是思晴啊，看我这老眼昏花的都没认出你来。你爸妈他们往超市那边去啦！"

打那天起，思晴外出找爸妈时，只要跟对方一说"就是公不离婆、婆不离公的那对"，除了那些高档的美发店和美容店之外，一准都能立马知道她问的是谁。

思晴早在二十年前就移民加拿大温哥华了，她系统学习了蒙台梭利幼儿教育理论和音乐疗法，包括儿童左右脑开发全营养教学，并主编了一本专著。思晴所学习的专业，最大的受益者是她的女儿萌萌。思晴一路陪伴萌萌长大成人上了大学，直到交了男朋友。

二十年间，最让思晴心心念念的是离别时花甲、如今已耄耋的父母。尽管她多次跟父母提出接他们到温哥华养老，但是二老始终故土难离。于是，思晴便每隔两年左右回国探亲一次。新冠疫情三年，阻住了她的回乡路。盼星星盼月亮，终于盼到了放开的那天。2023 年年初，当她出现在双亲面前时，母亲忙不迭地为她做平素喜欢吃的饭菜，父亲一再激动地念叨着："思晴回来啦！思晴回来啦！"

思晴的父亲方宏斌和母亲许雅芳可谓是青梅竹马，用思晴的话说是"两个人从穿开裆裤的时候就认识了"。到了情窦初开的年龄，长得一表人才的方宏斌成了很多女孩子追求的对象，但是架不住许雅芳严防死守，最终没有让除她之外的任何追求者得逞。尽管许雅芳的婆婆之前特别希望儿子找一个医生，能够照顾他们母子。

思晴的弟弟思雨成家后一直与父母住在隔一栋楼的同一个小区内，是真正的"一碗汤的距离"。这样，随时可以过去看望双亲，平日给他们送餐，患病时陪他们就医。就这样过了四五年，因为思雨的爱人是天津人，有一天思雨对爸妈说，因为他们的孩子已经三岁，想送到天津去上幼儿园。他们计划在天津开一个超市，解决生活来源问题。于是，思雨一家三口搬到天津去了。

其实方宏斌夫妇已经步入古稀之年，他们尝试着雇了一段时间的保姆，但是很快就因为某种原因不欢而散，而且之后再也没找过。在这个当口，小许雅芳十一岁的弟弟、也就是思晴思雨的舅舅许昌武，在姐姐姐夫需要照护之时大显身手，拍着胸脯对他们说："我来帮你们养老！"

许昌武有一个儿子，退休后和舅妈又一起带大了孙子。如今孙子小学即将毕业，所以暂时不需要他们管了。思晴告诉笔者："可以说我舅舅是天底下最好的中国男人，在弟弟一家搬到天津我又在国外的那些年，是舅舅帮了我们大忙。我曾经跟爸妈说，要不你们俩去住养老院吧，我来掏钱。但是我爸妈从骨子里反感去养老院，因为他们现在住着儿子留下的三室一厅的大房子，楼下就是漂亮的街心花园，周边大小商铺一应俱全。所以他们认为放着现在这么好的条件，花高价去住养老院，纯属多此一举。我舅舅也是从内心深处反对把哥嫂送去养老院。对我打包票说：'思晴，你在那边放心吧，有舅舅我呢。'结果他说到做到，只要我爸妈一有什么事，他准是第一时间出手相助。"

新冠疫情蔓延之后，许昌武病倒了，而且症状很严重。在泥菩萨过河自身难保的情况下，无法过来照顾姐姐姐夫了。2023 年年初思晴回国后，看到年迈的父母如此孤独无助，不由得开始思考自己该何去何从。返回温哥华，经和丈夫、女儿商量，她决定继续回国陪伴父母，以尽虽然迟到但终究没有缺席的孝心。

代际沟通阻隔

9月，思晴重又回到了父母的身边。也许年初那次探亲时间短，所以没有来得及经历各种不适应。这次准备与爸妈长住了，思晴发现跟他们分开这多年，重新生活在一个屋檐下，从每日作息到所有喜欢的东西都不一样。包括交流方式、生活习惯、作息时间等，均有诸多不适应。包括连喜欢的歌手和听的歌曲都是风马牛不相及。比如，思晴把她最喜欢的车继铃演唱的《最远的你是我最近的爱》设置成了微信来电铃声，结果方宏斌一听便说："我最讨厌听这个人唱的这首歌，假声假调、怪里怪气的。"思晴是因为这首三十五年前发行的老歌听了感觉特别放松，所以才把它选择成微信来电铃声。她无论如何也理解不了这样的一首歌，怎么会有老爸说的那种怪味儿。

卫生间紧挨着思晴的卧室，这天，方宏斌说要上厕所，结果半天也没进去。思晴问："老爸怎么还不去上厕所？"老妈说："他要等你出门后才会去上。"这种只有你住在别人家，或是别人住到你家时才会有的陌生感，竟然在亲生父亲身上产生了。原来，方宏斌说要上卫生间，实际是在提醒思晴暂时回避一下啊!

10 月下旬,方宏斌突发脑梗被紧急送往医院。不仅思晴,被她称为"天底下最好的中国男人"的舅舅许昌武也第一时间赶到了医院。因为导尿管插不进去导致出血发炎、细菌进入血液,方宏斌患上了败血症。许昌武每天早晨九点来到医院,帮许雅芳清理方宏斌带血的内衣裤。

有道是"患难见真情"。此时躺在病榻上的方宏斌,眼里只有许雅芳,须臾都不舍得她离开自己。思晴和赶来探视的三姑要替换许雅芳回家休息,方宏斌不肯,说反正病房有空床,累了她也能休息。三姑调侃道:"原来在我家打麻将的时候,你总赶嫂子让她回家,这会儿病了,怎么一步也舍不得让嫂子回去了?"听妹妹这么一说,方宏斌赶忙遮掩道:"那是因为打麻将的时候,你嫂子总站在我身后瞎支招。"

第二天,思晴来到病房,发现帘子拉着,是许雅芳在为方宏斌擦拭身体。擦身就擦身吧,二老还打情骂俏,说着只有夫妻之间才说的悄悄话。思晴当时就想,已经过了金婚的老爸老妈,还能保持着这样的情趣,估计也是没谁了吧?不想让二老知道自己偷听了他们的情话,思晴识趣地暂时退出了病房。

就这样,方宏斌住了二十多天院,许雅芳全程陪护,其他家人只是每天去探视。深谙幼儿教育理论的思晴开始思考,其实老年人的护理和临终关怀也是一个专业,而且是一个更加细致严谨、特殊性强的专业。比如,在方宏斌身体状况很差时对思晴说:"我可能挺不过去了,你不是总嫌家里东西太多太乱吗？有哪些你看不顺眼或者认为没什么用的，想丢就丢吧。"结果，等到方宏斌出院进家门后，思晴把电暖气取出来，正当她准备一剪刀把包裹电暖气的绳子给剪断时，许雅芳立刻来了句："别剪，留着！"其实就是根普通的塑料绳。还有思晴准备把从国外带回的礼品包装盒丢掉，许雅芳也让她别丢，留着。思晴心说：这是我的盒子，我有处置它的权利。结果还是趁着许雅芳一个没留意，悄悄把盒子扔掉了。同时她又暗自庆幸：多亏没听老爸的，在他住院期间家里的东西她什么都没扔。

在国外生活了那么长时间，现在放弃所有的一切回国，突然跟父母住在同一个屋檐下，思晴觉得和他们相处起来真的好难，包括生活中的点点滴滴。尤其是方宏斌住院期间，也许当时许雅芳压力较大，为找到宣泄的出口，总会找她的碴。一天上午，思晴看天气很晴朗，便用轮椅推着方宏斌到医院的院子里晒晒太阳。返回病房后，她发现卫生纸没有了，就去超市买。回来后走到病房门口，就听许雅芳对方宏斌说："以后你别听她（思晴）的，让你下楼转这么一趟，看咳嗽了吧？"同屋新来的病友听到这番话随口问了句："她是你儿媳妇吧？"

听到里面母亲和病友的一番对话，门外的思晴瞬间石化：看来她这么多年在国外，与父母的关系脱节太久，现在面临的不是简单的会不会照顾老人的问题，也不是单纯如何融入他们生活习惯的问题，更重要的是要接纳他们的情绪和情感。

父母相伴孝心牵

父亲与女儿之间的交流，本来是一件很简单平常的事情。但是思晴感觉只要自己多说一句话，方宏斌就会莫名地大为光火。2023 年 11 月，方宏斌脑梗治愈后出院不到一星期，许雅芳去医院取药，思晴听到父亲在客厅大喊大叫让她过去。由于方宏斌患的是大脑盐水梗塞，严重地影响到了吞咽和发音，所以叫出来的声音有些瘆人。吓得思晴鞋都没有穿好就冲出自己的房间，差点摔了一跤。一问，其实没多大屁事儿，只是有一个快递送来了，要她下楼去取。思晴就说了一句："快递不是送来了吗？没有必要这么着急去取啊！"方宏斌就特别不高兴地自己要穿鞋出去，说："你不去我自己去。"思晴说："我没有说不去，只是说不用那么着急，你为什么要大吼大叫呢？"

也许大声说话是父亲日常交流的一种习惯，但是思晴却特别不适应。一是因为方宏斌经过三次脑梗发作被抢救回来，思晴认为他最重要的就是要修心养性，让自己的心态保持平和。另外，思晴在加拿大生活多年，已经习惯了在公众场合尤其是室内说话轻声细语，不能扯开嗓门叽里呱啦大声说话。否则，就会被身边熟悉的人提醒"说话轻点"或者来个"嘘"一下的手势。

一段时间下来，思晴逐渐明白了，在她看来父亲的"很容易发火"，其实多数时候是在大声说话，让她误以为他又"发火"了。因为，即使是跟自己生活数十载、已过金婚的老伴说话，他也时常高声大嗓。所以，思晴力争让自己唯一做到的就是不去计较。

后来，经过老妈之口，思晴终于明白了那天老爸着急上火的原因。因为许雅芳去医院了，方宏斌一直在关注老伴的行踪，给对方发信息半天没回，他便着急了。可能是老两口关系太好了，二人很少单独行动。所以一旦老伴不在他的视线范围以内，就有一点分离焦虑，结果把这个分离焦虑全转移到思晴身上了。

这天吃饭，许雅芳炖了鸡汤，炒了一盘四季豆腊肉。因为就放了一丁点四季豆，思晴都不敢多动筷子。便问老妈："您不是说了，四季豆一定要多吃，为什么只放这么一点点？"许雅芳一听，立刻大声说："怕炒多了吃不完，我们平常就吃这么一丁点的。"而且声音越说越大。思晴顿时无语了，眼睛看着天花板。没有一句反驳。匆匆地喝下一口汤，说了句："你们慢用。"便离开了餐桌。令她匪夷所思又有点无所适从的是，为什么普普通通的一句问话，老妈也能发这么大的火。

包括方宏斌和许雅芳之间的日常交流，拌嘴也会成为一种"调味剂"。2024年小年，思晴和父母一家三口一起包春卷时，一个不经意的话题，引得许雅芳数落起方宏斌来，结果越数落越来劲。方宏斌有些不高兴了，说道："为什么你总是数落我呢，人前人后都是这样，说得我在外人面前都抬不起头来了。"许雅芳便继续与老伴争辩，眼看火药味儿越来越浓，思晴立马打圆场对老爸说："老妈的世界只有一个您，她不说您，还能去说谁呢？"方宏斌一听这话哈哈大笑，不再与许雅芳唇枪舌剑了。

这次方宏斌从患病到康复，思晴亲眼所见母亲依然能够无微不至地照顾父亲。回到家后，父亲也开始帮助母亲做一些简单的家务。在她的记忆中，他之前对于做家务这一块几乎是不动手的。也许是父母开始意识到，养老这件事，无论亲生儿女还是兄弟姐妹，其中任何人的承诺都不是百分之百靠得住的。归根结底，最靠得住的人还是他们自己。思晴意识到，接下来跟二老同住在一个屋檐下的可行性不大，最起码要有一个慢慢去适应的过程。

事实证明，父母俩在一起比跟儿女在一起要自在得多。他们选择了目前来说最适合自己的养老方式，即少年夫妻老来伴，最惬意最默契的配偶之间的相互照护。尽管父亲已经八十三岁，母亲也八十岁了。至少在附近的居民里，时刻手挽手已经成为他们独一无二的标志。如果说年轻时手挽手是出于恩爱，如今年老了，那就是恩爱加为了照护彼此相互挽扶，所以才有了如本文开头"公不离婆、婆不离公"之说。

方宏斌和许雅芳的养老之路，经过多年变换，最终的模式如同方宏斌住院时那样，配偶间相互陪伴，思晴和舅舅、三姑经常前往照看。彼此留空间，亲情来牵连。这天，暂时独居一处的思晴给笔者发来父母最近的照片：第一张，母亲正在给父亲理发；第二张，二老一起外出散步；最后一张父母午睡时她偷拍的照片，让笔者看后忍俊不禁：有道是"一万个人，就有一万种睡姿"，但见方宏斌和许雅芳夫妇睡觉的朝向、姿势和睡着后的表情，看上去几乎一模一样。

4. 候鸟式养老

旅居达人

与张鸿全、徐华夫妇相识纯属邂逅之缘。

2016年年初，笔者来到海南三亚度假。这天清早在三亚湾海滩漫步时，偶遇一对约莫六七十岁的夫妇。看到他们正在亲密地欣赏刚拍的日出照，表情非常自然和谐，笔者情不自禁按下了快门，并在"侵犯"了二位的肖像权后，第一时间主动向他们展示。夫妇二人非但没有追究笔者的"侵权"行为，还连连称赞抢拍得好，让再帮他们拍两张合影。

交谈中，得知这对夫妇也是北京人，丈夫名叫张鸿全，妻子名叫徐华。2015年年底，他们通过一家致力于养老服务的旅游公司，跟随旅行团来到三亚，旅居在一家海景度假公寓。双方互加微信后，笔者给他们发出祝福——

"'人生路上，最美的风景不是身边的景物，而是与你同行的人，且行且互相欣赏。'以此佳句献给邂逅的这对恩爱夫妻，祝你们相伴一生，幸福永远！"

张鸿全回复道："感谢你的祝福！是的，与老伴相携出行，是件十分愉悦的事情。虽然我们已进入老年，还是要抓着时光享受夕阳红。也祝你和家人幸福愉快！"

从微信交流中得知，张鸿全夫妇退休都已经十余年了。其间，从未想过让当时工作都很忙的一双儿女照顾，更没有考虑过请保姆或者进养老院，一直采取的是配偶照护养老方式。时光如白驹过隙，一晃八年过去。其间，张鸿全时常在朋友圈展示他和老伴徐华外出旅游的人物、风光照片。原来，他们通过上次旅居三亚后，二人相商决定，因身体尚可走动，由居家养老选择了"候鸟式养老"，冬季去温暖的南方过冬。又因为二位老人身患不同的基础病，如高血压、糖尿病、慢阻肺、骨性关节炎等，一到冬季病情就会加剧。于是，他们购买了旅游月卡，从2016年年底至2020年年初，每年冬季都去南方旅居过冬。

说起旅游的话题来，张鸿全可谓滔滔不绝，因为他和徐华都属于比较喜欢旅游的人，"你知道的，当北京寒风凛冽、大雪纷飞时，海南依旧温暖如春。在海南养老的体验感真的很好。去海边只需要过一条小马路。早晚去海边散步再方便不过了。那几年，我的血压基本平稳了，老伴的老寒腿也不再犯了。年龄大了，养好身体是第一位的。"

生活成本适中，也是张鸿全夫妇选择在三亚"候鸟式养老"的主要原因。他们在三亚，每天都去周边不同的景区游览，比如著名的天涯海角景区、南山文化旅游景区、槟榔谷等。这些景区，或免门票或面向六十岁以上老人半价优惠。他们旅居的安养中心或公寓包括食宿，当时每月仅需两千元左右。长者食堂菜品丰富，在周末和节假日，还会组织丰富多彩的活动。在三亚公寓前有一条不足两米宽的小马路，窄窄的巷道，两边全是各种各样卖菜、海鲜和咸鸭蛋的摊贩，想自己做饭也十分方便。

除了旅居三亚，夫妇二人还用旅游卡先后去了海南兴隆、广西北海、云南昆明、福建潮汕和新疆等地旅游，每次住上一个月左右。

然而，新冠疫情打破了张鸿全夫妇"候鸟式养老"计划，同时也阻住了这对旅游达人丈量祖国大好河山的脚步，开始了大门不出二门不迈宅家的日子。

居家情趣依然

好在这是一对爱好广泛、富有情趣的老年伴侣。1939年出生的张鸿全，从小爱好体育运动，尤其偏爱踢足球。读初中时参加过北京市夏令营的集训，读高中时曾有专业队欲招其加入。但是，张鸿全想得比较长远，他认为搞体育毕竟吃的是青春饭，将来岁数一大踢不动了怎么办？所以，最终他选择了报考大学。

张鸿全自幼还喜爱绘画，上小学时他的图画曾经在北京少年宫展览过。在决定报考大学后，他最初想报考美术学院，但是在那个时代倡导的是"走工业化的道路""大力发展工业"。受此影响，他最终还是报考了某工业大学，毕业后在某机床厂工作，从事机床的设计、制造工作，为机床的出口创汇做出了突出贡献，成为一名高级工程师。但是，他对美术的爱好从来没有停止过。

为了丰富退休后的生活，张鸿全在退休前，利用业余时间参加了中国书画函授大学的进修。经过四年的学习，被评为优秀学员。在人们被疫情笼罩得几乎透不过气来的日子里，张鸿全在朋友圈发的原创美术作品成为一抹亮色。尤其他画的"龙凤呈祥""六虎图""连年有鱼""墨沙燕"等风筝图案，构思巧妙，画工精细，色彩斑斓，生动立体，让一众网友看后赞不绝口。

徐华年轻时喜爱文学和朗诵，曾有幸参加过老一辈播音艺术家夏青、葛兰的培训班。参加工作后从事单位的播音工作，同时也是一名生产能手。但是参加工作尤其是成家有了一双儿女后，业余时间几乎都用在家庭上了。退休后，尤其是疫情宅家那几年，她经常在"喜马拉雅"音频分享平台收听一些文学名著，然后试着自己用录音软件朗诵，自娱自乐。徐华厨艺精湛，曾经被社区推荐到区里参加"厨艺大比拼"竞赛还获了奖。之后区电视台还来家里采访她，录制了她制作的各式冷热拼盘，由她本人边制作边讲解，节目播出后反响很不错。疫情期间连出门都成了问题，她开始闭关研究烘焙，给家人制作面包、蛋糕、荷花酥、椒盐麻饼等。

放开之后，虽然恢复了自由，但是已经八十四岁的张鸿全和七十八岁的徐华不再考虑继续选择"候鸟式养老"了。一是年事已高，有点"飞不动了"，二是担心身体一旦出现突发状况时措手不及。因为，在三亚时他们曾目睹了这样一件事。

一天，与他们住在同一公寓的一名老年男性突然得了急症，当地医院看不了，家人只得叫了120急救车，将患者送往广州急救，但最终却在半路上不幸身亡。

在三亚，包括张鸿全本人也遇到过看病难的问题。有几天他感觉心脏不太舒服，便去到当地的一家医院看病，问能否服用硝酸甘油，结果对方的回答是不太清楚此药是否对症，让他大跌眼镜。还有一次去兴隆旅游后，赶上春运一时买不到回京的高铁票，只得延期。这样一来，他身上带的治疗血压高的药（代文）吃完了。当地医院没有这种药，还要大老远地跑到市中心医院去开。所以，旅居在外，看病就医的确是个很现实的问题。特别是高龄病人，如果当地医疗水平不高，就容易出现风险甚至危及生命。

乐享随遇而安

不愿辜负大好风光，现在，每到春秋天，张鸿全的儿子或女儿便开车陪父母去北京周边的怀柔、延庆、密云、平谷等地赏花和采摘；或约上三五老友去"农家乐"住上两三天。在怀柔的"农家乐"，他们认识了这样一对夫妻。二人刚退休不久，选择了在这里旅居。把城里的房租出去，用每月的租金支付这里的房租和日常开销。二人准备先在怀柔住上两三年，再去延庆或其他郊县。而且也不买车，用"老年卡"享受公交出行。张鸿全夫妇感觉这对夫妻选择的乡村康养式旅居很不错，远离喧嚣嘈杂，享受宁静又舒心的大自然气息，而且十分简约经济。

无论以何种形式养老，张鸿全的观念是，做到以下三点就能让晚年生活过得开心幸福。

一是退休后总得找点事干，让自己身体的各部分零件不致过早老化。因为他画儿画得好，有时候老同事老朋友会向他索画，每次他都是有求必应。他还喜欢学习新的东西，秉承活到老学到老的态度，不断学习手机各种功能，自学电脑操作、编辑视频等。平时帮老伴做些家务，学机械的他心灵手巧，完全能够应付家庭日常生活中的简单维修。

二是人要懂得知足，所谓知足常乐绝对对身体有好处。张鸿全和老伴几十年相濡以沫，他说，无论自己有了大病小情，每次上医院都是老伴陪着。而且，贤惠的她为了这个家无怨无悔地付出了全部精力。少年夫妻老来伴呀！想到这一切，一股强烈的满足感便涌上心头。但是人非圣贤，由于他性子有点急，偶尔也会发个脾气。每当此时，徐华采取的应对措施是默不作声，倒让张鸿全感觉"自己一个大男人，也别太那什么了"，然后自动结束。他养了一只鹦哥，调教得会说二十多句话了。这时，不乏幽默的他会对鹦哥说"老婆真漂亮"，鹦哥学舌"老婆真漂亮"，逗得徐华扑哧一下笑出了声。

三是不能太过指望儿女。张鸿全夫妇的一儿一女都非常孝顺。儿子家住得离父母很近，经常过来看望二位老人。同时带来一些蔬菜、水果等食品，以免父母自己外出采购。女儿虽然住得远些，但每周也要过来看望二老。儿女的孝顺，全家的和睦，再加上孙子今年又考上了心仪的大学，让两位老人倍感欣慰与知足，满满的都是幸福和愉悦。尽管如此，张鸿全夫妇从来没有要求儿女应该为自己做什么。而是给子女留出时间和空间，安心工作和生活。实际上，夫妻二人当初选择"候鸟式养老"也有这个初衷。

2024 年元旦，笔者收到了一条视频，打开后，原来是一只鹦哥，只听它用清晰洪亮的声音说道："过年好！新年快乐！万事如意！"

这是笔者有生以来收到的最与众不同的新年祝福，而它背后的驯养者，是虽然已进入耄耋之年仍童心不泯的张鸿全。

采访手记

《配偶照护养老》一文告诉人们，其实，配偶照护养老也是主要养老力量之一，但它在人们的观念中往往被低估。仿佛只有儿女参与的，才叫真正的养老。通过相关调查发现：之所以产生这种观念，与以下因素直接相关：一、由于疾病、意外、离异等多种因素，导致配偶间真正白头偕老的概率少之又少；二、白头未必偕老，因为配偶一方患有严重的疾病，另一方无力照护，只能把对方送进养老机构，自己定期去看望；三、二人的情感在岁月中早已消磨殆尽，但是碍于子女的阻挠和世俗的观念，只能被迫选择孤独。一方居家，一方住进了养老院。而这样的结局往往很悲惨，很快就会有一方在孤独中隐入尘烟。

北京市东城区新中西里社区于2023年10月端午节到来之际，为社区的十对金婚老人开展了"迎重阳庆金婚"活动。在《夕阳红》的优美旋律和动情的歌声中，老人们各自分享了自己的婚姻故事和想对另一半说的话。据组织者佟轶女士介绍：其中八十多岁的李继珍、崔立增夫妇在发言时四目相对，深情款款，宛若一对小情侣。十对老人在半个多世纪的岁月中心心相印，相互扶持，共同走过了绚丽多彩的人生道路，迎来了和谐安康的夕阳红。希望政府和越来越多的街道、社区能够将视角关注到配偶照护养老这一"灯火阑珊处"。

随着我国老龄化程度加深，异地康养、候鸟式养老成为不少"活力老人"的选择，康养旅居产业的市场需求不断扩大。现在，"候鸟式养老"旅居需求正在向专业化、个性化和品质化方向发展，《候鸟式养老》中的主人公遇到的异地就医等现实问题，正在得到妥善安置，跨省临时外出就医人员包括异地转诊就医人员，因工作、旅游等原因异地急诊抢救人员，以及其他跨省临时外出就医人员，跨省异地长期居住或跨省临时外出就医的参保人员，在办理异地就医备案后，可以享受跨省异地就医直接结算服务了。旅居康养服务需求有着巨大空间，养老服务市场将成为一片广阔的"蓝海"。随着人口老龄化的加深，异地康养行业大有可为。

和上述养老方式相比，《雇人居家养老》中的主人安馨与家政服务员罗红妹之间，经过近二十年的朝夕相处、求同存异，如今已成为相互抱团养老的一家人。《亲情抱团养老》中的桂云姐弟，视手足之情为父母留下的最宝贵财富，相依相携共度晚年。以上两则故事，也许带有天时地利人和等诸多因素。但有一点至关重要的前提条件，均是亲情、友情使然。有了一份血浓于水的亲情和视同家人的友情，才让他们的晚年生活充满温馨和快乐。

郭梦盈

后记

▼

　　《直面养老》的二十五个故事讲完了。在向作家出版社钱英和省登宇两位资深编辑呈上初稿后，他们提出作为本书作者的母女二人，同样面临着母亲选择何种养老方式、女儿如何对待母亲的选择等现实问题，问我们是如何思考的。

　　的确，在采访书中几十位原型人物时，我们似乎同时在寻求一种参照，期冀找到适合自己的养老和助老模式。母亲钮敏从2012年退休至今一直笔耕不辍，而且乐此不疲。至今已出版了包括纪实文学、长篇小说、散文集、人物传记等五部书籍。同时，由于罹患乳腺癌，长时间陷入手术和治疗的漫长痛苦。从康养的角度讲，入住养老院是比较实际的选择。但是，如果现在入住，又要继续写作，需要不断外出采访采风，势必有违养老机构的管理制度。现在就进入社区养老照料中心，又似乎过早了些。因为，据我们走访的几家社区养老照料中心统计，入住者平均年龄多为八十五岁。所以，就目前而言，女儿陪伴母亲共同生活、写作，应是最两全其美的养老助老方式。待母亲日后一旦出现身体欠佳、行动不便等状况时，愿意考虑进入养老机构或社区老年照料中心养老，出发点是不给作为独生子女的后代添麻烦。对此，女儿郭梦盈的态度则是，只要身体健康，会一直陪伴母亲到老。

德国哲学家康德曾说过："老年，好比夜莺，应该有他的夜曲。"晚年是人生的最后阶段，也是人生最珍贵的时光。民政部宣布，截至 2023 年年底，我国六十岁以上的老人达到了 29900 万人，占人口的比重为 21.1%，六十五岁以上的老年人口 21900 万，占总人口的比重为 15.4%。关于养老，近三十年来，国家出台了多种多样的政策和意见。我们相信，今后，无论老年人选择什么样的养老方式，都会得到更好的照料。老年朋友们会越来越有福，未来的养老生活也会更加美好和精彩。衷心希望每一位老年人都能找到适合自己的幸福方式，过上真正属于自己的晚年生活。同时，也呼吁全社会共同努力，为老年人提供更好的养老服务和支持，让他们的晚年生活过得更加充实美满。

在这里，我们要衷心感谢本书第一章的原型安志杰、秦姗、丛燕、代文芳、方婷姝、林松、向隽；感谢第二章的原型曹淑良陈钟等母子（女）、江文兰齐远母子、周庭志周娟父女、薛淑芬孙慧君婆媳；感谢第三章的讲述者丁立娟、张地、马丽丽、杨军、武利会；原型王富坤、李志林、徐忠胜、王利民李薇夫妇、王梅、赵英；感谢第四章的原型陶春芳、关旭洁；讲述者方为芳、卢月；感谢第五章的原型杨永贤、郑焕明、张京棣、陈连生、张可喜、万成才、顾正龙、詹得雄；感谢第六章的原型安馨、桂云、方宏斌许雅芳夫妇、张鸿全徐华夫妇等先生、女士。

同时，也真诚感谢为本书提供信息和资源的黄薇、陈伊萍、黄建、李勋、林子、田冬、张晶、侯潇然、叶芳、佟轶、姜少英、陈兴华、刘斌等先生、女士。

最后，诚挚感谢作家出版社编辑钱英女士和省登宇先生，以他们渊博的知识、丰富的经验和严谨细致的工作，帮助去掉拙作中许多不成熟的地方，最终有了今天呈现给各位读者的这本《直面养老》。

钮敏　郭梦盈

2024 年 7 月 12 日于北京

图书在版编目（CIP）数据

直面养老 / 钮敏，郭梦盈著 . -- 北京：作家出版社，2025. 8. -- ISBN 978-7-5212-3534-0

Ⅰ. I25

中国国家版本馆 CIP 数据核字第 2025SP0527 号

直面养老

作　　者：钮　敏　郭梦盈
策划编辑：钱　英
责任编辑：省登宇
装帧设计：琥珀视觉
出版发行：作家出版社有限公司
社　　址：北京农展馆南里 10 号　　邮　　编：100125
电话传真：86-10-65067186（发行中心）
　　　　　86-10-65004079（总编室）
E-mail:zuojia @ zuojia.net.cn
http://www.zuojiachubanshe.com
印　　刷：北京博海升彩色印刷有限公司
成品尺寸：145×210
字　　数：220 千
印　　张：10
版　　次：2025 年 8 月第 1 版
印　　次：2025 年 8 月第 1 次印刷
ISBN　978-7-5212-3534-0
定　　价：58.00 元